W0329914

BRUNO GMÜNDER

Der Junge mit den goldenen Haaren

BRUNO GMÜNDER

Graeme Aitken wurde auf einer Farm in Central Otago in Neuseeland geboren. Heute lebt er in Sydney in Australien, wo er einen schwulen Buchladen betreibt. Seine Kurzgeschichten wurden in verschiedenen Anthologien veröffentlicht. »Der Junge mit den goldenen Haaren« ist sein erster Roman, der in Kürze in Neuseeland verfilmt wird und dessen Drehbuch der Autor selbst verfaßt hat. Im Augenblick arbeitet Graeme Aitken an seinem dritten Roman.

GRAEME AITKIN

Der Junge mit den goldenen Haaren

Roman

Aus dem Englischen
von Jürgen Thomas

BRUNO GMÜNDER

Leuschnerdamm 31, 10999 Berlin
info@brunogmuender.com

Deutsche Übersetzung aus dem Englischen
von Jürgen Thomas

Titel der Originalausgabe: 50 Ways of Saying Fabulous

Covergestaltung von Henning Wossidlo unter Verwendung
eines Fotos von Michael Reh
Druck: Nørhaven Paperback A/S, Dänemark
SBN 3-86187-234-X

1

Das Wertvollste, das ich im Alter von zwölf Jahren besaß, war der Schwanz einer Kuh, die beim Kalben verendete. Ich bat meinen Vater darum, er schnitt ihn für mich ab, wohl in der Annahme, daß ich eine Trophäe darin sah; es mußte ihn gefreut haben, daß ich mich endlich für sein Vieh interessierte. Dabei hatte ich mit diesem Schwanz etwas im Sinn, an das mein Vater im Traum nicht gedacht hätte: Ich schnippelte die Quaste zurecht, wusch, trocknete und bürstete ihn unermüdlich und band dann eine rote Schleife an sein Ende – meiner Schwester Babe war in dieser Zeit der Zutritt zu meinem Schlafzimmer strengstens verboten –, bis der Schwanz nach tagelanger Bearbeitung endlich einsatzbereit war. Bevor ich zu Bett ging, verkündete ich meinen Eltern, daß sie am nächsten Tag eine Überraschung erwartete.

Am Morgen konnte ich mich vor Aufregung kaum anziehen. Meine Finger zitterten. Weil ich mir das Hemd nicht zuknöpfen konnte, stülpte ich mir einen Rolli über, dann setzte ich meine Wollmütze auf – obwohl wir im Haus keine Mützen tragen durften –, klemmte den Schweif darunter und drapierte ihn mir über die Schulter.

Meine Eltern schauten vom Frühstücksbrei auf, Babe klatschte vor Entzückung Beifall, als ich so auftrat. Ich sagte, daß ich von nun an nur noch auf den Namen Judy hören würde, und Babe klatschte noch lauter. Meine Eltern schauten etwas irritiert drein, bis Babe ihnen erklärte, daß ich Judy Robinson darstellte, den Star von *Verschollen im Weltraum* – mit diesem langen weißen Pferdeschwanz war ich überzeugt, daß ich meiner Lieblingsschauspielerin wie aus dem Gesicht geschnitten ähnlich sah.

»Der Brei steht auf dem Herd, Judy«, war alles, was meine Mutter dazu sagte. Sie dachte, es wäre nur wieder eine meiner Spinnereien. Mein Vater versuchte, es so gut wie möglich zu ignorieren. Sie schimpften nicht, sie verboten mir nicht mal, den Schweif zu tragen, aber sie bestätigten mir auch nicht, daß ich ebenso hinreißend aussah wie Judy.

Ihr Mangel an Begeisterung spornte mich an, ein Kostüm zu finden, das die Ähnlichkeit unterstrich. Es war naheliegend, zum lavendelfarbenen Nachthemd meiner Mutter zu greifen – der Satin saß hauteng und schimmerte; es war das futuristischste Kleidungsstück im ganzen Haus. Meine Cousine Lou bestand darauf, daß ihre schwarze Badekappe zu meinem Weltraumoutfit viel besser passen würde. Und tatsächlich: Der Spiegel überzeugte mich von meiner neuen Identität. Ich bettelte Lou und Babe an, sofort mit mir *Verschollen im Weltraum* zu spielen; die Hunde mußten die abscheulichen Außerirdischen spielen, vor denen wir kreischend davonlaufen konnten – da ich Judy spielte, durfte ich am meisten kreischen.

Das Rübenfeld gab eine hervorragende Kulisse ab. Um dorthin zu gelangen, mußten wir über das »Schlachtfeld«. Mit geschwellter Brust erzählte uns Lou Geschichten wie: Den Schafen schmeckte das Gras hier besser, weil es mit dem Blut der Maori-Krieger getränkt war. Die Schafe mampften wirklich wie wild, aber das taten sie auch anderswo. Ich glaubte eigentlich nicht, daß dies der Kriegsschauplatz war, von dem mein Großvater immer erzählte, aber Babe und ich taten so, als hätten wir tierische Angst, so daß Lou uns führte – in der Schule prahlten wir trotzdem damit, daß auf unserer Weide ein Massaker stattgefunden hatte.

Das Rübenfeld war unglaublich sci-fi. Überall standen diese halb abgefressenen Rüben aus dem Boden und ließen es wie eine Kraterlandschaft erscheinen. Wir hatten einen Heidenspaß, *Verschollen im Weltraum* dort zu spielen. Lou war Don, und Babe mußte Dr. Smith spielten; sie heulte deswegen, aber da sie die Jüngste war, blieb ihr nichts anderes übrig. Ich war natürlich Judy. Judy brüllte die Außeriridischen an, was die ganz toll fanden und bellend an ihr hochsprangen, Don eilte herbei, um Judy zu retten und Dr. Smith schniefte dramatisch. Leider beschmierten die Hundepfoten das Nachthemd mit Dreck. Meine Mutter mußte es immer erst waschen, bevor sie es anziehen konnte. Daher hatte sie die Nase schnell voll davon und verbot mir, es anzuziehen, wodurch das Spiel deutlich an Authentizität verlor.

Meine Eltern fanden meine Judy-Imitation mittlerweile so glaubwürdig, daß ich mich bestärkt fühlte, mit dem »Haarteil« in die Schule zu gehen, um es vorzuführen.

»Was hängt dir denn da hinten raus?« fragte Arch Sampson, sobald ich mich im Schulbus vor ihn setzte.

»Mein Haar«, antwortete ich und schlug bescheiden die Augen nieder.

Ich wollte ihn gerade bitten, mich von nun an Judy zu nennen, da entriß er mir den Kuhschweif und wedelte vor meinem Gesicht damit herum. »Machst du jetzt auf Mädel?« fragte er laut; einige Leute drehten sich um und starrten mich an, die Hammer Brüder kicherten hinter mir.

Bisher hatte ich nicht darüber nachgedacht, aber das tat ich wohl. Sobald Arch es ausgesprochen hatte, wurde mir klar, daß es für andere vermutlich nicht so lustig war; es war eher etwas, wofür man sich schämen sollte.

Niemand wollte ein Mädchen sein. Nicht einmal die Mädchen selbst. Lou hing immer auf unserer Farm ab und half bei der Arbeit, weil ihre Mutter, Tante Evelyn, ihr nicht erlaubte, »schmutzige Arbeiten« zu erledigen. Sie zog alte Klamotten von mir an, um sich richtig vollsauen zu können, ohne daß ihre Mutter etwas davon mitkriegte. In der Schule schwärmten alle davon, mit den Motorrädern ihrer Väter zu fahren, Hasen zu schießen oder Schafe zu scheren. Sogar die Mädchen jagten diesen Riten des Landlebens hinterher (nur vorm Schlachten scheuten sie sich. Mit Ausnahme von Lou. Sie war die barbarischste und ehrgeizigste an der ganzen Schule. Sie trug immer ein superscharfes Taschenmesser mit sich herum). Für derartige Aktivitäten konnte ich mich noch nie begeistern. Selbstverständlich gab ich mein Desinteresse nicht zu, sondern wetteiferte um die größten Abenteuer. Dabei konnte ich ein Motorrad nicht einmal anwerfen, geschweige denn fahren. Auch konnte ich diese Spannung nicht ertragen, bevor man eine Pistole abfeuerte; mich ließen ja schon Schüsse im Fernsehen zusammenzucken. Und was das Scheren anging: Allein das Messer zu halten ließ meinen Körper – der eher schwabbelig war – auf alarmierende Weise erzittern, und selbst das mickrigste Schäfchen befreite sich aus meinem zaghaften Griff, bevor ich dazu kam, die Schermaschine einzuschalten.

Ich war ungeschickt. Aber Lou deckte mich. Stillschweigend erledigte sie die Arbeiten, die mein Vater mir übertrug. Bewundernd tapste ich hinter ihr her und unterhielt sie dabei, spielte eine Episode aus *Verschollen im Weltraum* oder eine Go-Go-Tänzerin aus dem *Happen Inn* oder suchte nach Indizien für ein Abenteuer à la *Fünf Freunde* von Enid Blyton – der Kuhschweif verlieh meinen Auftritten Authenzität.

Als Arch mich auf ihn ansprach, wollte ich ihm zuerst klarmachen, wie viel Spaß es machte, sich zu verkleiden. Ich hätte ihm fast den Schweif der nächsten Kuh versprochen, dann hätte er Penny spielen können – obwohl, dazu bräuchte er einen schwarzen Schweif, und mein Vater hatte keine schwarzen Kühe –, aber Archs verächtlicher Blick stimmte mich um; ich beschloß die Sache herunterzuspielen.

»Es ist doch nur ein Kuhschweif, Arch«, sagte ich. »Ich habe ihn mitgebracht, um ihn allen zu zeigen.«

»Jeder hier hat schon mal 'nen blöden Kuhschwanz gesehen«, schnauzte er mich an. »Warum hast'n den aus deiner bescheuerten Mütze hängen lassen wie 'n Pferdeschwanz von 'nem Mädel, hä?«

Ich wurde rot. Alle starrten mich an. »Nur so zum Spaß«, murmelte ich.

»Witzbold«, sagte Arch und lachte diabolisch. »Du willst wohl 'ne Tunte spielen.«

Ich hatte keine Ahnung, was er damit meinte. Die anderen schauten verdutzt, wußten es wohl auch nicht. »Was soll'n das sein?« fragte Lou und setzte sich in die Reihe neben Arch. Arch mochte Lou nicht. Sie gewann im Armdrücken gegen ihn, und er lebte in der ständigen Angst, daß sie ihn vor Publikum dazu herausfordern würde.

»Was wovor mich mein Alter gewarnt hat«, antwortete er.

»Und was soll das sein?« bohrte Lou weiter.

Arch hatte offensichtlich keine Antwort darauf.

»Weißt du's nicht?« fuhr Lou fort. »Du solltest keine Worte benutzen, deren Bedeutung du nicht kennst. Das ist prätentiös.«

Alle schnappten nach Luft. Lou verfügte über einen ausgeprägten Wortschatz; ihre Mutter war Lehrerin, bevor sie meinen Onkel Arthur heiratete. Tante Evelyn bemühte sich stets, den Grips ihrer Tochter zu schärfern (und den eines jeden anderen, der ihr über den Weg lief). Sie sprang immer ein, wenn der Lehrer krank wurde oder an einem Seminar teilnahm, und brachte es fertig, daß wir an einem Tag mehr lernten, als sonst in einer ganzen Woche. Gott sei Dank erfreute sich der Lehrer im allgemeinen guter Gesundheit.

»Na, was bedeutet es denn?« fragte Arch.

»Es bezeichnet dumme Jungs wie dich, die Wörter benutzen, deren Bedeutung sie nicht kennen.«

»Ich weiß wohl, was es bedeutet«, brauste Arch auf und wurde ein wenig rot. »Männer, die sich seltsam benehmen, wenn du weißt, was ich meine.«

Lou starrte Arch an. »Nein, ich weiß nicht, was du meinst. Erklär's mir.«

»Na, das sind Männer, die Perücken tragen und Kleider anziehen und… sie haben fünfzig verschiedene Ausdrücke für ‚zauberhaft'.«

Inzwischen beobachtete uns der ganze Bus. Arch verschränkte die Arme und schaute Lou herausfordernd an. Sie starrte zurück und blitzschnell entriß sie ihm den Kuhschweif. »Arch. Das ist keine Perücke«, sagte sie, die Stimme voller Ironie. »Das ist der Schweif einer reinrassigen Charolais Kuh. Billy-Boy hat ihn in die Schule mitgebracht, weil er verdammt wertvoll ist, wertvoller als jede einzelne dämliche Hereford-Kuh von deinem Vater.«

Arch schnappte zurück. »So? Wie viel ist sie denn wert gewesen?«

Ich erkannte die Chance und griff nach dem Schweif. Bevor Arch es überhaupt registrierte, war er bereits sicher in meiner Schultasche verstaut. Ich wollte vermeiden, daß er auf dumme Gedanken kam, jetzt, nachdem er erfahren hatte, wie wertvoll er war. Auf keinen Fall wollte ich ihn verlieren und mein Spiel dadurch ruinieren. Es war wohl am besten, in Zukunft darüber zu schweigen.

Ich umklammerte die Schultasche und starrte auf meine Füße. Meine Spannung verebbte und Neugier machte sich in mir breit. *Männer, die Perücken tragen und Kleider anziehen und fünfzig Ausdrücke für »zauberhaft« haben.*

Verkleiden war mein Lieblingsspiel. Ich mußte Lou becircen, wenn nicht gar bestechen, daß sie mitspielte. Wir hatten diesen Korb, in dem all die Kleider landeten, die die Frauen in unserer Familie nicht mehr anziehen wollten. Vor allem Großmutters Kleider, die Opa nach ihrem Tod zwar loswerden, aber nicht wegwerfen wollte: ausgefranste seidene Kopftücher und Hauben aus Chiffon, steife Blümchenkleider, die aus Vorhangstoff zusammengenäht schienen, Mäntel mit echten Pelzkrägen und ausladende Hüte, die Oma nur in die Kirche aufgesetzt hatte. Das »delikateste« Stück im Korb war die Spitzenunterwäsche von Tante Evelyn. Lou und ich retteten sie vor dem Scheiterhaufen.

Der Schweif verlieh dem Verkleiden eine neue Dimension. Davor hatte ich immer ein Stück Stoff als Perücke benutzt. Es hatte die richtige Farbe (gold) und war extrem lang, aber mit Haaren hatte es nicht viel Ähnlichkeit. Lou behauptete immer, ich sähe aus wie die Jungfrau Maria; das war nicht wirklich das Image, das ist anstrebte.

Ich wollte sein wie die Heldinnen meiner Bücher, jene, die an fürchterlichen Behinderungen litten und Entbehrungen hinnehmen mußten, aber am Ende siegreich hervorgingen, denen wahre Liebe gewiß war und eine wundersame Heilung von ihrem Leid. Ich stahl diese Ideen aus Büchern, heckte meine eigenen Theaterstücke aus und verdonnerte Lou und Babe, sie mit mir aufzuführen. Mir wurde immer die tragische Hauptrolle zuteil. Ich zog die körperbehinderten Heldinnen den stummen oder tauben vor, weil in der Waschküche alte Krücken herumstanden. Sie gaben ein exzellentes Requisit ab, und ich konnte einfach nicht umhin, sie einzubauen.

An jedem Weihnachten führte ich mit Lou, Babe und Tante Evelyn ein Stück auf; meine Tante versuchte immer, es an sich zu reißen. Sie war der Star in unserer Gegend. Eigentlich hatte sie Opernsängerin werden wollen, gab diesen Traum aber aus »purer

Vernunft« auf. Während ihrer Schulzeit und im Studium spielte sie immer wieder große Rollen. Die Glenora Musical Society inszenierte jedes Jahr ein Musical von Rodgers und Hammerstein. »Gibt es denn auch andere?« fragte die Sekretärin Tante Evelyn überrascht.

Tante Evelyn nahm die Hauptrollen an und beschwerte sich dann, daß sie sich unterfordert fühlte. Sie wollte etwas, das sie »inspirierte«. Eines Tages las sie in einer Anzeige, daß Schauspieler für *Hair* gesucht wurden. Sie war völlig aus dem Häuschen, denn es war ihrer Meinung nach »avantgarde«. Die meisten anderen fanden es anstößig, weil das Musical Drogen und freie Liebe idealisierte und Nacktheit zur Schau stellte. Tante Evelyn hätte sich auf der Bühne jederzeit ausgezogen. »Was für eine Herausforderung«, sagte sie verträumt. »Endlich eine echte Herausforderung.«

Da sie keinen Führerschein hatte, fuhr meine Mutter sie zum Vorsingen nach Dunedin (sie hielten es vor Onkel Arthur geheim, weil er nie zugelassen hätte, daß sie für diesen Unsinn hundert Meilen fuhr – eine Reise nach Dunedin war nur gerechtfertigt, wenn man zum Steuerberater mußte oder eine Schaftränke im Angebot ergattern konnte). Drei Tage später sagten sie Tante Evelyn ab, weil der Regisseur sich »etwas jüngeres« wünschte. Sie war furchtbar enttäuscht. »Arthur hätte es mir zwar ohnehin verboten«, sagte sie, »aber ich hätte darauf bestanden.«

Sie schlug der Glenora Musical Society vor, eine eigene Version von *Hair* auf die Beine zu stellen, aber die stimmte einmütig für *The King and I.* So kam es, daß Tante Evelyn, statt sich im Her Majesty's Theatre in Dunedin splitternackt auszuziehen, mit John Mason keusch über die Bühne der Glenora Hall tanzte (er wurde für die Rolle des Königs auserkoren, weil er von allen Mitgliedern der Society am wenigsten Haare auf dem Kopf hatte und niemand bereit war, sich eine Glatze zu rasieren, nicht mitten im Winter, wenn es morgens oft minus zehn Grad hatte).

Ich war hin und weg, Tante Evelyn in dieser Show zu sehen, dieses strahlende Etwas in einem ausladenden Kostüm. Ich ging mit ihr die Dialoge durch (Lou weigerte sich) und probte die Szenen. Unzählige Male sangen wir *Shall we dance?,* und Tante Evelyn gurrte vor Vergnügen, ernannte mich zu John Masons Vertretung. Sie hatte ja keine Ahnung, daß ich im geheimen darauf hoffte, *sie* vertreten zu müssen – inständig wünschte ich mir, daß sie während der Proben von der Bühne fiel.

»Dir ist Kultur wichtiger als Kühe, Billy-Boy«, sagte sie, »genau wie mir.« Ich hörte das so oft, daß ich es bald nicht mehr als Kompliment auffassen konnte, sondern glaubte, daß sie damit nur das mangelnde Interesse ihrer Tochter betrauerte.

Wie auch immer, jedenfalls war da eine enge Verbindung zwischen Tante Evelyn und mir. Deswegen dachte ich als erstes an sie, als ich mit diesem Enigma konfrontiert wurde (zu nichts Geringerem war »die Tunte spielen« für mich geworden). Ich kam einfach nicht dahinter, was es bedeutete. Den ganzen Tag grübelte ich, was Arch damit meinte. Wie konnte man fünfzig verschiedene Worte für »zauberhaft« kennen? Ich schlug in allen Wörterbüchern und Enzyklopädien der Schule nach, »Tunte« war nirgends zu finden. Ich wagte nicht, den Lehrer danach zu fragen. Da war diese Verachtung in Archs Stimme gewesen; er hatte die Worte schier ausgespuckt. War es etwas, worauf man nicht stolz sein durfte? Andererseits: Er hatte es von seinem Vater gehört, der Spaß ohnehin als Zeitverschwendung ansah.

Der alte Sampson war der gemeinste Farmer weit und breit. Jeder sagte das. Vor allem, wenn es um Geld ging. Erst kürzlich heuerte er jemanden mit einem äußerst seltsamen Namen an. Weil er kaum Erfahrung mit der Farmarbeit hatte, zahlte er ihm wenig. Gleichzeitig ließ der alte Sampson auch ganz schön schuften auf der Farm. Manchmal behielt er Arch sogar von der Schule zu Hause, wenn die Schäfchen markiert oder zusammengetrieben werden mußten. Es war also logisch, daß er ihn nicht darin bestärken würde rumzualbern, zu schauspielern oder was auch immer »die Tunte spielen« bedeuten mochte.

Aber ich bezweifelte Archs Definition. Er hatte ein schlechtes Gedächtnis. Andererseits wollte ich auch nicht nachfragen. Ich hätte dadurch verraten, wie sehr mich das Thema beschäftigte. Tante Evelyn war daher meine einzige Hoffnung. Ihre Erfahrung in der Welt des Theaters war einzigartig, und in meiner Vorstellung mußte »die Tunte spielen« irgend etwas damit zu tun haben. Es klang theatralisch, pompös, wie eine exotische Maskerade. In meiner Vorstellung wuchs es zu etwas Großem. Vielleicht gab es in der Schauspielschule oder auf der Uni sogar ein Seminar darüber.

Dieser Moment im Bus war wie eine Erleuchtung für mich. Als ich zu Bett ging, glaubte ich endlich eine Lösung für meine gegensätzlichen Sehnsüchte gefunden zu haben. »Die Tunte spielen« hörte sich wie etwas an, in dem ich erfolgreich sein würde. Im Gegensatz zur Landwirtschaft, in der ich eine untröstliche Niete abgab. Endlich hatte ich eine Antwort zur Frage »Was willst du mal werden, Billy-Boy?«, die mir Erwachsene immer wieder stellten.

Wenn mein Vater in der Nähe war, fühlte ich mich gezwungen zu sagen, daß ich Farmer werden würde oder ein Rugby-Spieler bei den berühmten neuseeländischen *All Black* und fügte flüsternd hinzu: »Erwarte aber bloß nicht, daß ich das gut mache«. Wenn er mich aber nicht hören konnte, erfand ich immer sehr viel aufregendere Berufsziele: Popstar zum Beispiel, oder Fernsehschauspieler. Ich wollte Theaterstücke schreiben oder im Weltraum herumflitzen.

»Oh, ein Astronaut«, rief eine Freundin meiner Mutter erstaunt.

»Nein, ich möchte wie Judy sein«, antwortete ich, und die Frau starrte mich fassungslos an.

Jetzt wußte ich es. Jetzt wußte ich endlich ganz genau, was ich antworten würde: »Wenn ich groß bin, werde ich die Tunte spielen.«

Als ich mich an diesem Tag schlafen legte, drapierte ich den Schweif auf meiner Brust, dann schaltete ich das Licht aus und versuchte, fünfzig verschiedene Wörter für »zauberhaft« zu finden.

2

Ich fragte mich oft, warum meine Eltern je geheiratet hatten. Sie waren so verschieden. Nicht, daß sie gestritten hätten, aber ihre Vorstellungen vom Leben waren völlig gegensätzlich. Mein Vater glaubte an Arbeit und noch mehr Arbeit; in seiner Freizeit schaute er Rugby im Fernsehen an. Meine Mutter dagegen hatte »Ideen«. Ziemlich originelle Ideen für die Serpentine Plains. Niemand konnte sie nachvollziehen, am wenigstens mein Vater.

Immer wieder fragte ich meine Eltern, wie sie sich kennengelernt hatten. »Das frage ich mich seit Jahren«, war die Standardantwort meines Vaters. Meine Mutter murmelte: »Das ist lange her, Billy-Boy«, als ob das irgendwas erklärte.

Es brachte mehr, meinen Großvater zu löchern – vermutlich weil er sich vernachlässigt fühlte; unser Interesse galt mehr seinem Fernseher als ihm. Begeistert ging er an das Thema heran: »Jack und deine Mutter haben sich über einer Fleischpastete kennengelernt, und jetzt weigert sie sich, je wieder eine zu essen. Das ist ein schlechtes Zeichen, ein sehr schlechtes Zeichen«, sagte er und hob seinen Zeigefinger.

Es war auch sehr ergiebig, Tante Evelyn zu befragen; ich erwischte sie im richtigen Moment: auf dem Heimweg von der Premiere von *The King and I.* Auf der Party waren reichlich *Cold Duck* geflossen, deshalb wollte sie Onkel Arthur nicht fahren lassen. »Du bist betrunken. Du wirst uns alle umbringen«, sagte sie in dramatischem Tonfall. Lou mußte ans Steuer, Tante Evelyn setzte sich mit mir nach hinten und erzählte mir Dinge, die sie vermutlich nie hätte preisgeben dürfen. »Reebie hat mir damals alles anvertraut«, sagte sie, »das war bevor sie all diese seltsamen ‚Ideen' entwickelte.«

Großvater und Tante Evelyn behaupteten, daß mein Vater – und das gab er sogar zu – es nicht mehr erwarten konnte, eine Frau zu finden. Jack war fünfundzwanzig. Die anderen in seinem Alter hatten längst geheiratet und ihm damit alle in Frage kommenden Mädchen aus der Gegend weggeschnappt. Daß sein jüngerer Bruder Arthur die Lehrerin Evelyn Wills ein paar Tage nach Jacks fünfundzwanzigstem Geburtstag heiratete, machte die Sache nicht gerade einfacher. Opa schenkte den beiden die angrenzende Farm, die er Jahre zuvor in weiser Voraussicht gekauft hatte. Das bedeutete, daß Arthur und Evelyn nun ihr eigenes Haus ganz für sich allein hatten. Arthur war entkommen. Auch wenn ihn nur zwei Meilen trennten, er hatte von Opas unerbittlichen Ratschlägen Abstand gewonnen.

Jack war klar, wenn er eine Frau finden wollte, mußte er sich über die Grenzen von Serpentine County hinaus begeben. Das wäre nicht weiter schlimm gewesen, hätte sein Vater nicht schon den Ausflug zu den nächstgelegenen Läden in Glenora als »leichtsinnig« angesehen; Urlaub war für Großvater, wenn man zur Weide am Fluß hinunterfuhr, um nach den Schafen zu sehen, und dazu ein Picknick mitnahm.

Jack mochte das Farmleben, aber er verabscheute es, ständig gesagt zu kriegen, was er zu tun hatte. (Opa war der Überzeugung, daß es nur eine Art gab, Dinge zu tun: nämlich *seine* Art.) Solange Arthur noch zu Hause lebte, war es den Brüdern bisweilen gelungen, Opa von ihren Ideen zu überzeugen. Aber allein, eingeschüchtert durch den autoritären Blick seines Vaters, war Jacks Auftreten viel zu zaghaft, seine Vorschläge daher zum Scheitern verurteilt.

Jack war für Großvater nach wie vor ein Junge. Obwohl er wußte, daß er fünfundzwanzig war, behandelte er ihn, als wäre er viel jünger (sonst hätte er sich wohl sein eigenes Alter eingestehen müssen und den bevorstehenden Ruhestand, den seine Frau ersehnte wie jedes Jahr Weihnachten). Erst kurz davor hatte Opa seinem Sohn gestattet, Bier zu trinken, und auch das nur aufgrund einer ziemlich peinlichen Episode. Die Nachbarssöhne Bob und Jimmy Spratt hatten beim Schafeeintreiben geholfen. Danach kamen sie noch auf einen Drink mit rein. Großvater stellte den beiden Bier hin (*Lion,* obwohl jeder *DB* oder *Speights* trank) und Jack eine Limo. Jack verließ das Zimmer und hoffte, daß die beiden das nicht mitbekommen hatten. Aber natürlich war es ihnen nicht entgangen, was sie ihn beim nächsten Training wissen ließen. Das ganze Rugby-Team hörte die Geschichte und bot Jack für den Rest der Spielzeit Limonade statt Bier an.

Jack war mehrere Jahre älter als Bob und Jimmy. Als er seinen Vater darauf hinwies, schaute der nur ungläubig. »Bist du sicher? Irgendwie kommen die mir reifer vor.«

Großmutter erklärte Jack, daß Bob und Jimmy verheiratet waren, Bob hatte sogar schon zwei Kinder. Nach Opas Überzeugung war man solange ein Junge, bis man eine eigene Familie gegründet hatte. »Such dir eine Frau, Junior«, sagte Oma, »dann wird er dich wie einen Mann behandeln.«

Oma hatte ihre eigenen Gründe, warum sie Jack unter die Haube bringen wollte. Sobald er verheiratet und das erste Kind unterwegs war, konnte sie nämlich sagen, daß das Haus für alle zu klein wäre. Sie wollte sich mit Opa in Crayburn zur Ruhe setzen, am besten gleich bei ihrer besten Freundin Janet Scott nebenan. Oma war nämlich golf- und bowlingsüchtig und hatte sich im letzten Winter sehr geärgert, weil sie aufgrund der zugeschneiten Straßen mehrere wichtige Spiele verpaßte. Sie wollte ein nagelneues Haus wie Janets, mit einem Unterschied: Es mußte überall Zentralheizung haben, nicht nur im Wohnzimmer.

Unter der Überschrift *Mädchen zum Heiraten* stellte Oma eine Liste von allen in Frage kommenden Mädchen aus der Umgebung zusammen, und legte sie ihm aufs Kopfkissen. Er warf einen Blick darauf; sie bestätigte, was er ohnehin wußte: Es gab weit und breit kein Mädchen, das ihn auch nur annähernd interessierte. Sie waren alle zu jung oder spielten Golf. Andauernd waren sie unterwegs und überließen ihren Ehemännern die Arbeit; allen voran Großmutter. Um auf Brautschau zu gehen, mußte er sich Urlaub nehmen.

Oma war ein wenig pikiert, daß er ihre Vorschläge verworfen hatte; sie hatte sich soviel Mühe gemacht, die Anwärterinnen auszuwählen. Dennoch zeigte sie Verständnis und versprach, Opa zuzureden, daß er Jack in Urlaub fahren lassen würde.

»Wozu herumtreiben? Und wohin fährt er überhaupt?« wollte Großvater wissen.

»Jack ist fünfundzwanzig. Er hat seine eigenen Bedürfnisse.«

Großvater mochte nicht darüber nachdenken, was diese Bedürfnisse sein konnten. Bevor seine Frau sie ihm erklären konnte, gab er schnell sein Einverständnis.

Jack fuhr nach Dunedin, um seinen Schulfreund Herb Day zu besuchen, der dort in der Cadbury Hudson Schokoladenfabrik arbeitete und sich mit einer Kollegin verlobt hatte.

Herb verbrachte seine Abende am liebsten zu Hause im Wohnzimmer seiner Eltern, um mit seiner Verlobten Barbara am Telefon zu besprechen, was in den paar Stunden seit der Arbeit passiert war. Manchmal war ihm das nicht genug und Herb fuhr zu ihr, um die Gästeliste und das Menü für die Hochzeit durchzugehen. (Für Jack war das eine Qual, denn es führte ihm sein hoffnungsloses Junggesellendasein nur um so deutlicher vor Augen.) Jack konnte Herb zu nichts anderem bewegen. Ein einziges Mal schlug er vor auszugehen, da winkte Herb ab. Barbara könnte Pubs nicht leiden und würde deswegen nicht mitgehen.

»Das macht doch nichts«, sagte Jack. »Gehen wir alleine.«

»Barbara spielt Samstag abends gerne Karten.« So spielten sie Rommé. Bei Barbara. Jack und Barbaras Mutter waren Partner. Am nächsten Tag log Jack, daß auf der Farm etwas passiert wäre, und er sofort nach Hause müsse, um zu helfen.

»Wie schade«, sagte Herb. »Barbara führt heute ihren Kirchentanz auf. Barbaras Mutter hat sich so gefreut, mit dir Foxtrott zu tanzen.«

Jack murmelte etwas, von dem er hoffte, daß Herb es als Enttäuschung interpretieren würde, und brach dann schnell auf. Als er an einem Hockeyfeld vorüberfuhr, blieb er stehen, stieg aus und beobachtete die Mädchen. Eines gefiel ihm. Jedesmal, wenn sie am Ball war, jubelte er, um ihre Aufmerksamkeit zu wecken. Aber sie nahm ihn nicht wahr. Ihr Freund dagegen schon. Er ging auf Jack zu und warnte ihn, damit aufzuhören, sonst würde er ihm die Zähne einschlagen. Jack trollte sich und tröstete sich mit dem Gedanken: Wenn sie jetzt Hockey spielte, würde sie später sicher auf Golf umsteigen.

Auf dem langen Weg nach Hause grübelte er über seine aussichtslose Situation nach. Um sich Mut zu machen, wollte er sich in

McGregor's Tearoom eine der berühmten Fleischpasteten gönnen. Am Fenster saß eine Frau und starrte derartig trübsinnig auf die Straße hinaus, daß Jack annahm, ihr Kerl hätte sie sitzengelassen.

Da ziemlich Betrieb herrschte, nützte das Jack als Vorwand, um sich zu ihr zu setzen. »Ist bei Ihnen noch frei?«

Sie schaute ihn kaum an, nickte und blickte gleich wieder auf die Straße hinaus. Jack aß seine Pastete langsam und starrte dieFrau zwischen den Bissen an. Als er fertig war, bestellte er noch eine und aß sie genauso langsam. Als auch die aufgegessen war, blieb ihm nichts anderes übrig, als Reebie einfach nur anzugaffen.

»Warten Sie auf jemanden?« fragte er schließlich.

Reebie wendete sich ihm zu, fixierte ihn mit so ernster Miene, daß es Jack ganz bange wurde. Irgendwas stimmte nicht mit ihr.

»Was ist passiert?« fragte er. »Erzählen Sie es mir, vielleicht kann ich Ihnen helfen.«

»Das bezweifle ich«, antwortete sie, aber erzählte es ihm trotzdem. Reebie arbeitete als Krankenschwester in der Psychiatrie-Klinik Cherry Farm. Sie hatte mit Kolleginnen ein paar Patienten spazieren geführt, und Maxwell Powell (unsoziales Verhalten und Kleindiebstähle) sprintete plötzlich wie wild durch den Park davon und raus aus dem Krankenhausareal. Reebie rannte hinter ihm her.

Sobald sie auf die Straße kam, sah sie, wie Maxwell in einen Laster kletterte, den er gestoppt hatte. Sie warf die Arme in die Höhe, um dem Fahrer zu verstehen zu geben, daß er soeben einen staatlich geprüften Verrückten aufgenommen hatte, aber er nahm sie nicht wahr; der Laster fuhr an und stob davon.

Reebie war nicht darauf geschult worden, wie man mit so einer Situation umgeht. Und während sie überlegte, hielt ein Laster neben ihr – sie hatte ihn versehentlich gestoppt – der Fahrer öffnete die Tür.

Obwohl man sie davor gewarnt hatte, kletterte sie in den Truck. »Hinterher!« forderte sie den Fahrer in einem Ton auf, der sie an eine dieser Hollywood-Heldinnen erinnerte. »Folgen Sie dem entsprungenen Patienten!«

»Weswegen ist er in der Klapse?« fragte der Fahrer und trat aufs

Gas. Reebie antwortete nicht. Der Patient war ein notorischer Unterwäschedieb, und die Ärzte hatten gerade in Erwägung gezogen, ihn zu kastrieren.

Irgendwo zwischen Waikouaiti und Palmerston verloren sie den Truck aus den Augen. Dann trieb auch noch ein Farmer seine Schafherde über die Straße. Sie mußten bremsen und sich ganz langsam einen Weg durch die Herde bahnen.

Reebie wurde immer ungeduldiger. Zum einen entfernte sich ihr Patient von Sekunde zu Sekunde mehr, zum anderen hatte der Fahrer begonnen, sie zu mustern. »Das ist sicher ein interessanter Job, den sie da haben«, wagte er sich an sie heran. »Sie haben bestimmt 'ne Menge Ahnung vom menschlichen Körper und seinen Funktionen.«

Reebie mochte gar nicht daran denken, was er damit gemeint haben konnte. »Meine Ausbildung hat sich auf die Psyche und ihre Fehlfunktionen beschränkt«, antwortete sie knapp.

»Aha«, sagte er, »auf Perversionen und all den Kram, was?«

Gott sei Dank waren sie am Ende der Herde angelangt, und weil der Fahrer auf volle Touren beschleunigte, wurde die Unterhaltung unmöglich.

Reebie starrte konzentriert auf die Straße in der Hoffnung, daß der Fahrer dasselbe tun würde, mußte dann aber feststellen, daß er statt dessen weiterhin sie angaffte.

»Am besten ich steige in Palmerston aus und suche dort nach ihm«, sagte sie.

Der Fahrer seufzte. »Ein bißchen Begleitung ist so schön.«

Als er anhielt, um sie aussteigen zu lassen, sagte er noch, daß er regelmäßig am Krankenhaus vorbeifuhr. »Ach ja?« Reebie lächelte. »Dann werde ich Ihnen winken«, sagte sie und drehte sich auf dem Absatz um.

Es war ein sonniger Sommertag, eine leichte Brise wehte, der perfekte Waschtag also, jeder hatte seine Wäsche auf der Leine hängen. Reebie lief in Richtung der Häuser mit all den gespannten Wäscheleinen voll ausgelieferter Unterwäsche. Sie jagte die Straßen hinauf und hinunter, aber umsonst. Maxwell war verschwunden. Weil sie niemanden beunruhigen wollte, wagte sie nicht, jemanden zu fragen. Schließlich lief sie zu den Shops hinüber, um eine Tasse Tee zu trinken und zu verschnaufen. Sie setzte sich bei McGregor's ans Fenster – es hätte ja sein können, daß Maxwell vorbeischlendern würde. Dort, mit schwermütigem Blick, über ihr Versagen nachdenkend und in Erwartung der Abmahnung, die sie unweigerlich erwartete, lernte sie Jack kennen.

»Aber Sie haben getan, was in ihrer Macht stand«, sagte Jack. »Sie haben sich sogar selbst in Gefahr gebracht, als sie mit einem Fremden mitfuhren.«

Reebie seufzte. Man würde sie vermutlich in eins dieser Häuser versetzen, in dem die Patienten mehr oder weniger unbeweglich waren und sich andauernd nur vollkackten.

»Kommen Sie, ich fahre Sie zurück und dort erklären Sie alles. Ich bin mir sicher, sie werden einsehen, daß Sie Ihr Bestes gegeben haben.«

Jack führte sie zu seinem Wagen. Auf dem Weg zur Fahrertür machte er einen kleinen Freudensprung. Was für aufregende Umstände, unter denen sie sich kennengelernt hatten. Jack hatte bereits beschlossen, daß Reebie für ihn bestimmt war. Er würde sie aus dem Krankenhaus holen, das gefährlich und einem netten Mädchen wie ihr völlig unwürdig zu sein schien. Sie wirkte viel zu warmherzig und brav, um sich um Perverslinge zu sorgen, denen nach Jacks Meinung die Kehle durchgeschnitten werden sollte (so ging man zumindest auf der Farm damit ihm: die Kranken und Behinderten in der Herde wurden geschlachtet).

Still fuhren sie zum Krankenhaus. Reebie malte sich die fürchterlichen Konsequenzen aus, die sie mit Sicherheit erwarten würden, und Jack rätselte, ob sie wohl eine gute Köchin wäre und ob sie auf der Farm mit anpacken würde. An Golf war sie sicherlich nicht interessiert.

Als sie das Schwesternheim erreicht hatten, fragte Jack zaghaft, ob er sie am nächsten Tag anrufen dürfte. »Ich würde gerne erfahren, wie die Sache ausgegangen ist und sichergehen, daß es Ihnen gut geht«, sagte er vorsichtig.

Reebie erschrak. Zum ersten Mal schaute sie Jack richtig an. Er saß mit Jackett und Krawatte hinter seinem Lenkrad, sein Haar war blond gefleckt, seine Augen von einem beeindruckenden Blau, sein Gesicht schien von der Sonne ganz verbrannt. Am meisten stach Reebie jedoch sein Lächeln ins Auge, das betrübte Kräuseln seiner Lippen.

»Ich wohne in Zimmer zwölf«, sagte sie. »Sie müssen das wissen, *falls* sie anrufen.«

»Oh, ich werde mich ganz bestimmt melden«, versicherte Jack. »Kein Zweifel.«

Reebie stieg aus, und Jack fluchte, weil er die Gelegenheit nicht genutzt hatte, sie zu küssen. Das hätte er den Jungs beim Fußball erzählen können –, naja das würde er ohnehin, denn niemand kannte die Wahrheit.

Langsam ging sie ins Haus; sie spürte, daß Jack sie beobachtete. Reebie drehte sich um, um ihm zu winken, aber auch um sich zu versichern. Und ja, er hing immer noch aus dem Fenster und grinste sie an. Sie winkte, und er winkte, und dann winkte sie noch mal, erst dann startete er den Motor und fuhr los.

Reebie rief den diensthabenden Krankenpfleger an – sie hatte Angst, ihm persönlich gegenüber zu treten –, und von ihm erfuhr sie zu ihrer Erleichterung, daß Maxwell wieder in seiner Villa war. Man hatte ihn in der Wäscheabteilung von *Farmers* in Oamaru gefaßt, als er gerade dabei war, eine Schaufensterpuppe auszuziehen. Reebie wurde für ihren Einsatz bei der Suche nach Maxwell gelobt.

Jack rief tatsächlich am nächsten Tag an, um zu hören, wie die Sache ausgegangen war, und um sie zu fragen, ob er sie an ihrem nächsten freien Tag zu McGregor's auf einen Tee einladen dürfte. Sie freute sich und sagte zu. Diese Ausflüge zu McGregor's an Reebies freien Tagen wurden zu einer Art Ritual zwischen den beiden, und so war es nicht verwunderlich, daß Jack ihr den Heiratsantrag bei einer Fleischpastete machte. Sie willigte ein. Reebie war für Veränderungen leicht zu begeistern. »Aber kauf noch keinen Ring«, bat sie. »Warte, bis wir uns sicher sind.«

Jack versprach es. Es war ihm ohnehin lieber, nicht unnötig Geld auszugeben. Er nahm an, daß Reebie seine Einstellung teilte, es kam ihm gar nicht in den Sinn, daß das ihre Art war, »vielleicht« zu sagen.

Die Bedeutung eines Rings wurde ihm erst klar, als er begann, Reebie als seine Verlobte vorzustellen. Als den Leuten nämlich auffiel, daß sie keinen trug, lächelten und tuschelten sie darüber. Reebie kriegte davon nichts mit. Sie war zu sehr damit beschäftigt, von ihrem neuen Leben auf dem Land zu träumen: Wie sie die Obstgärten hegen, über die Hügel spazieren und Gedichte verfassen, Brot backen und vielleicht dann und wann den dankbaren Schafen ein bißchen Heu hinstreuen würde.

Einen Monat nach seinem Antrag besuchte sie die Farm. Jack bat darum, daß alle sich einen Tag freinahmen und sich auf Reebie konzentrierten. Es kam nicht oft vor, daß jemand von außerhalb nach Mawera heiratete. Die Verlobte von Patrick McDonald flüchtete, sobald sie sah, daß er von ihr erwartete, den Rest ihres Lebens dort zu verbringen. Dabei war es gar nicht so schlimm. Okay, es gab keine Geschäfte, kein Pub, keine Post oder Bank, aber Crayburn lag nur sechzehn Meilen entfernt und in weiteren sechzehn Meilen Glenora, was immerhin die Gemeindehauptstadt war; da war richtig was los. In Mawera hatte es mal ein Pub gegeben, das Herz der Gemeinde mit Tante-Emma-Laden, Post, Telefon und der örtlichen Leihbücherei. Neunzehnhundertdreiundfünfzig brannte es ab. Durch eine einzige wüste Feuersbrunst verlor die Gemeinde ihre gesamte Wirtschaft. Sie wurde nie wieder aufgebaut.

Mawera schmiegt sich in eine Talmulde hoch über den Serpentine Plains in der südwestlichen Ecke des Landes. Oben, in den Bergen hinter Mawera, entspringt der Red River. Er windet sich durch das Tal, fällt eine steile Klamm hinunter und strömt dann in Schlangenlinien über die Weite der Plains, weshalb die Gegend Serpentine heißt. Mawera hat Glenora sogar etwas voraus, eine Sehenswürdigkeit: das steinerne Verließ aus dem Jahre Achtzehnhundertsechzig, das die Polizei während der Goldtransporte von Otagos nach Dunedin benutzte. Jeder, der sich für die Siedler interessierte, wollte es sehen und hielt den Atem an, sobald er der von den Wänden hängenden Ketten gewahr wurde, an die die Gefangenen gefesselt wurden. Den Touristen machte es nicht mal was aus, daß die Straße nach Mawera nur zur Hälfte geteert war. Es war ein Trip in die Geschichte.

Und für noch etwas ist Mawera berühmt: das Wetter. Hier gibt es immer mehr Schnee als auf der Hochebene. Manchmal meterhoch. Wenn das passiert, kann man die Straßen nur noch mit Traktoren befahren. Es gibt Zeiten, da kommt der Post- und Lebensmittel-Truck, der Mawera sonst zweimal die Woche anfährt, eine Woche lang nicht durch. Dem Räumdienst scheinen die anderen Straßen wichtiger als die, die zu uns führt. Manchmal schließt die Schule tagelang, weil die Kinder ihren Vätern helfen müssen, die Schafe aus Schneeverwehungen auszugraben. Selbst der Strom kann ausfallen. (Deshalb hielt Oma auch den alten Kohleofen in Schuß.) Das Wetter ist extrem: heiß im Sommer, kalt im Winter. Sehr kalt.

Reebie hatte das Glück, im Sommer nach Mawera zu kommen. Sobald sie die Farm erreichten, verlangsamte Jack die Fahrt, so daß Reebie die Silos und das Vieh bestaunen konnte. Sie tat unheimlich begeistert, dabei war ihr das ziemlich egal.

Oma erwartete sie mit heißen Scones und ihrer selbstgemachten Himbeermarmelade – sobald sie den Wagen kommen sah, rannte sie zum Telefon, um Janet Scott Bescheid zu sagen. Der Wagen kam langsam den mit Weiden gesäumten Weg herauf, die Hunde begleiteten ihn bellend, kläfften und schnappten nach den Reifen. Oma schlenderte hinunter, um sie willkommen zu heißen. Großvater trat aus der Werkstatt heraus und beobachtete sie. Sobald der Wagen anhielt, sprang Reebie heraus. Die Hunde umringten sie im Nu, bellten, schnupperten und sprangen an ihr hoch.

»Runter! Runter mit euch!« brüllte Jack, aber zu spät: das Kleid war bereits von ihren dreckigen Pfoten verschmutzt. Omas Träume von der Zentralheizung in Crayburn schmolzen dahin. Die Verlobte von Patrick McDonald kreischte, als sie die Hunde sah, sprang zurück in Patricks Auto und weigerte sich auszusteigen, bis sie an die Leine genommen waren. Aber Reebie lächelte nur, lachte sogar und streichelte die Hunde, ermutigte sie, noch höher zu springen. »Die sind so zutraulich«, sagte sie.

»Das ist so bei uns auf dem Land«, sagte Oma und trat auf sie zu. »Alle sind freundlich hier, sogar die Hunde. Ich bin die Mutter von Junior, sag einfach Oma zu mir. Und das ist sein Vater, Jack.«

Reebie ging auf Großvater zu. »Willkommen«, sagte er und gab ihr ein Küßchen auf die Wange.

»Danke«, sagte sie und schaute sich um.

Die Sonne neigte sich und brachte die Farben der Landschaft zum Leuchten. Ihr Licht ergoß sich aus wallenden Wolken, färbte sie in ein dunkles Pink und verlieh dem Wasser in den Bächen und auf den Mooren einen silbernen Schimmer. Die Hügel ragten aus der Talsohle, zu lavendelblauen Falten aufgebauscht wie unachtsam hingeworfene Eiderdaunen. Der Schnee glitzerte von den Bergkuppen wie die Glasur auf einer von Omas Weihnachtstorten. Reebie war ergriffen. Sie wünschte sich Schreibzeug zur Hand zu haben, um die ersten Zeilen eines wunderschönen Gedichts festzuhalten.

Die Landschaft bestätigte sie in ihren Träumen von dem neuen Leben. Als sie über ihre Pläne plauderte, zu dichten und Brot zu backen, widersprach ihr niemand. Beide Jacks starrten auf ihre Schuhe und taten geistesabwesend, überließen es Oma zu sagen: »Ach, wie nett.« Niemand wollte es vermasseln.

Als er sie am nächsten Tag ins Krankenhaus zurückbrachte, drückte sich Reebie an Jack und sagte: »Wir sollten Pläne machen.«

Trotz Reebies lachendem Protest fuhr Jack an Cherry Farm vorüber, weiter nach Dunedin zum Juwelier Weatherall, wo er sein Scheckbuch zückte und Reebie aufforderte, sich einen Ring auszusuchen. Fünf Monate später heirateten sie in der Presbyterianischen Kirche von Crayburn. Reebie war ganz verzaubert, als sie dort ankamen und die Kirche im Schnee versunken lag. Sie sah darin ein Omen für das reine, frische Leben, das ihr bevorstand.

Ihr Vater war nicht ganz so beeindruckt. Er blieb mit seinem Wagen in einem Graben stecken, der von einer Schneewehe überdeckt war, und mußte Reebie daher die letzten fünfhundert Yards zur Kirche tragen. Sie fror so sehr, daß sie vor Kälte kaum ihr Ehegelöbnis ablegen konnte. Die Gäste fanden das romantisch. Jack lieh sich Omas Pelzmantel aus und legte ihn Reebie um die Schultern, so daß sie endlich das magische »Ja, ich will« herausbringen konnte.

Der Schnee brachte sie um ihre Flitterwochen in Queenstown. Sie waren gerade dabei, den Empfang zu verlassen, da sagten sie im Radio durch, daß die Straßen dorthin gesperrt waren. Die einzige Alternative: die Nacht auf der Farm. Und dort, in Jacks Schlafzimmer (sie hatten die beiden Einzelbetten zusammengeschoben), machte Reebie die Entdeckung, daß Jack so scharf darauf war, für Nachwuchs zu sorgen wie der stärkste Bulle auf dem Feld. Zudem ging er ähnlich brutal vor. Mehrere Male.

Ihre Flitterwochen holten sie nie nach. Die täglichen Pflichten auf der Farm hielten sie davon ab. Reebie stellte bald fest, daß mehr erwartet wurde, als ab und zu mal ein bißchen Heu unter die Schafe zu streuen. Sie sollte täglich zweihundert Ballen verfüttern, sieben Tage die Woche, ganz gleich bei welchem Wetter, während ihr Mann den Traktor fuhr. Die anderen Pläne gingen ähnlich in die Binsen. Das Wetter war zu rauh, um Obstbäume zu pflanzen. »Hier wachsen nur Disteln und zähe Büsche«, sagte Jack.

Was ihren Wunsch anging, durch die Hügel zu wandern und Gedichte zu verfassen? Man bat sie eine Pistole mitzunehmen und dabei ein paar Hasen abzuknallen. Wie sollte sie dichten, wenn man von ihr erwartete, daß sie gleichzeitig ein Blutbad anrichtete? Und als sie im Crayburn Superstore nach Hefe fragte, sagte man ihr, daß sie schon lange keine mehr führten. Wozu auch? Brot würde schließlich seit neuestem zweimal die Woche frisch geliefert. Es wäre töricht, sich zusätzliche Arbeit aufzubürden, wenn man schon genug anderes zu tun hätte. Reebies Wunsch, Brot zu backen, war wochenlang *der* Lacher in der ganzen Umgebung.

Zwei Monate später hatte sie immer noch keine Zeile zu Papier gebracht, aber zwölftausend Ballen Heu herumgewuchtet. Sie war enttäuscht und verbittert. Als sie versuchte, mit Jack darüber zu sprechen, würgte er ihre Beschwerden ab. Und dann begann das Gefühl an ihr zu nagen, daß man sie aufs Kreuz gelegt hatte.

Als ihr der Arzt in Glenora bestätigte, daß sie schwanger war, lief sie an Oma vorbei aus der Praxis auf die Straße hinaus. Sie lief und lief. Blind. Bis die Straße abrupt endete. Vor ihr lag nur noch die gefrorene Weite der Serpentine Plains. Dort, am Ende der Stadt, fand Oma sie weinend auf Knien, und Reebie warf ihr und den anderen vor, sie in ein Leben gesperrt zu haben, das sie nicht wollte.

3

Mein Vater und die rosa Kälber. Meine erste vage Erinnerung. Mutter lächelt immer, wenn ich sie an diesen Tag erinnere, behauptet aber, daß ich da noch viel zu jung war, um mich zu erinnern: »Du warst erst zweieinhalb.«

Aber ich erinnere mich wohl. Mein Vater bestand darauf, daß ich sein erstes Charolais-Kälbchen bestaunte. Es war schneidend kalt an jenem Morgen, die Kälte schnappte nach mir, und ich heulte aus Protest.

Ich denke, es war Frühjahr, aber es kam mir vor wie Winter. Überall lag der Schnee, überfroren von einer glitzernden Kruste, auf der ich gehen konnte, ohne zu versinken. Als ich hinfiel, fühlte sie sich an wie Beton. Meine Mutter nahm mich in die Arme und tröstete mich, flüsterte mir ins Ohr, um mich vom Schmerz abzulenken: »Ein rosa Kälbchen. Guck das rosa Kälbchen an.«

Ich schaute es an und war ergriffen. Das Kalb tropfte noch. Vor dem weißen Hintergrund strahlte es eine unglaubliche Farbe aus, wie ein zarter Sonnenuntergang.

Meine Eltern freuten sich über das Kalb. Mein Vater quatschte es mit einer unsinnigen Sprache voll, als wäre es ein Baby, spornte es an, seine ersten Schritte zu tun, während es da stand und zitterte. Sogar Mutter schien begeistert (meine Mutter, die Vaters Plänen und Projekten für die Farm später kaum noch Beachtung schenkte). Ihr Blick war ekstatisch. Sie wirkte verzaubert, absolut friedlich, konzentriert. Dann bewegten sich ihre Lippen, aber sie brachte kein Wort heraus. Sie sprach nicht mit mir oder meinem Vater. Es war eine Art Geheimsprache.

Später, vielleicht ein Jahr später (ich hatte die Masern), erzählte sie mir ein Märchen über die rosafarbenen Kälber. Es war sehr weise und reimte sich. Meine Mutter dachte wohl, ich würde mich im Fieber nicht daran erinnern, denn als ich sie am nächsten Abend bat, es noch mal zu erzählen, erschrak sie. »Wenn man eine Geschichte zu oft hört, wird sie schlecht«, lautete ihre Entschuldigung, bevor sie davoneilte.

Ich bezweifle, daß ich ihre Geschichte noch mal zu hören bekommen hätte, wenn ich sie nicht aus meiner Erinnerung zusammengestopselt hätte. »Nein, nein«, widersprach sie, »du hast das völlig falsch verstanden.« Und mit ernsthafter Miene erzählte sie mir die Geschichte noch mal. Ich applaudierte, sobald sie fertig war, aber sie hieß mich schweigen. »Das ist jetzt unser Geheimnis« sagte sie. Mein Vater durfte sie also nicht hören, vermutlich weil er eine Verschwendung kostbarer Zeit darin gesehen hätte.

So wurde die Schlafenszeit zu einem magischen Augenblick. Denn meine Mutter kannte viele Geschichten, auch wenn sie nur selten welche erzählte. »Ich muß in Stimmung dazu sein«, behauptete sie. Leider hatte es keinen Sinn, sie zu drängen. Es schien ihr peinlich zu sein und sie ergriff die Flucht, ohne Gute Nacht zu sagen.

Viel zu selten ließ sie sich dazu herab, daher war es ausgesprochenes Pech, daß mein Vater etwas davon mitbekam. Vielleicht hatte er gespürt, daß er ausgeschlossen wurde. Sie hatte gerade ihre Geschichte zu Ende erzählt, da sah ich ihn im Türrahmen stehen. Er sprach kein Wort. Er lächelte nur auf eine Art, die man kaum als Lächeln bezeichnen konnte. Als meine Mutter aufstand und das Licht ausschaltete, war er schon verschwunden. Er muß später etwas Vernichtendes zu ihr gesagt haben, denn danach erzählte sie mir nie wieder eine Geschichte; sie war nie wieder »in Stimmung« und ich traute mich nicht, sie darum zu bitten. Etwas in ihrem Blick hielt mich zurück.

Aber ich weiß, daß sie sich weiterhin Geschichten ausdachte, ja, daß sie sie sogar aufschrieb. Manchmal ertappte ich sie dabei, am Schreibtisch meines Vaters – ihr Gesichtsausdruck verriet, daß sie sich nicht mit den Finanzen beschäftigte. Da war dasselbe Leuchten in ihren Augen wie damals an jenem Morgen, als das erste rosafarbene Kälbchen zur Welt kam.

Als Babe alt genug war, die Geschichte von den rosa Kälbern zu verstehen, bettelten wir unseren Vater an, die Kälber wieder rosa zu machen. Aber er schüttelte nur den Kopf. Er hatte weiße Kälber im Sinn, das perfekte Weiß einer Charolais. Damals hatte er seinen neuen Charolaisbullen mit einer roten Kurzhornkuh gekreuzt. Es war der Anfang der langen Züchtung seiner ersten reinrassigen Charolais'.

Großvater mochte die Charolais' nicht. »Weiße Bestien«, nannte er sie. Sie mochten ihn auch nicht, einer hätte ihm fast den Rest gegeben. Bruno, der erste Bulle, den Vater aus Frankreich importierte, drückte Großvater an den Zaun der Kuhweide. Ich war, glaub ich, erst vier, aber ich erinnere mich, daß Vater und Mister Spratt Großvater nach Hause tragen mußten und auf den Küchentisch legten. Seine Klamotten waren zerrissen und ich konnte sehen, daß die Haut darunter geschunden und geschwollen war. Oma liefen die Tränen herunter, während sie und meine Mutter das Blut von ihm abwuschen. Sie flehte meinen Vater an, dieses Monster auf der Stelle zu erschießen. Aber er weigerte sich. Nicht seinen geliebten Bruno, für den er tausend Dollar bezahlt hatte.

Aber es ging nicht ums Geld. Mein Vater hatte einen Traum. Vermutlich würde er es leugnen, wenn ich ihn heute darauf ansprechen würde, aber ich erinnere mich, daß er mich auf seinen Schoß zog und mir erzählte, sobald ich halbwegs erwachsen war, hätte er eine ganze Herde weißer Kühe, weiß wie Bruno, die auf der Weide am Wegesrand schimmern. »Sie werden so weiß sein«, flüsterte er mir zu, »daß sie dich blenden werden.«

Ich war zwar auch nicht so scharf auf die weißen Kühe, aber ich wollte rosa Kälbchen. Meines Erachtens wären sie ein guter Kompromiß gewesen zwischen den weißen Kühen, die mein Vater unbedingt wollte, und den roten, von denen Großvater hartnäckig behauptete, sie wären die besseren. Aber beide ignorierten meinen Vorschlag.

Großvater (der fortan humpelte) wollte mit den weißen Kühen nichts mehr zu tun haben und verbrachte daher mehr und mehr Zeit in seinem Haus in Crayburn. Das hatte er sich vor meiner Geburt zugelegt, um sich im Alter dorthin zurückzuziehen. Jetzt mochte er es nicht mehr. »Fast sechzig Jahre habe ich hier zugebracht«, sagte er zu mir. »Es ist nicht so einfach, wegzugehen. Ich kann in dem neuen Haus nicht schlafen.«

Er weigerte sich, meinem Vater mit den »weißen Biestern« zu helfen. Es gab genug Arbeiten, die zwei Männer erforderten.

Großvater hoffte, daß mein Vater die Nase bald voll davon haben würde, sich allein abzustrampeln und sich daher wieder mehr auf die Kurzhörner konzentrieren würde. Aber nein. Vater stellte einen jungen Mann ein und bat Großvater ganz auszuziehen, um Platz zu machen.

Dieses eine Mal war Großvater sprachlos. Er setzte sich in seinen Wagen und fuhr weg. Babe und ich halfen Oma alles einzupacken, was sie in mehr als fünfzig Jahren Ehe hier angesammelt hatten. Uns liefen die Tränen herunter. »Ihm wird das neue Haus schon gefallen«, versuchte uns Großmutter zu trösten. »Es hat überall Zentralheizung und eine Geschirrspülmaschine.«

Oma liebte die Zentralheizung. Wenn wir auf Besuch kamen, drehte sie sie immer voll auf. Großvater beschwerte sich dann immer, daß er sich wie in einem Treibhaus vorkäme, in dem die Fenster versiegelt wären. »Ich trockne aus«, raunte er mir einmal zu. »Macht mich älter, als ich bin.«

Die Schlösser an der Tür zum neuen Haus vermied er. Großvater wollte nicht mal wissen, wie sie funktionierten. »Wir haben nie Schlösser gebraucht.«

Oma schloß ihn absichtlich ein, wenn sie zum Golfspielen verschwand. »Dann kann er keinen Unfug anstellen«, sagte sie meiner Mutter. »Er wird alt und das gefällt ihm nicht. Er sollte sich mehr ausruhen, aber er hört ja nicht auf mich.«

Meine Großmutter hätte vermutlich ihrem eigenen Rat folgen sollen. Eines Abends, sie räumten gerade die Spülmaschine ein, sank sie in Großvaters Arme. Er knurrte sie an, weil er dachte, sie wäre aufgrund der Hitze ohnmächtig geworden; endlich hatte er einen Grund, die Heizung runterzudrehen. Erst als ihre Glieder zu zucken anfingen, merkte er, daß sie einen Schlaganfall erlitten hatte.

Er schleppte sie ins Auto und fuhr ins Krankenhaus nach Glenora. Als er dort ankam, war der Arzt auf einer Geburtstagsfeier in der angrenzenden Gemeinde. Oma erholte sich nicht mehr. Sie konnte das Haus mit all seinen modernen Vorzügen, auf die sie solange hatte warten müssen, nicht mehr genießen. Der Schlaganfall verzehrte sie. Es war, als hätte ihre Seele bei der Attacke Reißaus genommen, ihr Körper aber zu langsam und schwer gewesen wäre, um ihr zu folgen. Ein paar Wochen lag sie dann noch in einem Einzelzimmer, und ihre Augen verrieten, daß aus der Familie, die um ihr Bett herumstand und weinte, Fremde geworden waren.

Nach Omas Tod schien es, als würde Opa sich an das Haus gewöhnen. Er drehte sogar die Heizung voll auf, weil sie es so gewollt hatte. Er kaufte einen Farbfernseher – der erste im ganzen Landkreis Serpentine –, aber irgendwie erkannte er das Wunder nicht. Während Babe und ich nur so staunten, krittelte er daran herum: »Diese Fernsehleute haben in Schwarz-weiß besser ausgesehen. Diese Farbkombinationen tun mir in den Augen weh.« Entschuldigung, aber das waren die siebziger Jahre.

Großvater kaufte den Fernseher, damit er nicht so alleine war. Wenn wir zu Besuch kamen, stellte er ihn ab, was uns sehr enttäuschte. Er gab uns Limonade – dachte, sie wäre ein tolles Geschenk –, setzte sich zu uns in die Küche und erzählte uns eine jener Geschichten, die wir schon unzählige Male gehört hatten.

Seine Lieblingsgeschichte war die vom »Schlachtfeld«. Großvater hatte sie von einem alten Schäfer in seiner Kindheit. Bevor er sie erzählte, legte er immer diese Stücke von Grünstein aus, die er und sein Bruder ausgegraben hatten, um seiner Geschichte Glaubwürdigkeit zu verleihen: Der Pfad am Delta des Eweburn Baches, der in den Red River fließt, war eine Handelsroute durch das Clutha Tal. Dort bekämpften sich zwei Maori Stämme bis zum letzten Mann. Von ihrem Blut rot gefärbt, kam der Fluß zu seinem Namen.

Als wir die Geschichte zum ersten Mal hörten, rannten wir auf die Weide hinunter und suchten nach Beweisen. Wir verbrachten den ganzen Tag dort, spielten die Schlacht nach, krabbelten herum, gruben Löcher, in der Hoffnung, ein Relikt zu finden. Aber wir fanden nichts. Lou nervte meinen Vater, daß er die Weide pflügen sollte, damit wir Schätze oder Skelette fänden, aber er wollte nichts davon hören. »Ich grabe doch keine Geister aus«, sagte er. »Und beschwöre damit das Unglück herauf.« Er kannte Opas Geschichte auch und hielt dieses Stück Land daher in Ehren.

»Haltet euch fern!« warnte uns Großvater. »Das war eine furchtbare Sache damals. Und schwimmt ja nicht hin! Ihr werdet einen Krampf kriegen und ertrinken!«

Die Aussicht auf bösartige Geister und Flüche berauschte uns, die Sache wurde dadurch nur um so interessanter. Daher nutzten wir jede Gelegenheit, dort herumzuschleichen. Aber hin schwammen wir nie. Es war uns nicht erlaubt, ohne Aufsicht von Erwachsenen zu schwimmen. Aber wir setzten uns ans Ufer und steckten unsere Füße ins Wasser. Einmal schoß ein großer Aal zwischen uns hindurch, worin wir Großvaters Warnung bestätigt sahen. Wir rannten weg. Niemand erfuhr je davon.

Obwohl wir viel Zeit dort verbrachten, fanden wir nie etwas, das auf diese Schlacht hingewiesen hätte. Nur einen eigenartigen Knochen. Lou trat, während sie als Kriegerin wegen eines Sumpfgebiets Verhandlungen führte, darauf. Großvater identifizierte ihn als Knochen eines Moa-Vogels. »Vor hunderten von Jahren fraß sich ein Feuer quer durch die ganze Südinsel«, erklärte er uns. »Die Moas flüchteten in die Sümpfe, aber das Feuer war so groß, daß nicht mal Wasser es aufhalten konnte. Es begann zu kochen und die Moas verbrannten. So wurden sie ausgelöscht.« Es hörte sich ein bißchen weit hergeholt an, aber wir nickten und hielten an den entsprechenden Stellen den Atem an.

Mit diesen Geschichten wuchsen wir auf und sie faszinierten uns. Aber dann kam der Fernseher und bald hungerten wir nach aufregenderen Erlebnissen. Wir wollten die *Familie Robinson* werden, die im Weltall verscholl. Wir wollten eine Sängerfamilie sein, wie die *Patridge Family* und unsere Mutter sollte einen alten Bus fahren. Wir wollten Pistolen tragen und Viehdiebe abknallen wie in *Big Valley.* Wir wollten keine Moas mehr spielen, die vor den Flammen davonrannten. Es war einfach nicht ausgefallen genug. Sobald Großvater mit einer Geschichte fertig war und mit einer weiteren beginnen konnte, bat Lou – die mutigste von uns dreien –, fernsehen zu dürfen. Er schaute immer ein bißchen erschrocken, aber er willigte meist ein.

Großvater kaufte nicht nur den Fernseher, sondern auch fünfhundert Hektar Land am Rande von Crayburn. Im Alter von zweiundsiebzig Jahren begann er noch einmal Kurzhornrinder zu züchten. Er setzte sich in den Kopf bei der Rinderschau gegen seinen eigenen Sohn anzutreten. Und zu gewinnen.

Keiner von beiden gewann je.

Victor Caldwell aus Crayburn besaß einen neuseeländischen Herefordbullen-Champion, den er Jahr für Jahr vorstellte, und die Jury fühlte sich verpflichtet, ihn auszuzeichnen. Vater und Großvater beteten, daß Victors Bulle endlich erlahmen würde.

Die jährliche Niederlage (und Großvaters Konkurrenz) spornte Vater jedoch an, einen zweiten Bullen aus Frankreich zu ordern: Dante.

Dante war monströs. Er war so groß, daß er nicht auf die Rampe zum Stall paßte. Mein Vater und der LKW-Fahrer trieben ihn dazu, aus dem Truck zu springen. »Ich hoffe, sie sind mit ihm zufrieden«, sagte der Fahrer. »Wenn sie ihn je wieder loswerden wollen, müssen sie sich nämlich eine breitere Rampe zulegen.«

Mein Vater hörte nicht mal zu, so begeistert war er von Dante, der viel größer war als Bruno. »Stell dir nur mal vor, was er für Kälber produzieren wird«, keuchte er.

Das Problem war nur, daß Dante mit den Kurzhornrindern, die er mit seinem reinrassigen Charolais-Samen schwängern sollte, nichts zu tun haben wollte. Er zeigte sich nicht im geringsten geneigt, seiner Aufgabe nachzukommen, focht lieber Kämpfe mit den anderen Bullen aus. Dante von den Bullen wegzukriegen und den Kühen zuzuführen stellte sich als richtiges Drama dar. Es dauerte immer einen ganzen Tag; mehrere Zäune gingen dabei drauf, die zu reparieren wiederum Stunden des nächsten Tages in Anspruch nahm. Um ihn überhaupt nur zu bewegen, mußten unsere sieben Hunde nach ihm schnappen, mein Vater an dem Aluhaken zerren, den er um seinen Rumpf geschnallt hatte, und Lou und ich so laut schreien, wie wir konnten, und dabei mit den Armen wedeln. Trotz allem war er nicht bereit, besonders schnell zu gehen.

Sein übelster Streich war, daß er sich plötzlich umdrehte und weglief, sobald wir ihn in die Nähe der Kühe gebracht hatten. Die Hunde ignorierte er, auch die Zäune, die sich ihm in den Weg stellten. Mein Vater fluchte und fluchte, als wäre es eine Art Zauberspruch, der Dante zurückbringen könnte. Manchmal fluchte er so laut, daß Mutter es im Haus hörte und ihn deswegen abends zurechtwies.

Wir riefen ihn nicht mehr Dante. Mein Vater hatte ihn so oft Scheiß-Bulle genannt, daß ihm der Name blieb. Nur Mutter durfte das nicht hören. Wir sagten es, als wäre es ein aristokratischer Titel, wie »Ihre Majestät, die Königin«, bei meinem Vater hörte sich das allerdings nicht so an.

Er verlor bald alle Hoffnung, Dante mit den Kühen zusammenzubringen. Die Lustlosigkeit schrieb er allem möglichen zu: der Schiffspassage von Frankreich, der neuen Umgebung, einmal glaube er sogar, daß das »Schlachtfeld« daran schuld hatte. Er wollte einfach nicht zugeben, daß er tausend Dollar in einen »unfähigen Bullen« investiert hatte, wie mein Großvater gerne behauptete. »Verdammter französischer Bulle«, nannte er ihn. »Wenn ich dein Vater wäre, würde ich Dante wenigstens schuften lassen. So würde ich ihn schon kleinkriegen. Man darf sich von so einem hirnlosen Vieh nicht anpissen lassen.«

Dante war überhaupt nicht hirnlos. Ich bewunderte ihn dafür, wie er meinen Vater austrickste. Ich wünschte mir, so intelligent zu sein wie er. Ich erinnere mich, daß wir wieder einmal den ganzen Tag damit zugebracht hatten, ihn mit den Kühen zusammenzubringen. Als wir es endlich geschafft hatten, machten wir uns auf den Heimweg, schlossen alle Pforten hinter uns. Wir hatten ihn im Kreis geführt, um ihn zu verwirren, so daß er, selbst wenn er von den Kühen wegspringen, nicht mehr zu den Bullen zurückfinden würde. Wir schlossen die letzte Pforte und wollten gerade zum Haus fahren – wir kamen schon eine Stunde zu spät zum Essen – da schauten wir auf die Bullenwiese hinüber und sahen Dante mittendrin. Er hatte zurückgeschlagen.

Großvater schlug vor, Dante einen Ochsen zur Seite zu stellen, damit er nicht mehr so alleine war. Er sagte es mehr aus Witz, aber mein Vater war so verzweifelt, daß er alles ausprobierte. »Was ist ein Ochse?« fragte ich meinen Vater, als wir dem seltsam kooperativen Dante hinterhertrotteten.

»Das ist ein Bulle, der kein Bulle mehr ist«, antwortete mein

Vater. Ich verstand immer noch nicht, aber Großvaters Vorschlag funktionierte. Mit dem neuen Kameraden an seiner Seite trabte Dante friedlich dahin, blieb bei den Kühen und erfüllte sogar seinen Auftrag. Mein Vater ärgerte sich, daß Großvater recht behalten hatte, aber er war so erleichtert, das Geld nicht um sonst ausgegeben zu haben, daß er Opa anrief und sich bei ihm bedankte. Großvater tat so, als wäre es das offensichtlichste gewesen, aber Lou und mir gestand er, daß es ihn selbst überraschte. »Französische Kühe sind seltsam«, warnte er mich. »Halt dich von ihnen fern. Sobald du die Farm übernimmst, werde diese *Scharoläs* so schnell wie möglich los.«

Ich versprach es ihm, denn ich wollte auch nichts mit den Charolais zu tun haben. Ich ging nicht weiter darauf ein, daß ich mit keiner Kuh etwas zu tun haben wollte, mit keiner Kuh, keinem Schaf oder sonst etwas, das mich auch nur annähernd an Farm erinnerte. Aber diesen Plan behielt ich für mich.

4

Jeder nannte mich Billy-Boy. Nein, es war nicht die Abkürzung für William.

Sie tauften mich auf den Namen meines Großvaters mütterlicherseits, obwohl meine Eltern seinen Namen selbst nicht mochten. Meine Mutter überzeugte meinen Vater davon, daß sie dazu verpflichtet wären. Großvater ging es nicht gut. Als ich geboren wurde, mußte er andauernd ins Krankenhaus, er konnte nicht mal bei der Taufe dabeisein, sonst hätte er sicher Einspruch erhoben.

Nach der Taufe brachten sie mich zu ihm ins Krankenhaus und verkündeten, daß sie mich nach ihm benannt hatten. Er stöhnte auf, so leiderfüllt, daß mein Vater nach einem Arzt rief. »Wie konntet ihr ihm das antun?« klagte der Großvater betrübt. »Wie konntet ihr diesem armen Baby so einen Fluch auferlegen?«

»Wir dachten, wir würden dir eine Freude machen«, sagte meine Mutter.

»Das war ein netter Gedanke«, sagte Großvater, »aber der Name ist eine Zumutung.«

Mein Großvater hieß Athol. In der Schule, und auch später, riefen sie ihn »arsehole«, Arschloch. Dieses Erbe hatte er mir nicht aufbürden wollen. Er starb bald nach diesem Besuch, und in ihren trübsinnigeren Momenten grübelte Mutter darüber nach, ob ihm diese »Ehre« den Rest gegeben hatte.

Mein Name wurde zum »Unnamen«. Niemand wollte ihn benutzen, um meine Mutter nicht an die tödliche Reaktion ihres Vaters zu erinnern. Aber keiner hatte einen besseren auf Lager. Mein zweiter Vorname war keine Alternative: Palmerston, der Name der Stadt, in der sich meine Eltern kennengelernt hatten. Obwohl er emotional durchaus von Bedeutung war, konnte man ihn nicht zu einem brauchbaren Namen abkürzen (es hätte schlimmer enden können: Sie dachten daran, mich McGregor zu nennen, was mich nach einer Fleischpastete benannt hätte).

Meine Mutter dachte, daß mein Name distinguiert klänge. Daß er so einfach auf Arschloch reduziert werden konnte, verletzte sie regelrecht. Die Leute auf der Straße fanden mich natürlich bezaubernd, gurrten in den Kinderwagen hinein und fragten nach meinem Namen. Anfänglich gab meine Mutter ihn preis, aber nachdem sie immer wieder in erschrockene Gesichter schauen mußte, wurde es bald peinlich, den Namen auszusprechen. Sie murmelte ihn nur noch, was es keineswegs besser machte. Die Leute wollten sie nicht bitten, ihn zu wiederholen, aus Angst, es würde sich bestätigen, was sie glaubten gehört zu haben.

Das Getuschel, die Anspielungen, die Bemerkungen, das alles wurde meiner Mutter bald zuviel. Und so begann sie, neue Namen für mich zu erfinden, sagte einfach irgendeinen, der ihr in den Sinn kam. In einer Woche war ich Sam, in der nächsten John, dann Peter. Einfache Namen – sie hatte dazugelernt.

Schließlich ergriff mein Vater die Initiative und fing an, mich Billy zu rufen – der Name wäre ihm von Anfang an lieb gewesen –, nur meine Mutter mochte ihn nicht, weil er sie angeblich an Camping und feuchtes Brot erinnerte. Alle folgten seinem Beispiel, bis der Name saß. Meine Mutter wehrte sich gegen ihn, bis ich alt genug war, das zu meinem Vorteil zu nutzen. Wenn sie mich bat, irgend etwas zu erledigen, überhörte ich es. Ich blieb einfach wo ich war, normalerweise vor dem Fernseher. Wenn meine Mutter dann kam, zuckte ich die Schultern und sagte, ich dachte, sie hätte jemand anders gemeint. Sie sagte erst Billy zu mir, als ein Unglück passierte.

Ich lag wieder mal vor dem Fernseher, da hörte ich Bremsen quietschen und dann das Geschrei meiner Mutter: »Billy! Billy! Komm schnell! Ich habe das Hündchen angefahren.«

Wir brachten es zum Tierarzt nach Glenora. Andauernd drehte sie sich zu mir um. Ich hielt das Hündchen in meinen Armen, das nach einer Viertelstunde Winseln in einen komatösen Schlaf gefallen war. Auf der ganzen Fahrt nannte sie mich Billy. Sie war wohl zu aufgeregt, um sich einen anderen Namen auszudenken. »Atmet es noch, Billy?« fragte sie. »Was, wenn ich es umgebracht habe, Billy-Boy?«

Es stellte sich heraus, daß das Hündchen nicht schwer verletzt war, sondern nur einen Schock erlitten hatte. Mutter war ihm nur über den Schwanz gefahren. Mein Vater war stinksauer, als er davon erfuhr. »Was für eine Zeit- und Geldverschwendung«, schimpfte er. »Du hättest dem dummen Ding einfach den Hals umdrehen sollen.«

Meine Mutter und ich schauderten. Wir verabscheuten die Brutalität, die das Farmleben forderte. Lou dagegen prahlte, daß sie es sofort getan hätte, wäre sie nur dabei gewesen. Das war während ihrer blutrünstige Phase, in der es sie faszinierte, wie einfach man Leben auslöschen konnte. Sie war gut in Übung, denn sie fing Hasen und Beutelratten für meinen Vater. Trotz der verlockenden drei Dollar pro Haut weigerte ich mich zu helfen.

Mein Vater flippte nicht mal aus, als die Rechnung vom Tierarzt kam (das passierte erst einen Monat später), denn meine Mutter rief mich seither Billy-Boy. Vielleicht fand mein Vater, daß die Rechnung und das bißchen Benzin es wert gewesen waren, daß sich endlich alle auf einen Namen für mich einigten. Seither bin ich Billy-Boy. Die meisten kennen nicht mal meinen richtigen Namen. Und das ist mir lieber so.

Es kennt auch niemand den richtigen Namen meiner Schwester. Vier Jahre jünger als ich, war sie das Baby der Familie, daher nennen wir sie *Babe*. Dazu kommt, daß sie aufgrund mangelnder Haare sehr viel länger wie ein Baby wirkte. Bei ihrer Geburt hatte sie den ganzen Kopf voll, verlor es aber im Laufe der Monate. Sie war fast drei, bis es endlich nachwuchs, dünn und lockig. Meine Mutter traute sich nicht mal, es zu bürsten, geschweige denn zu schneiden, bis sich Babe dahinter verstecken konnte. An manchen Tagen schien sie eine Nebelschwade von blond zu sein. Als meine Mutter das Haar zum ersten Mal kürzen wollte, bekam Babe einen Tobsuchtsanfall. Sie hatte Fotos von sich als glatzköpfiges Kind gesehen und Lou hatte ihr erzählt, sie hätte wie ein Außerirdischer ausgesehen.

Babe verhielt sich Fremden gegenüber sehr scheu. Wenn man sie jemandem vorstellen wollte, versteckte sie sich immer hinter meinen Eltern und brachte nicht mal ein Hallo heraus. Sie lurte die Menschen an, meistens durch die Beine meines Vaters hindurch. Aber in der Familie war sie ganz anders. Sie schnatterte nonstop, als müßte sie nachholen, was sie in Gegenwart von angsteinflößenden Fremden versäumt hatte.

Lou war Babes großes Vorbild. Sie versuchte immer alles nachzumachen, obwohl sie sich eigentlich nicht sonderlich für das interessierte, was Lou begeisterte. Sie vergötterte Lou. Um sie zu imitieren, trug Babe Jeans und alte T-Shirts von mir. Sie flocht ihre Massen von Haaren zu einem Pferdeschwanz. Einmal tupfte sie sich sogar Lack auf die Nase, damit sie auch Sommersprossen hatte.

Lou bemerkte das nicht. Babe war ihr eine einzige Last. Lou gab sich mit ihr nur ab, weil ich es so wollte. Babe wackelte hinter uns drein und jammerte, daß wir langsamer gehen sollten und auf sie warten, sie kam mir vor, wie diese kleinen Lämmchen, die ihre Gras fressenden Mütter anblökten.

Babe himmelte Lou an. Aber weil sie eines nicht lassen konnte, verspielte sie bei ihr alle Chancen: Sie trug unglaublich gerne Kleider, Lous alte Kleider. Babe verzweifelte schier daran, daß Lou diese so verabscheute. Im Versuch, wenigstens ein bißchen Achtung zu retten, stimmte Babe Lous

verächtlichen Bemerkungen zu, aber ihr Gesicht verriet, wie viel Spaß es ihr in Wahrheit bereitete, eines ihrer Kleider zu tragen. Lou rühmte sich, die meisten nicht ein Mal getragen zu haben. Sie wehrte sich erfolgreich gegen die Versuche ihrer Mutter, sie in Kleider zu stecken.

Lou war ein Einzelkind. Sie war sechs Monate jünger als ich, daher verbrachten wir viel Zeit miteinander. Wir waren direkte Nachbarn, trotzdem war ihre Farm zwei Meilen entfernt. Sobald wir alt genug waren, Rad zu fahren, wurde diese Distanz unbedeutend. Lou hielt ihrer Mutter immer vor, daß sie keine Geschwister hatte und daß es daher wichtig für sie sei, viel Zeit mit Babe und mir zu verbringen. Arme Tante Evelyn. Es war ihr unerträglich daran erinnert zu werden, denn nach Lou wurde sie noch einmal schwanger, hatte eine Totgeburt, über die niemand redete.

Tante Evelyn regte sich kaum darüber auf, daß Lou praktisch ihre ganze Zeit bei uns zubrachte, obwohl sie dadurch kaum Zeit zum Klavierüben fand – was Lou beglückte. Sie kam nach der Schule fast immer mit zu Babe und mir und erledigte meine Arbeiten. Am Wochenende blieb sie von Freitag bis Sonntag mittag.

Das Abendessen ließ sie sich nicht entgehen, denn sonntags tafelte Tante Evelyn immer groß auf.

Lou und ich unterhielten uns oft über unsere Lebensumstände und wie verdreht sie eigentlich waren. Wir beneideten einander. Sie sehnte sich danach, ihrem Vater auf der Farm helfen zu dürfen und Arbeiten übertragen zu bekommen, so wie ich. Ich hätte viel lieber mit Tante Evelyn ihre neueste Rolle geprobt, ein Duett mit ihr gesungen, ihr sogar in der Küche geholfen. Lou und ich waren wie Zwillinge – die seltsamsten Zwillinge weit und breit.

Lou wollte lieber ein Junge sein. Tante Evelyn gefiel das gar nicht. Sie wollte, daß sich ihre Tochter so verhielt, wie man es von Mädchen erwartet, so, wie sie selbst jahrelang in Christchurch erzogen wurde. Vor allem aufgrund von Lous Erscheinung hatten sie ein gespanntes Verhältnis. Lou hatte das längste Haar von allen Mädchen der Schule – und haßte es. Tante Evelyn fand es bezaubernd und erlaubte ihr nicht, es zu kürzen. »Nur einen Zentimeter davon abschneiden ist, als würdest du in mein Fleisch schneiden«, sagte sie immer.

Also stopfte Lou ihren langen roten Pferdeschwanz in ihren Rolli und tat so, als wäre er gar nicht da. Sie fand, daß sie so besser aussah. Ich stimmte ihr zu, denn das war einfacher. Insgeheim jedoch pflichtete ich Tante Evelyn bei. Ich fand langes Haar nämlich super. Lous Haar war fast so wie das von Laurie von der *Partridge Family,* nur eben rot. Lou trug es geflochten, so daß es wie ein Kurzhaarschnitt aussah, wenn man ihr ins Gesicht schaute. Manchmal bestand Tante Evelyn darauf, daß Lou ihr Haar offen trug. Dann sah sie fürchterlich aus. Ihre finstere Miene machte es noch schlimmer. Sie wirkte wie unter den Haaren begraben.

Sie hatte ein schmales, rechteckiges Gesicht, ein Wölkchen von Sommersprossen auf der Nase, braune Augen, die sich meist mißtrauisch zuspitzten. Sie lächelte nicht oft. Üblicherweise war sie zu sehr damit beschäftigt, ihre Meinung kundzutun, oder Möglichkeiten zu finden, Tante Evelyn und ihren neuesten Plänen aus dem Weg zu gehen, daß sie einfach keine Zeit zum Lächeln fand.

Oft kam es vor, daß jemand dachte, sie sei ein Junge, und Sonny zu ihr sagte. Ihr gefiel das. Lou bestärkte ihn sogar darin. Und wenn ihr Gegenüber dann den Pferdeschwanz entdeckte, grinste sie mich an und behauptete, es wäre ein Kuhschweif. Ein Kurzhornrinderschweif.

Tante Evelyn wollte nicht, daß man ihre Tochter für einen Jungen hielt, deshalb steckte sie Lou, so oft es ging, in Kleider. Diese nähte sie selbst – ausgefallene und viel zu förmliche Dinger –, und bestand darauf, daß Lou damit zur Schule ging. Sie hatten fürchterliche Auseinandersetzungen deswegen, so schlimm, daß sie eins dabei zerrissen. Seither tat Lou so, als hätte sie sich erweicht. Sie zog diese übertriebenen Dinger an, so daß Tante Evelyn ihre Meisterwerke von der Veranda aus stolz bewundern konnte, zog sie jedoch aus, sobald sie außer Sichtweite war und schlüpfte in einen Rolli und Jeans. Niemand außer Babe und mir wußte davon und wir mußten schwören, ihr Geheimnis zu wahren.

Tante Evelyn prahlte vor anderen Müttern damit, wie ordentlich und gut erzogen Lou war und daß sie genauso sauber von der Schule nach Hause kam, wie sie am Morgen hinging. Sie hätte sich zu Tode geschämt, hätte sie die Wahrheit erfahren, nämlich daß Lou die ganze Woche ein und dasselbe trug, was von Tag zu Tag mehr mit Gras und Schmutz befleckt wurde.

Lou organisierte gerne die Fußball- und Rugbyspiele in der Schule. Sie war ebenso talentiert wie die Jungs und schoß ebenso viele Tore. Zwangsläufig war sie der Kapitän und durfte sich ihre Mitspieler aussuchen. Mich wählte sie sich immer als ersten aus, obwohl ich einer der unfähigsten war. Vermutlich aus Mitleid. Mir wäre es lieber gewesen, gar nicht mitzuspielen. Ich zog ruhigere Spiele wie Kästchenhüpfen oder Seilspringen vor. Aber in unserer Schule hatte man keine Wahl. Alle zusammen waren wir nur zwanzig Schüler. Wenn man also Rugby oder Fußball mit ordentlichen Mannschaften spielen wollte, mußten alle mitmachen.

Lou war die Anführerin in der Schule, obwohl sie kaum zwölf Jahre alt war und einige Jungs schon aufgrund ihres Geschlechts den Vorzug hätten haben müssen. Aber Lou setzte sich mit der Kraft ihres Charakters durch. Niemand wagte es, ihr zu widersprechen. Sie hatte eine spitze Zunge, und wenn das nicht reichte, zwei flinke Fäuste. Sie konnte ziemlich jeden innerhalb von Sekunden niederknüppeln. Die großen, älteren Jungs hatten keine Lust, ihr männliches Gehabe durch Lous geschmeidige Stärke in Frage gestellt zu bekommen.

Aber sie herrschte nicht nur über den Sportplatz, sondern auch im Klassenzimmer. Die Lehrerin in Tante Evelyn konnte sich nicht zurückhalten, Lou so früh wie möglich zu unterrichten. Mit Vier konnte sie schon lesen und buchstabieren, einfache Rechenaufgaben nahm sie mit links, bevor sie eingeschult wurde. Tante Evelyn wollte, daß Lou die Vorschule übersprang und gleich in die erste Klasse kam, aber der Lehrer ließ sich seine Autorität nicht nehmen und weigerte sich. Er sagte, Lou so früh zu puschen könnte psychologische Konsequenzen haben. Also begann Lou mit der Vorschule, wo sie noch einmal die neue Kursivschrift lernen mußte, eine Mischung aus der alten Schreibschrift (Tante Evelyns Favorit) und Blockschrift. Tante Evelyn bestand darauf, daß Lou die Hausaufgaben in der alten Schreibschrift machte, der Lehrer akzeptierte sie jedoch nur in der neuen Kursivschrift. Ein Jahr lang mußte Lou ihre Hausgaben doppelt machen, bis Tante Evelyn endlich eingestand, daß sie in einer modernen Welt lebten und Veränderungen unvermeidlich waren. (Ungefähr zur selben Zeit mußte Onkel Arthur dann auch den Farbfernseher kaufen.)

Trotzdem versuchte Tante Evelyn weiterhin das Wissen ihrer Tochter zu fördern; ein weiterer Grund, warum Lou sich lieber bei uns aufhielt: um *Shakespeare für Kinder* aus dem Weg zu gehen. Wenn es mal kein Entkommen gab, bestand Lou darauf, daß ich mitlernte. Ich gab nicht zu, daß mir diese »Lektionen«, wie Tante Evelyn sie nannte, Spaß machten; ich liebte sie geradezu. Tante Evelyn gab sich Mühe ihre Shakespeare-Interpretationen unterhaltend zu gestalten. Sie lieh sich Kostüme von der Glenora Musical Society aus, verkleidete sich als Lady Macbeth oder Ophelia, und trug die berühmten Monologe vor, um sie anschließend zu analysieren. (Der Lehrer verkleidete sich nie. Er trug seine navyfarbenen Shorts und Kniestrümpfe so regelmäßig, daß man den Eindruck gewinnen konnte, seine Autorität hing davon ab.)

Trotz ihrer Vorliebe für die Avantgarde hatte Tante Evelyn sehr strenge Ansichten, was das Aufführen von Shakespeare anging.

Lou durfte niemals die säbelrasselnden Monologe vortragen, was sie zu gerne getan hätte. Und obwohl sie uns lehrte, daß zu Zeiten Elisabeths die Frauenrollen von Jungs gespielt wurden, durfte ich das in den Siebzigern nicht. »Das würde dich zu sehr verwirren«, sagte sie.

Wenn wir allein waren, spielten Lou und ich natürlich nur die Rollen, die uns Spaß machten. Wir hatten ein Versteck. Wir nannten es *Drachenland.* Eigentlich war es nur ein großer Felsen, der von fern aussah wie der Kopf eines Drachens. Besser gesagt: Lou behauptete das, Babe und ich stimmten nur zu. Drachenland lag auf einer Hügelspitze über unserer Farm. Man mußte sich gute anderthalb Stunden abrackern, um hinzukommen, deshalb gingen wir nicht oft dorthin. Aber wir schauten jeden Tag hinauf und schwörten, daß wir bald eine Expedition dorthin unternehmen würden, als ob es sich am anderen Ende von Neuseeland befände. Mein Widerwille war echt. Ich bekam immer furchtbare Seitenstiche auf dem Weg.

Aus der Nähe betrachtet hatte der Felsen nichts von einem Drachen, aber wir taten so, als wäre er zum Fürchten. Babe hatte solche Angst, daß sie nie mitkommen mochte. Lou hatte ihr eingeredet, daß sich der Felsen jederzeit in einen Drachen verwandeln konnte, deshalb heulte Babe schon, wenn wir uns nur in die Richtung bewegten. »Und wenn ihr nicht mehr zurückkommt?« jammerte Babe.

Wenn Lou mich dann doch ab und zu überredete, nach Drachenland zu marschieren, dachten wir uns besondere Umstände für die Reise aus. Ich spielte gerne eine hilflose Behinderte oder eine Blinde, was bedeutete, daß ich von Lous Stärke und Barmherzigkeit abhängig war. Ich würde den Hügel hinaufhumpeln (tat dies ziemlich überzeugend, weil mir am ersten Zaun schon die Luft ausging), mich hinschmeißen und es meinen Beinen zuschreiben, die ich an Krokodile verloren hatte. Ich bettelte um Nahrung und Verschnaufpausen, und Lou, der ritterliche Held, mußte sie mir geben.

In diesen Spielen hörte Lou nur auf den Namen John, und nichts machte sie glücklicher. Es war der Name ihres Bruders, der Totgeburt. Meine Mutter nannte ihn mal so: »Evelyns Totgeburt.« Der Kleine wurde mit einem Loch im Herzen geboren. Sie sah ihn nur kurz, bevor sie das armselige Ding wegnahmen; die Erinnerung daran läßt sie immer noch schaudern.

Die Vorstellung, daß ein Baby tot geboren werden konnte, faszinierte mich. So sehr, daß ich Babe davon überzeugte, ihre Lieblingspuppe blau anmalen zu dürfen. Am Anfang fand Babe die Idee toll. Aber als ich die Arbeit gewissenhaft erledigt hatte und ihr die Puppe zeigte, fing sie an zu plärren. Natürlich kriegten meine Eltern das mit, und Vater schleppte mich hinter die Waschküche und versohlte mir zur Strafe den Hintern. Drei Monate lang mußte ich Babe mein Taschengeld geben, damit sie sich eine neue Puppe kaufen konnte. Meine Mutter verbrannte die entweihte; sie wußte, was sie darstellen sollte. Lou sagte ich nie, daß ich wußte, warum sie sich John nannte. Instinktiv war ich mir sicher, daß sie jede Assoziation damit leugnen würde.

Drachenland war weit weg. Wir hatten Spaß auf dem Weg, begegneten flüchtenden niedrigeren Lebensformen (aufgeschreckten Hasen), übermächtigen intergalaktischen Kraftfeldern (eingeknickte Zäune) und rätselhaften Anzeichen von fremden Lebewesen (Schafsköttel). Aber sobald wir dort ankamen, langweilte uns das Spiel, war es aus mit der Faszination. Es war einfach nur ein Felsen, und wir waren zu müde, um uns etwas anderes vorzustellen.

Das einzige, was uns am Drachenkopf Angst einflößte, war sein Maul; eine Höhle am Fuß des Steins. Drinnen war es sehr dunkel, so daß man nicht sehen konnte, wie tief sie hineinreichte. Nicht mal die sonst so tapfere Lou hatte den Mut, sie zu erkunden. Mit unseren Geschichten über das Drachenmaul machten wir uns gegenseitig Angst. Lou behauptete, diese Höhle würde gar nicht enden; sie führe auf geradem Weg in die Erde hinein, wo etwas Fürchterliches lauerte.

Eines Tages kauerten wir wieder mal darin, da glaubte Lou, die Zähne und Mandeln des Drachen zu erkennen. Wir starrten in diese unglaubliche Dunkelheit, und dann sah ich sie auch. In dem Moment rollte Lou nach hinten und schrie um Hilfe, weil der Drachen sie verschlingen würde. Ich flüchtete panisch kreischend hinaus ans Tageslicht. Lou kam wenig später ziemlich weiß um die Nase heraus. Sie hatte sich selbst ziemlich erschrocken, denn sie war weiter zurückgerollt, als sie jemals in der Höhle dringewesen war.

Stillschweigend vereinbarten wir, das Drachenmaul fortan zu meiden. Statt dessen kletterten wir auf den Kopf und setzen uns darauf, um nach dem langen Fußmarsch wieder zu Atem zu kommen. Wir schauten auch immer, ob das »Schlachtfeld« grüner war, als die Wiesen drumherum. Manchmal waren wir davon überzeugt. Lou inspizierte gerne die Farm und erzählte großspurig, was sie alles ändern würde, wenn es ihre wäre. Wenn Lou auf so brutale Weise Realität ins Spiel brachte, zerstörten diese Kommentare unsere gespielte Welt. Und bald entdeckte sie dann meinen Vater, der immer auf einer der Weiden herumwurstelte. Weil er es angeblich ohne sie nicht schaffte, sprang sie auf und rannte zu ihm. Das letzte was ich tun wollte war, meinem Vater freiwillig zu helfen. »Geh allein«, sagte ich dann immer, und sie zischte los, sprang wie ein junges Reh über Büsche und Disteln, die hier besonders hoch wucherten.

Aber allein machte es mir dort oben keinen Spaß. Nach einer Weile ging ich nach Hause und bemühte mich, die aufregenden Umstände unseres Aufstiegs wiederherzustellen. Aber es war nicht dasselbe. Wir wollten nur nicht zugeben, wie langweilig Drachenland im Grunde war, ganz im Gegenteil, wir versuchten, es besonders magisch erscheinen zu lassen. Wir ließen es ganz nonchalant in unsere Gespräche im Schulbus einfließen, so daß es alle hören konnten. »Oh, ich kann heute unmöglich«, würde ich zum Beispiel sagen. »Wir müssen nach der Schule nach Drachenland.«

Es hörte sich exotisch und geheimnisvoll an. Es erhöhte den Reiz, daß wir niemals jemanden mitnahmen. Wir wußten, daß sich andere nur darüber lustig machen würden. Es dauerte nicht lange, bis Arch die Nase voll hatte von unseren mysteriösen Kommentaren. »Da ist kein Drachen. Das ist bloß ein blöder, alter Stein.«

Bei dieser Bemerkung stellten sich Lou die Haare auf. »Ich wette, du hast nur Schiß nach Drachenland zu gehen.«

»Warum? Schiß wovor?«

»Weil ... weil ...«

Dieses eine Mal fehlten Lou die Worte. Archs Gesicht war schon auf dem Weg, sich zu seinem üblichen Grinsen zu verziehen, da hatte ich eine Idee: »Wenn jemand ins Drachenland geht, spuckt der Drachen Feuer und verbrennt seine ganzen Kleider, bis er nackig da steht«, sagte ich schnell.

Nacktsein war ein brisantes Thema. Es machte jeden einerseits verzückt, anderseits auch panisch. Nacktsein als Konsequenz für einen Besuch im Drachenland ließ Wellen der Aufregung durch die Schule schäumen; danach zollten sie uns noch mehr Respekt.

Während unserer nächsten Expedition verkündete Lou, daß wir uns ausziehen müßten und unsere Kleider in den Rachen des Drachens werfen. »Was?« stotterte ich. »Das war doch nur eine Geschichte.«

»Es war deine Idee«, antwortete sie scharf.

Sie schritt im Stechschritt darauf zu, als wollte sie mich herausfordern. Es war mir klar, daß ich protestieren konnte, so viel ich wollte, sie würde bessere Argumente haben. Aber ich mußte das unbedingt vermeiden. Es gab mehrere verdammt gute Gründe, warum es undenkbar war, mich auszuziehen, ganz zu schweigen von der Forderung, sie in das schwarze Loch zu werfen, in das ich mich nie hinein trauen würde.

Die Dinge hatten sich verändert. Ich schämte mich für meinen Körper. Er war fett geworden. Ich hatte es gar nicht mitgekriegt, erst kürzlich, als meine Mutter mit mir einkaufen ging, und in der Kinderabteilung alles zu klein für mich war. Erschreckend genug. Aber nicht nur mein Bauch hatte an Umfang deutlich zugenommen, auch meine Brust war schwabbelig geworden. Sie sah fürchterlich aus. Alle anderen Jungs hatten diese perfekten, flachen, kleinen Brüste, von kleinen lilafarbenen Nippeln akzentuiert, während ich von Schwimmreifen umringt war. Alarmierend! Ich wußte, daß Mädchen in diesem Alter die Brüste wuchsen und ich befürchtete, daß ich es mit meinen Verkleidungsspielen heraufbeschworen hatte. Langsam aber sicher wuchs ich in die alten Kleider meiner Großmutter hinein.

Lou ging einfach davon aus, daß es kein Problem sei, mich vor ihr auszuziehen. Wir hatten uns schon hunderte Male nackt gesehen. Wir badeten zusammen und es war unser Ritual, nach dem Schwimmen nackt durchs Haus zu rennen, um trocken zu werden. Aber jetzt war es mitten im Winter. Wir waren schon monatelang nicht mehr im Fluß geschwommen. Tante Evelyn hatte uns verboten, zusammen zu baden. Und noch etwas war passiert, etwas viel Schlimmeres. Mir waren »da unten« ein paar Härchen gewachsen. Lou durfte das auf keinen Fall mitkriegen. Sie hätte das groß herumgetrötet und mir prophezeit, daß ich bald wie Roy Schluter daherkommen würde. Er war der Neue in der Schule, und es schien, als würden ihm überall Haare wachsen: über seinen Lippen, unter seinen Armen, auf den Beinen und vermutlich auch dazwischen. Jedenfalls nahmen alle das an.

Ich mußte meine Kleider anbehalten, unbedingt. Der Gedanke ans Ausziehen ließ mich noch mehr schwitzen und hecheln als sonst. Ich fragte mich, ob ich einfach so sterben könnte. Es wäre mein Ende, aber zugleich meine Rettung. Ich ließ mich unter lautem Seufzen unter einen Matagouri-Busch fallen, zog mir dabei allerlei Schürfwunden zu und wartete darauf, daß Lou mich rettete. Aber sie kam nicht. Sie wollte so unbedingt als erste im Drachenland ankommen, daß sie meinen Zusammenbruch nicht einmal mitkriegte, geschweige denn merkte, daß ich nicht mehr hinter ihr war. Es vergingen mindestens fünf Minuten, bevor sie den Pfad herunterkam und nach mir suchte. Sie rief mich bei meinem richtigen Namen und nicht nach Judy. Das war ein schlechtes Zeichen.

»Was machst du da unten?« fragte sie mich. Sie stand über mir, die Hände in ihre Hüften gestemmt, im Gesicht ein Ausdruck der Ungeduld.

Ich klimperte mit den Lidern und stöhnte qualvoll, um ihr ein bißchen Mitleid abzuringen. Aber sie trat nach mir. »Steh auf«, sagte sie, »oder ich erschieß dich. Das machen sie im Film mit Pferden, die ihren Geist aufgeben.«

»Ich bin kein Pferd. Ich habe mir den Fuß verstaucht, John.«

Das war eine Eingebung, denn ich wußte nicht mal, was »verstauchen« bedeutete; es war nur eine Begebenheit, die in den

Abenteuern der *Fünf Freunde* oft vorkam. Anne verstauchte sich den Fuß immer genau dann, bevor die Spannung zu ihrem Höhepunkt kam.

»John«, stöhnte ich. »Hilf mir, John.«

Lou liebte es, mit diesem Namen angesprochen zu werden.

»Na komm schon!« sagte sie etwas sanfter. »Der Drachen wartet auf sein Opfer.«

»John, ich kann nicht mehr.«

Unter Grummeln und Vorwürfen beugte Lou sich über mich und half mir auf die Beine. »Komm her«, sagte sie. »Stütz dich auf mich.«

Ich lehnte mich schwer auf sie und zusammen humpelten wir ein paar Schritte den Pfad hinauf. Dann sprang ich lachend von ihr weg und lief den Hügel hinunter. Lou schrie hinter mir her, und ich rief, daß ich schneller unten sein würde als sie. Das wollte sich Lou nicht vorwerfen lassen; sie mußte immer die erste sein. Ohne Anstrengung überholte sie mich und war bald außer Sichtweite. Ich hörte auf zu rennen und schlenderte weiter den Hügel hinunter. Den Moment der Offenbarung hatte ich für diesmal abgewendet, aber ich wußte, daß er mir bald wieder bevorstünde. Dann würde es noch schwieriger sein, zu entkommen. Es war nicht einfach, Geheimnisse zu bewahren, schon gleich nicht vor Lou. Ich mußte besser darin werden.

5

Tante Evelyn verpaßte mir einen Spitznamen, der mir die letzten Monate der Grundschule vermieste; unwissentlich natürlich, es hätte sie erschüttert zu erfahren, was sie heraufbeschwor. Und dennoch, je länger ich dem Spott ausgesetzt war, desto mehr verwandelte sich meine Zuneigung für meine Tante in bitteren Groll.

Ich zog mich von ihr zurück, vermied die Shakespeare-Vorträge und lehnte ihre Einladungen ab, Duette auf dem Klavier zu spielen. Demonstrativ überhörte ich, was immer sie sagte, ganz gleich, ob es eine ihrer theatralischen Anekdoten war oder die Bitte, etwas für sie zu erledigen. Es bereitete mir ein teuflisches Vergnügen, zu sehen, wie ich sie damit verletzte und wie sehr sie mein Verhalten verunsicherte. Ich behandelte sie so wie Lou: wie einen Quälgeist, dem man besser aus dem Weg ging.

Sie wußte, daß ich etwas ausbrütete und das war mir gerade recht. Sie sollte mitkriegen, daß sie mir etwas angetan hatte. Ich erwartete die Frage, was passiert sei, aber Tante Evelyn stellte sie nie. Statt dessen beschwerte sie sich bei meiner Mutter darüber, wie launisch die Teenager doch heutzutage wären.

Indem ich mich von ihr entfremdete, schnitt ich mir ins eigene Fleisch; unsere Schauspielerei hatte mir Spaß gemacht. Aber ich mußte einen noch viel größeren Verlust ertragen: Ich bekam dadurch keine Gelegenheit mehr, Tante Evelyn diese brennende Frage zu stellen. Was bedeutete »die Tunte spielen«? Sie wäre noch am ehesten dazu im Stande gewesen, das zu beantworten.

Das mit dem Spitznamen geschah an Lous zwölftem Geburtstag. Lou war nicht mit allen unseren Mitschülern befreundet, im Gegenteil, ihr Ruf war eher so, daß man sie nicht gerade als beliebt bezeichnen konnte. Aber Tante Evelyn lud alle ein. Sie wollte Maßstäbe setzen, und alle sollten ihre Bemühungen bewundern.

Meine Mutter sprach mit Velda Pile am Telefon darüber. »Unglaublich, daß Evelyn sogar mit einer Geburtstagsparty noch etwas beweisen muß. Sie hat schon das neueste Haus, den größten Garten, ihr eigenes Auto, geht am häufigsten zum Frisör, außerdem hat Arthur die größte Farm in ganz Mawera. Wann hört sie endlich auf damit?«

Tante Evelyn war berüchtigt dafür, sich innovative Partyspiele einfallen zu lassen, die immer darin endeten, etwas Süßes zu essen. Diesmal spielten wir zuerst Lakritze-Wettessen. Jungs und Mädchen sollten sich zu Paaren zusammenfinden. Lou rebellierte, weil ihr die Jungs alle zu doof waren. Sie bestand darauf, gemeinsam mit ihrer besten Freundin Susan Scott anzutreten. Tante Evelyn machte ein finsteres Gesicht, aber es blieb ihr nichts anderes übrig. Schließlich war es Lous Geburtstag.

Da wir gleich viele Jungs und Mädchen waren, ruinierte Lou damit die Symmetrie des Spiels. Es bedeutete, daß auch zwei Jungs ein Paar bilden mußten. Da ich Tante Evelyns Neffe war und damit ihrer Autorität mehr unterstand als die anderen, sollte ich mich mit Roy Schluter zusammengesellen. Er war der Neue, den jeder schon aufgrund seines exotischen Namens komisch fand, abgesehen von seinen seltsamen Klamotten und den Schäden, die das Erwachsenwerden auf seinem Gesicht und seinem Körper anrichtete: Über seinen Lippen zeichnete sich ein vager Schatten von Schnurrbart ab, auf seiner Stirn konnte man reichlich »Pickel ernten«, wie Arch Sampson es bezeichnete, und auf dem Rest seines Gesichts drohten sich weitere Plantagen anzusiedeln. Auch ging das Gerücht um, daß sein Penis so groß und haarig war wie der unserer Väter. Arch behauptete, ihn nach dem Rugby-Training gesehen zu haben. Er bot Roy einen Playboy an, wenn er im Gegenzug seinen Schwanz sehen durfte, aber Roy sagte ihm, er sollte sich verpissen.

Ich hatte eine besondere Abscheu, mit Roy zusammengesteckt zu werden. Ich wollte seinen Pickeln nicht nahekommen, aus Angst, ich könnte mich infizieren. Aber ich mußte gehorchen. Zudem war das Spiel immer schnell vorbei. Jedes Paare stellte sich einander gegenüber auf, jeder nahm ein Ende einer Lakritzschnur im Mund. Sobald Tante Evelyn das Startzeichen gab, mußte man schnell so viel Lakritze wie möglich mampfen, bis sie so weit aufgegessen war, daß man dem anderen die Zunge hätte in den Mund stecken müssen, um an mehr heranzukommen.

Eigentlich war ich so eine Art Champion bei diesem Spiel, aber als Tante Evelyn diesmal »Los!« schrie, knabberte ich nur zögerlich. Ich hatte noch nicht mal drei Zentimeter weg, als mir Roys Gesicht bedrohlich nahe kam. Ich biß ab und gab auf (ich liebte Lakritze, aber diese Dinger auf Roys Gesicht verdarben mir den Appetit), wartete, daß Roy den Rest triumphierend in seinem Mund verschwinden ließ. Aber er tat es nicht. Er ließ sie aus seinem Mund baumeln, als wüßte er nicht, was damit anfangen. Dann schaute er mich fragend an. »Du hast gewonnen«, sagte ich und wünschte mir, daß er sie endlich essen und aufhören würde, mich anzustarren. Aber er aß sie nicht. Statt dessen riß er die Lakritze entzwei und hielt mir eine Hälfte hin. Mit großen Augen starrte er mich an und wartete. Wie unangenehm. Ich schnappte mir das Stück und stopfte es mir in den Mund. Während ich kaute, kroch langsam ein zufriedenes Lächeln über sein Gesicht. Etwas daran ließ mich innehalten. Es schien, als versuchte er, etwas damit zu sagen. In mir kam die Angst auf, daß er davon ausging, wir wären jetzt Freunde.

Auf keinen Fall wollte ich sein Freund sein. Über ihn machte man sich am meisten lustig. Sich mit ihm einzulassen bedeutete unweigerlich, Spott auf sich zu ziehen. Gott sei Dank hatte niemand Roys Angebot bemerkt. Alle beobachteten Lou und Susan. Das Spiel war längst aus, aber ihre Lippen klebten aneinander. »Susan und Lou küssen sich«, tuschelte jemand.

»Nein, das tun sie nicht«, sagte Tante Evelyn kühl. »Sie nehmen das Spiel nur ein wenig zu ernst.« Dann gab sie schnell bekannt, daß es Zeit für die Schatzsuche sei. Lou trennte sich abrupt von Susan, und weil ihr Kinn mit Lakritze verschmiert war, gab Tante Evelyn ihrer Tochter ein Taschentuch.

Lou und Susan verschwanden, und man sah sie erst fünfzehn Hinweise später, auf dem Platz, wo sich der Schatz hätte befinden müssen, aber er war schon gehoben – Lou hatte ihrer Mutter beim Vorbereiten hinterherspioniert.

Daraufhin wurden die beiden vom nächsten Spiel ausgeschlossen: Schokoladeessen. Das mochte ich am liebsten, weil es dabei um zweierlei ging: verkleiden und essen. Sobald man eine Sechs würfelte, durfte man sich alberne Kleider überwerfen und solange mit Messer und Gabel Schokolade essen, bis ein anderer eine Sechs würfelte.

Ich hatte Glück. Fünfmal würfelte ich eine Sechs, kam aber nur dreimal an die Schokolade. In den Gummistiefeln von Onkel Arthur, dem alten Kirchenhut meiner Großmutter, und den Knickerbockern von Lou hackte ich eine ganze Reihe ab, spießte sie auf die Gabel und stopfte sie mir in den Mund, zwei Sekunden, bevor Gina Turner eine Sechs würfelte. Es war immer sehr aufregend, und bald hatten alle die Enttäuschung der Schatzsuche vergessen. Tante Evelyn stellte großzügigerweise zwei große Tafeln Schokolade zur Verfügung, hob zudem noch ein paar Stücke für all jene auf, die nie zum Zug gekommen waren.

Danach gab es den Geburtstagstee. Lou hatte das Motto für das Menü in heimlicher Absprache mit mir gewählt. Es gab Cheerios mit Tomatensoße, Semmeln mit Würstchen, Feenbrot, Kartoffelchips, zwei ganze Pavlovas und zweifarbigen Wackelpudding. Lou setzte sich an die Stirnseite des Tisches und ich mich in die Nähe einer der Pavlovas, die mit reichlich Schokoladenstreuseln und Kiwis übersät waren. Tante Evelyn thronte über allem, um sicher zu gehen, daß sich auch jeder etwas nahm. Sobald sie sah, daß ich mir ein zweites Stück von der Pavlova gönnte, nahm sie sie mir weg und stellte sie ans andere Ende des Tisches. Glücklicherweise war ich voraussichtig genug gewesen, mir das größte Stück vom Teller zu nehmen.

Als alles aufgegessen war, schaltete Tante Evelyn das Licht aus und verschwand in der Küche. Sekunden später tauchte sie mit der Geburtstagstorte auf, auf der zwölf Kerzen flackerten. Sie stellte sie Lou vor die Nase und küßte sie auf die Wange. Dann hob sie mit auffordernder Stimme zu einem *Happy Birthday* an. Jeder war von ihrer Stimme so beeindruckt, daß er nur so tat, als würde er mitsingen.

Lou knirschte mit den Zähnen. Sie beschwerte sich immer, daß ihre Mutter zu laut sang, um die Aufmerksamkeit auf sich zu ziehen. Ich wußte, was sie meinte. Schließlich war es nur ein *Happy Birthday* und nicht das Finale zu *The King and I*.

Sobald Tante Evelyn fertig war, forderten wir Lou auf, sich etwas zu wünschen. Sie blies so kräftig in die Kerzen, daß einige davonflogen. Es war eine Lamingtontorte. Ich hatte Lou dazu geraten. Tante Evelyn verschätzte sich beim Aufschneiden und so blieben drei Stücke übrig. Nachdem die ersten Tortenstücke aufgegessen waren, bot Tante Evelyn den Rest an. Ich streckte meinen Teller als erster raus; ich hatte schon darauf gewartet. Aber sie schaute mich zweifelnd an. »Nein, Billy«, sagte sie energisch. »Ich glaube, ein Stück reicht für dich. Oder willst du noch dicker werden?«

Ich war perplex. Bisher hatte mir noch niemand Essen verweigert. In meinem ganzen Leben hatte mir noch nie jemand gesagt, daß ich etwas nicht essen sollte. Eher im Gegenteil. Es hieß immer, ich müsse noch wachsen und daher soviel essen, wie ich nur konnte. Jemand kicherte, und der erste Hauch von Erniedrigung wehte mir ins Gesicht. Ich stellte meinen Teller hin und starrte aufs Tischtuch. Gott sei Dank rissen sie sich zu dem Zeitpunkt schon um die restliche Torte, daß niemand mir Beachtung schenkte. Bis sich alle beruhigten, hatte ich schon aufgehört zu weinen und meine Tränen an meinem Partyhut abgewischt.

Nach dem Kuchen nahm mich Arch Sampson zur Seite. »Du mußt mir helfen, Fettsack. Wir werden Roy auflauern und die Hosen runterziehen, damit wir wissen, was er da unten hat.«

Der Name, den er sich für mich hatte einfallen lassen, gefiel mir gar nicht. Deshalb wollte ich ihm meine Hilfe verweigern. Andererseits war ich neugierig auf das mannsgroße Ding zwischen Roys dürren Beinen. »Okay«, sagte ich.

Wir rannten hinaus, um noch eine Runde Fangen zu spielen, bevor die Mütter kamen und alle abholten.

»Du lockst Roy in die Einfahrt, hinter die Hecke!« instruierte mich Arch. »Dort nehm ich ihn in den Schwitzkasten, dann setzt du dich auf seine Brust und ich zieh ihm die Hose runter!«

Ich machte mich an Roy heran und sagte ihm, ich hätte Schokolade für ihn aufgehoben. »Komm mit rüber zur Hecke, damit es niemand mitkriegt und auch was abhaben will.«

Roy grinste; es war so einfach ihn reinzulegen. Ich fühlte mich wie ein Verräter. Aber dieses zarte Gefühl wurde schnell von einem viel drängenderen überrollt; die Erwartung auf das, was ich gleich sehen würde. Sobald wir in die Nähe der Hecke gelangten, sprang Arch ihn rugbymäßig an; Roy plumpste zu Boden. »Setz dich auf ihn, Fettsack. Setz dich drauf!« rief Arch.

Ich hockte mich rittlinks auf seine Brust, erleichtert, daß ich ihm nicht in die Augen schauen mußte. Arch zog ihm die grauen Bermudas herunter. Er trug blaßblaue Unterhosen, mit einem aufgebügelten Sticker in Form eines tropfenden Wasserhahns. »Wasserwerk« stand darunter. Ich studierte seine Unterhose und wünschte, daß meine Mutter mir mal solche kaufen würde. Sie beulte sich ziemlich aus, aber ich konnte über dem Hosenbund keine Haare ausmachen.

Am Anfang kämpfte Roy und schlug um sich, aber Arch sagte, er soll das sein lassen, was er überraschenderweise tat (ich wäre vor Aufregung fast gestorben). Roy war älter und größer als wir, er hätte niemals unserem Befehl folgen dürfen. Er verstieß damit gegen die natürliche Hierarchie. Aber es schien, als würde Roy das nicht kapieren. Vielleicht auch deshalb, weil Mr. Schluter für Archs Vater arbeitete. Womöglich dachte er, daß er Arch folgen müßte, so wie sein Vater den Befehlen des alten Sampson folgte. Roy hielt still, und Arch riß ihm mit einem Schlachtruf die Unterhose herunter. Roy hatte tatsächlich einen in Mannsgröße, von einem ganzen Wald von Haar umzingelt. Ich konnte nicht glauben, daß ein Dreizehnjähriger soviel Schamhaar haben konnte. Sogar Robert Sack, der Innendreiviertel des Glenora Rugbyteams, den niemand angreifen wollte, weil er so stämmig war, hatte nur ganz wenige, die er nach dem Spiel im Umkleideraum stolz herzeigte.

Arch sprang auf, um es allen zu erzählen; ich konnte hören, wie er sie zusammentrommelte, damit sie schauen kamen. Ich blieb mit Roy allein. Er versuchte nicht mal, mich wegzuschubsen. Ich starrte auf seinen Schwanz und griff danach. Er schmiegte sich in meine Hand. Seine Größe beeindruckte mich. Es schien unmöglich, daß er errigiert noch größer sein würde. Ich streichelte ihn auffordernd und Roy jammerte ein armseliges Winseln.

Plötzlich blendeten uns Scheinwerfer. Ich sprang auf und Kopf voran in die Hecke. Die erste Mutter, die ihr Kind abholen kam. Gott sei Dank war es Mrs. Turner, eine begeisterte Gärtnerin. Sie gaffte Tante Evelyns exotische Büsche so neidisch an, daß sie uns nicht sah. Roy kam hinter mir her, ich konnte nicht anders, als seinen Schwanz noch mal anzufassen, bevor er ihn in seiner Unterhose verstaute.

Arch und die anderen kamen gerade, als Mrs. Turner an uns vorbeifuhr. Sie erschrak, weil sie fast alle Schüler auf einmal überfahren hätte, blieb daher stehen, stieg aus und schimpfte, daß es dumm wäre, in der Einfahrt zu spielen. Dann schickte sie alle zur Strafe ins Haus. (Bevor sie sich ins Auto zurücksetzte, brach sie einen Setzling von einem der Büsche ab.)

Inzwischen hatte Roy seine Shorts schon zugeknöpft. »Komm! Wir gehen auch ins Haus«, sagte ich – freundlich, um meinen Verrat gutzumachen.

Roy murmelte, daß er gleich nachkommen würde. Er schien beleidigt. Ich hatte Gewissensbisse. Ich wollte ihn dazu bringen, daß er ihn mir noch mal zeigte und so legte ich ihm die Hand in den Schritt, bevor ich aus der Hecke trat. Erstaunlicherweise war sein Schwanz noch größer geworden. Da erst wurde mir klar: Roy hatte einen Ständer und er wollte in der Hecke bleiben, bis er wieder klein geworden war.

Ich ließ Roy allein und lief ins Haus. Sobald ich drin war, fragte mich jeder, ob das mit Roy stimmte. »Komm schon, Fettsack!« sagte Arch. »Erzähl ihnen, was wir gesehen haben!«

Ich lief rot an. Ich haßte den neuen Spitznamen und Arch noch mehr. Sie starrten mich an und kicherten, tuschelten meinen Spitznamen. Ich wünschte, daß ich mit Roy in der Hecke geblieben wäre.

»Komm schon, Fettsack! Erzähl's uns!« sagte Peter Hammer.

Ich zögerte. Indem ich Archs Geschichte bestätigte, hätte ich die Aufmerksamkeit von mir auf Roy ablenken können; diese Neuigkeit war wichtig genug, um sie vergessen zu lassen, wie dick ich geworden war. Aber ausgerechnet in diesem Moment drückte sich Roy ins Zimmer. Da alle mich anstarrten, merkte es keiner. Er sah fix und fertig aus, wie einer der Hunde, die man angeschrien und angeflucht hatte, weil sie die Schafe in die falsche Richtung getrieben hatten. Sein Gesichtsausdruck stimmte mich um.

»Da ist nichts, Arch. Das weißt du genau«, sagte ich. »Du hast dir das nur ausgedacht.«

Arch starrte mich fassungslos an. Sie stießen ihn herum und verpaßten ihm Tritte; sein Einspruch ging im Gejohle unter. Ob ich das Richtige getan hatte? Ganz ohne Zweifel hatte ich mir Arch zum Feind gemacht.

Dann erschien Mr. Schluter in der Tür. »Arch! Ich bin hier, um dich und Roy abzuholen.«

Die Klamotten von Mr. Schluter waren so seltsam wie die seines Sohnes. Er trug einen schmutzigen khakifarbenen Overall und weiße Gummistiefel. Ich hatte noch nie weiße Gummistiefel gesehen. Hier, um Styx herum, trugen alle Farmer entweder beschlagene Stiefel oder schwarze Gummistiefel. Meine Mutter sagte zu jemandem, daß Schluter noch nie auf einer Farm gearbeitet hatte und daß er komische Vorstellungen davon hatte: »Diese Stadtleute sind wohl alle ziemlich naiv«, sagte sie betrübt.

Arch stampfte auf Mr. Schluter zu. »Aber ich fahre. Mein Vater läßt mich immer.« Mr. Schluter schaute Arch zweifelnd an. »Roy«, rief er, und Roy trat aus der Menge, stellte sich neben seinen Vater. »Bedanke dich bei Lou für die Party«, instruierte er ihn.

Roy und Arch murmelten gemeinsam ein Danke. »Auf bald«, sagte Mr. Schluter in die Runde, dann drehte er sich um und ging nach draußen.

Arch überholte Mr. Schluter, um als erster am Auto anzukommen. Ich schaute von der Tür aus zu. Schluter hatte echte Mühen, Arch auf die Beifahrerseite zu schieben. Schließlich schrie er ihn sogar an. Roy war auf die Ladefläche des Jeep geklettert und hockte sich neben die Hunde, obwohl sein Vater ihm befahl, sich nach vorne zu setzen. Aber er weigerte sich; er wollte nicht neben Arch sitzen.

Mr. Schluter gab auf, schlug die Tür zu, startete den Wagen und fuhr die Auffahrt hinunter. Es war offensichtlich, daß er sich mit dem Jeep schwertat. Er kam nicht vom zweiten in den dritten Gang. Ich konnte mir vorstellen, daß Arch ihm sagte, wie man besser fuhr, und womöglich hatte er sogar recht. Der alte Sampson hatte Arch schon mit acht das Autofahren beigebracht.

Lou trat an meine Seite. »Dieser Roy hat mir nichts geschenkt. Alle anderen, nur er nicht.«

»Vielleicht hat er es nicht gewußt. Oder vielleicht macht man das in der Stadt, wo er herkommt, anders«, sagte ich.

»Vielleicht«, sagte Lou. »Aber wenigstens hätte er mir seinen Schwanz zeigen können, wenn er denn wirklich so groß und haarig ist. Ihn anzufassen wäre Geschenk genug gewesen.«

Ich zog nicht mal Lou ins Vertrauen, daß ich dieses Geburtstagsgeschenk an mich gerissen hatte. Es war unser Geheimnis, Roys und meins. Die Tatsache, daß er einen Ständer gekriegt hatte, stimmte mich zuversichtlich, daß es ihm genauso viel Spaß machte, mit mir rumzufummeln wie mir mit ihm.

6

Als ich am nächsten Tag in den Schulbus kletterte, wurde ich bereits im Chor mit meinem neuen Spitznamen begrüßt. »Fetter Fernando! Fetter Fernando!« Die neue Staffel von *Zorro* war gerade im Fernsehen angelaufen, jeder schaute sie an und sprach in der Schule darüber. Der fette Fernando war Zorros unfähiger Gegenspieler. Das Entzücken, mit dem sie meinen Spitznamen riefen, verriet mir, daß er mir bleiben würde.

Ich schlurfte nach hinten und schämte mich, daß Lou und Babe Zeugen dieser Erniedrigung wurden. Sie saßen ganz vorn, schauten aus dem Fenster und taten so, als würden sie es nicht hören oder als würden sie mich nicht kennen. Eins von beidem. Sie starrten auf ihre Füße, als Arch die Titelmelodie von *Zorro* anstimmte und alle mitsangen; außer ihnen natürlich und Roy. Der richtete seine großen, verträumten Augen auf mich, um mir zu zeigen, daß sein Schweigen ein Zeichen seiner Freundschaft war. Ich kehrte mich ab. Ich haßte ihn und verdammte mich, daß ich so dumm gewesen war, Mitleid für ihn zu empfinden. Ich hatte ihn verschont, und damit das Schlimmste auf mich gezogen, was Arch sich einfallen lassen konnte.

Ich machte Roy dafür verantwortlich, aber im Grunde war es Tante Evelyns Schuld. Sie hatte die Aufmerksamkeit auf die Tatsache gelenkt, daß ich zugenommen hatte. Erwachsene waren Autoritäten. Vor allem Tante Evelyn, die Ersatzlehrerin. Niemand wäre auf die Idee gekommen, mich als fett zu bezeichnen, wenn sie nicht ihre große, opern-trainierte Klappe aufgemacht hätte. Sie hatten mich akzeptiert, wie ich war.

Natürlich hatte ab und zu mal jemand eine Bemerkung über mein Gewicht fallen lassen, aber nie so, daß es mir hätte peinlich sein müssen, oder daß ich meine Figur als Problem hätte betrachten müssen. Sie hatten mir eher ein gutes Gefühl gegeben. »Dir wird es so wie deinen Onkels gehen«, sagte meine Mutter. »Sie sind da rausgewachsen. Schau sie dir nur an!«

Die drei Brüder meiner Mutter waren Monster, einsfünfundneunzig groß und stämmig, ohne ein Gramm Fett. Es beruhigte mich zu denken, daß es mir genauso gehen würde, daß Dickerwerden nur eine Phase war, die man durchlief, um kräftig zu werden. Daß mein Vater nicht so groß war, ließ mich manchmal zweifeln. Eigentlich war er sogar sehr klein. Ebenso Großvater und Onkel Arthur.

Auch mein Vater kriegte mit, daß ich zunahm. »Langsam machst du richtig was her. Du bist ein richtiger Gewinn für die Farm«, sagte er mal. Nicht, daß ich Lust darauf hatte, ihm zu helfen, aber es gefiel mir, daß er mich lobte und mich als einen Gewinn bezeichnete.

Das einzige, was mir an der Farmarbeit gefiel, waren die Brotzeiten. Meine Mutter backte oft was Besonders für den Frühtee wie Scones oder Muffins, vor allem wenn es recht kalt war. Für den Nachmittagstee waren die Dosen voller Gebäck, normalerweise mit Butterkrem- oder Haferkeksen, Babes und mein Lieblingsgebäck. Fast jeden Abend gab es einen Braten. Jedenfalls bis zu dem Tag, an dem meine Mutter beschloß, zu meutern, und deren Zukunft in Frage stellte.

Meine Mutter entwickelte seltsame Vorstellungen über das Essen, ebenso über eine Reihe von anderen Dingen. Sie entsagte dem Fleisch. Ein Vegetarier auf einer Farm, so etwas hatte man noch nie gehört. Bis dato hatte es dreimal am Tag Fleisch gegeben, sieben Tage die Woche. »Das ist aberwitzig«, sagte sie und die erste fleischlose Mahlzeit, die keiner von uns weder identifizieren noch essen konnte, folgte auf dem Fuße.

Höflich kauten wir ein bißchen darauf herum. Nur meine Mutter aß ihren Teller leer. Nach dem Essen, meine Mutter machte sich ans Abspülen, ging mein Vater an den Kühlschrank, machte sich ein Hammelsandwich und setzte sich damit wieder an den Tisch. Babe und ich sollten fernsehen gehen. Vom Wohnzimmer aus hörten wir dann unsere Eltern streiten. In der Konsequenz kochte meine Mutter zwei Gerichte: eins mit und eins ohne Fleisch. Weder Babe noch ich wagten es, uns für das, was meine Mutter aß, zu interessieren. Meine Vater hatte uns hinter vorgehaltener Hand gewarnt, daß die Braten von der Ausrottung bedroht waren, wenn wir auch nur das geringste Interesse am »Vegetabilismus« zeigten.

Die neue Ernährungsphilosophie fiel genau in die Zeit, als ich mir meines Übergewichts bewußt wurde. Ich stellte mich auf die Waage, als wir von Lous Party nach Hause kamen und erschrak vor meinen dreiundsechzig Kilo. Ich war erst Zwölf und gerade mal einsfünfzig groß und wog praktisch doppelt soviel wie meine Mitschüler. Das war beängstigend. Peinlich. Ich wollte nicht, daß es irgend jemand erfuhr. Während ich da auf der Waage stand, unfähig die Tatsache anzunehmen, beschloß ich eine Diät zu machen. Im Geheimen.

Es war schlimm genug, daß man sich über mein Gewicht lustig machte. Ich wollte nicht auch noch, daß sie sich über eine Diät lustig machten. Soweit ich wußte, machte kein Mann je Diät. Jedenfalls gab es in den Zeitschriften keine Diäten für Männer. Auch hatte ich noch nie gehört, daß ein Mann etwas nicht aß, weil er sich um sein Gewicht Gedanken machte. Das gab es einfach nicht. Praktisch jedem Mann, den ich kannte, hing ein Bierbauch über den Gürtel.

An dem Abend nach der Party ging ich mit einem Stapel von Babes *Pink's* ins Bett und suchte sie nach einer möglichen Diät durch. Unsere Mutter hatte Babe und mir ein paar Monate davor je ein Zeitschriften-Abo geschenkt. Wir durften es uns selbst aussuchen. Babe hatte sich schon entschlossen, bevor wir überhaupt beim Zeitungshändler in Glenora ankamen. Sie wußte genau, wo in welchem Regal *Pink* stand, das neue Mädchenmagazin aus England. Sie nötigte es meiner Mutter auf, die es mit skeptischem Blick durchblätterte, und dann versuchte, Babe etwas »würdigeres« einzureden. »*Look und Learn* ist sehr interessant«, schlug sie vor.

Aber Babe gab nicht nach. »Du hast versprochen, daß ich es mir selber aussuchen darf«, heulte sie laut genug, damit der Verkäufer herschaute.

Meine Mutter seufzte und sah sich genötigt zuzustimmen. »Na ja, dann bleibt *Look and Learn* für dich, Billy-Boy«, sagte sie und wendete sich mir zu.

Ihr Lächeln sah sehr gequält aus. Es hatte keinen Sinn zu debattieren.

Das einzige, was ich in *Look and Learn* je anguckte, war der Comicstrip hinten drauf. Aber die Zeitschriften, die Babe und meine Mutter abonniert hatten, faszinierten mich; meine Mutter las *Cleo,* ein schockierendes Frauenmagazin, mit männlichen Centrefolds.

Cleo lag nie herum. Babe plagte meine Mutter wochenlang, bis sie uns einmal mit ins Schlafzimmer nahm, eine *Cleo* unter dem Bett hervorzog und sie in der Heftmitte aufschlug. »Da, bitte!« sagte sie und hielt uns den nackten Männerkörper unter die Nase. »Zufrieden?«

Ich war mehr als zufrieden. Es erregte mich ungeheuerlich. Ich hatte alle Mühe gelassen zu wirken. Genaugenommen zitterte ich vor Aufregung beim Anblick des Centrefolds. Jetzt, da ich genau wußte, wo sie die Hefte aufbewahrte, beschloß ich, jedes einzelne genau zu studieren. Beim nächsten Golfspiel.

Es machte mich auch stutzig, daß meine Mutter ihre *Cleo's* Tante Evelyn nicht anbot. Normalerweise tauschten sie die Hefte mit Bemerkungen wie: »Da ist ein tolles Rezept für einen Auflauf mit sechs Dosenwürstchen drin«, oder: »Hier steht etwas Schockierendes über Prinzessin Anne und ihre Pferde drin.« Nur die *Cleo's* blieben diskret unter dem Bett. Ich wußte nicht, ob es meiner Mutter zu peinlich war, sie Tante Evelyn anzubieten, oder ob meine Tante das Heft selbst abonniert hatte.

Im Vergleich dazu war *Pink* total zahm (trotzdem um ein Vielfaches spannender als *Look and Learn).* Es war voller Tips zu allen lebenswichtigen Themen, zum Beispiel, wie man sich Schottenmuster auf die Klamotten nähen und aussehen konnte wie die Bay City Rollers, oder es wurde ein Date mit David Cassidy verlost. Natürlich gab es auch Diätratschläge. In der Nacht, nachdem die Waage die traurige Wahrheit ans Tageslicht gebracht hatte, las ich jeden Artikel übers Abnehmen. Alle plädierten in etwa für dieselbe Strategie: Karotten und Stangensellerie, Knäckebrot mit einer dünnen Schicht Hüttenkäse.

Nicht sonderlich brauchbar. Einzig die Karotten waren mir vertraut. Leider waren die Hasen ganz versessen darauf und machten sich im Garten darüber her. Die Hasen machten meinen Vater rasend; er hatte schon so manchen Abend hinter den Himbeeren zugebracht und mit einer Pistole auf sie gewartet. Weil sie nicht kamen, legte er vergiftete Karotten aus. Das Unvermeidliche trat ein. Eine dieser Karotten landete im Salat, den meine Mutter unserem Banker servierte. Der Arme mußte sich übergeben, dann fuhren sie ihn ins Krankenhaus nach Glenora. Mein Vater gab meiner Mutter die Schuld und meine Mutter meinem Vater, mit dem Ergebnis, daß der Garten von da an den Hasen überlassen wurde.

»Karotten« war seither ein höchst geladenes Wort. Meine Mutter beschloß, es sei das beste, vorerst keine mehr zu kochen, bis das Ereignis als vergessen abgehakt sein würde. (Der Verhandlungsspielraum bezüglich der Kredite bei der Wrightsons Bank war nach der versuchten Vergiftung sehr eng geworden, was meinen Vater aufbrachte.)

Ich wanderte in den Gemüsegarten und betrachtete die Karotten sehnsüchtig. Glaubte man *Pink*, waren sie eine mögliche Rettung für mich, aber entweder waren sie abgefressen oder vergiftet. Also konzentrierte ich mich auf Sellerie. Ich hatte eine vage Ahnung, daß es ein Gemüse war, aber welches, das wußte ich nicht. Mein Vater aß nur Kartoffeln, Karotten und gefrorene Erbsen. Seit man an Karotten nicht einmal mehr denken durfte, wurden sie taktvoll durch Blumenkohl ersetzt, den niemand außer meiner Mutter aß. Sellerie war also ein Mysterium für mich.

Wann immer wir in den Crayburn Superstore gingen oder zu dem noch größeren Glenora Four Square, rannte ich als erstes in die Gemüseabteilung. Das beeindruckte meine Mutter. Sie schloß daraus, daß auch ich dem Fleisch entsagen wollte, mich aber aus Angst vor meinem Vater nicht traute, dabei suchte ich nur nach Sellerie. Ich fand keinen, traute mich auch nicht danach zu fragen. Es war bekannt, daß man Sellerie nur zum Abnehmen aß; ich wollte meine geheimen Absichten nicht entdeckt und lächerlich gemacht wissen.

So blieben mir nur Knäckebrot und Hüttenkäse. Das kannte ich, wenigstens glaubte ich das: Ich dachte, die Briten meinten mit Knäckebrot Toast. Und Hüttenkäse bedeutete, daß es hausgemachter Käse sei. An Toast kam ich offensichtlich leicht heran, und so aß ich ihn zu jeder Gelegenheit. Ich bat meine Mutter sogar, meine Sandwiches künftig mit Toast zu machen. Aber wie kam ich an selbstgemachten Käse heran? Unsere eigene kleine Molkerei, in der Oma noch Sahne, Butter und Käse gemacht hatte, war nicht mehr funktionstüchtig. Werkzeuge lagerten dort und allerlei Krimskrams, den mein Vater nirgends sonst unterzubringen wußte. Eines Tages würde ich sie ausräumen müssen; noch eine dieser Aufgaben, die sich mein Vater für einen Regentag aufhob.

Ich erforschte die Molkerei, versuchte herauszufinden, was man wofür benutzte. Aber mit dem ganzen Krempel dazwischen war ich mir nicht sicher, ob ich den Quirl vom Butterfaß in der Hand hielt oder das Teil zum Mischen von Schaffutter. Ich gab auf. Obwohl ich alle Kochbücher durchforstet und sogar der berühmtesten Köchin Neuseelands, Alison Holst, geschrieben hatte, hatte ich ja noch nicht mal ein Rezept für Käse.

Alison Holst hatte eine Kochshow im Fernsehen und unglaublich viele Kochbücher geschrieben. Ich konnte einfach nicht glauben, daß sie kein Rezept für Käse besaß. Ich schrieb ans Fernsehen und fragte sie. Sie antwortete mir, daß wir in den siebziger Jahren lebten und die überarbeiteten Mütter Käse lieber kauften (»es gibt viele Sorten«), anstatt ihn selbst zu machen. Dann schrieb ich an Neuseelands zweite prominente Köchin, Tui Flower, die eine Kolumne im *New Zealand Women's Weekly* schrieb. Sie reagierte darauf pikiert: Käse machte man schon lange nicht mehr selbst. Ob ich damit auf ihr Alter anspielen wollte?

Die einzige, die mir hätte helfen können, war tot: Oma. Also fragte ich Großvater, der sich gerne an die guten alten Zeiten erinnerte. Das verleitete ihn zu der langen Geschichte, als er in meinem Alter um sechs Uhr morgens raus mußte, um die Kühe zu melken. Er behauptete, daß einmal soviel Schnee lag, daß er die Kuh erst freischaufeln mußte, bevor er an ihr Euter herankam. Als er mit der Milch in den Melkstall kam, war sie bereits gefroren.

»Und wie hat Oma dann Käse aus der gefrorenen Milch gemacht?« fragte ich, um ihn zum Thema zurückzubringen.

Großvater starrte mich mit seinem guten Auge an. Dann räusperte er sich. Räuspern war immer der Auftakt für einen seiner berühmten Wahlsprüche (er war so ziemlich der älteste in der Gegend und gab anderen ständig Ratschläge. Es war doch klar, daß er mir etwasAaussagekräftiges über das Herstellen von Käse sagen würde): »Iß herzhaft, mein Junge!« instruierte er mich. »Du weißt nie, wann du wieder was kriegst. Du könntest dich beim Schafeeintreiben verirren oder mit dem Traktor im Sumpf stecken bleiben oder einfach keine Zeit haben zum essen. Iß herzhaft, mein Junge, immer!«

Allein die Aussicht, diese niedrigen Tätigkeiten ausführen zu müssen, ganz zu schweigen davon, daß ich dabei steckenbleiben oder mich verirren könnte, machte mich nachdenklich. Vielleicht hatte Großvater recht. Selbstgemachter Käse und Toast waren keine Mahlzeit. Es gefiel mir auch, seinem Rat zu folgen, weil es mein Vater nie tat. Er beschwerte sich nur immer über Großvater und seine endlosen Ratschläge, die er schon aus Prinzip nicht befolgte. Er machte alles nur auf seine Art, und wenn es nicht klappte, fluchte er derartig, daß die Hunde wegrannten und sich versteckten. Ich fand, jemand mußte Großvater das Gefühl geben, daß seine Weisheit geschätzt wurde. Ich mochte die Geschichten, die er mir erzählte, auch wenn ich sie schon tausendmal gehört hatte. Er erzählte es immer, als wären sie *top secret,* mit großen Augen und einer ernsthaften Miene. So gab ich die Idee, zu fasten, Großvater zuliebe auf.

Eine Woche nachdem ich meinen Beschluß aufgegeben hatte, verkündete Babe, daß sie auf Diät gehen und nur noch Karotten, Sellerie, Knäckebrot und Hüttenkäse essen würde. Meine Mutter freute sich unglaublich darüber. Schließlich war es eine vegetarische Diät, wenn auch eine sehr radikale. Meine Mutter fuhr mit Babe nach Dunedin, um das Notwendige einzukaufen; sie war dankbar für jede Ausrede, um ihre Freunde von der Yoga-Gesellschaft zu treffen. Sie und Babe verschwendeten fast unser ganzes Haushaltsbudget für den Monat; meine Mutter kaufte alles mögliche, das *Pink* nicht billigte, weil sie hoffte, Babe damit in Versuchung führen zu können.

Währenddessen wetterte mein Vater über meine Mutter, über ihre Launen und die Gefahren, die falsche Ernährung zur Folge hatte. Am Ende räumte er ein, daß es womöglich für Frauen okay sei, diesen »Mist« zu essen, es von einem Mann zu erwarten, sei jedoch »einfach idiotisch«. Mein Schicksal war besiegelt. Ich hätte mich dieser Diät einfach anschließen können, aber soeben hatte er mir klargemacht, daß dies einen Verrat an meinem ganzen Geschlecht darstellen würde. Mein Vater würde mir niemals vergeben, wenn ich auch nur einen Abend den Braten ausfallen ließ. Vater sparte besonders unangenehme Arbeiten für den Fall auf, daß Babe oder ich ihn ärgerten. Zum Beispiel war der Rost unter dem Schafstall schon mehr als ein Jahr lang nicht mehr ausgemistet worden. Es suppte schon durch die Ritzen. Lou, die meinem Vater gerne half, war auch noch so dumm, ihn darauf aufmerksam zu machen. »Ich weiß, ich weiß«, sagte er, und der Tonfall hörte sich für meine sensiblen Ohren diesmal besonders bösartig an. Auf keinen Fall wollte ich diesen Job verpaßt kriegen.

Deshalb tat ich völlig desinteressiert, als meine Mutter an diesem Abend nach Hause kam, den Kofferraum ihres *Holden* voll mit Kisten und Gemüsen, die ich noch nie gesehen hatte. Mein Vater und ich saßen im Wohnzimmer und guckten *Zorro* (was mir inzwischen zur Qual geworden war). Er forderte mich nicht wie sonst auf, meiner Mutter zu helfen. Allerdings hatte er mich am Nachmittag vom Schafstall wegexpediert, um den Braten aufzusetzen, was eine willkommene Begnadigung war, vor dem Beschneiden der Hufe des Mutterschafes.

Als meine Mutter, schwerbepackt mit Tüten voller Auberginen, Zucchini, Brokkoli und einer Ausgabe von *The Creative Vegetarian* unterm Arm in die Küche torkelte, wurde sie vom Duft eines schmorenden Hammelbeins empfangen. Babe folgte ihr auf den Fersen, eine fragwürdige Tüte Weizenkeim in den Händen. Sie schnupperte anerkennend in die Luft. Meine Mutter nahm es wahr und drückte ihr das Rezeptbuch in die Hand. »Such dir was aus, Schätzchen«, sagte sie, »und ich koch es dir.«

Babe schlug gleich das Kapitel mit den Desserts auf; es schien, als wäre sie auf dem Ausflug nach Dunedin zum absoluten Vegetarismus konvertiert. »Ich möchte«, beschloß sie endlich, »Bananen-Buchweizen-Pfannkuchen mit selbstgemachtem Aprikoseneis.«

Meine Mutter schaute sie mit großen Augen an. »Ist das da drin?«

Babe nickte und hielt ihr das Buch zum Beweis unter die Nase.

»Ich dachte, du wolltest fasten, Schatz. Ein bißchen bewußter essen?«

»Dann esse ich eben Kräcker mit Quark«, fauchte Babe.

Jetzt wußte ich endlich, was Knäckebrot und Hüttenkäse waren und schätzte mich glücklich, daß ich mich entschlossen hatte, meinen Vater im männlichen Fleischessen zu unterstützen. Während wir den Braten in uns hineinstopften, knabberte Babe mitleiderregend an einem Kräcker. Auch meine Mutter hatte sich für Kräcker entschieden, nachdem sie feststellen mußte, daß man die Bohnen für den Eintopf über Nacht einweichen mußte. Als mein Vater in seiner Bösartigkeit Babe zum dritten Mal aufforderte, ihm die Soße zu reichen, brach sie in Tränen aus und rannte in ihr Schlafzimmer – am Herd vorbei, wo sie sich zwei gebratene Kartoffeln krallte. Mein Vater hatte mir befohlen jede Menge Gemüse zu braten, für den Fall, daß Babe oder meine Mutter in Versuchung geführt werden konnten.

Nach dem Essen ging ich zu Babe, aber sie war schon im Bett und tat so, als würde sie schlafen. Ich klaute ihr die letzte *Pink* und zog mich in mein Schlafzimmer zurück. Sie enthielt einen »Würde sich David mit dir verabreden?«-Psychotest, und ich fand zu meiner Entzückung heraus, daß er es tun würde; ich müßte nur ganz wenig lügen. Daneben war ein Foto von ihm mit nacktem Oberkörper. Ich wollte es herausreißen, wußte aber, daß Babe es merken würde. Obwohl sie vorgab, David zu verabscheuen, bedeutete das nicht, daß sie ihn jemand anderem halbnackt gönnen würde. Ich mußte noch ein paar Wochen warten, bevor ich es stehlen und meiner Sammlung von Männern in Unterhosen zuführen konnte. In der Hauptsache fanden sich dort Unterwäscheanzeigen aus *The Listener.* Oder Anzeigen von Muskeldiätprodukten für Männer, die sechzig-Kilo-Schwächlinge gewesen waren und durch *Bullworker* zu wogenden Rohlingen wurden. Ich knöpfte mein Hemd auf und untersuchte meinen Körper. Auch ich hatte Wogen, aber nicht solche.

Ich ging ins Bad und stellte mich auf die Waage. Wieder zwei Pfund mehr. Wieso hatte ich nur den Braten gegessen? In der Hoffnung, zwei Pfund wegzuschmelzen, beschloß ich, heiß zu baden. Das hatten sie im Fernsehen gezeigt: Menschen, die bis zum Kopf in eine Wanne eintauchten und später nur noch halb so dick daraus hervorkamen.

Es dauerte ewig, bis ich in das barbarisch heiße Wasser eintauchen konnte (das ganze Badezimmer versank im Dampf). Erst als ich schon ganz drin war, erinnerte ich mich, daß diese Anzeige ein Zeichentrick gewesen war. In Cartoons explodieren Menschen oder fallen von Klippen und stehen auf, als wäre nichts gewesen. Statt meiner Pfunde schmolz mein Vertrauen, und ich kletterte heraus.

Dann platzte mein Vater ins Bad. »Beeil dich!« brummte er. »Und wehe, wenn du das ganze warme Wasser aufgebraucht hast.« Drohungen endeten meist darin, daß ich irgend etwas Verhaßtes tun mußte.

Ich trocknete mich ab und stellte mich auf die Waage. Aufgrund des Dampfes war es schwer zu erkennen, aber es sah so aus, als hätte ich die zwei Pfund wieder losgekriegt. So genau wollte ich nicht hinschauen, aus Angst, ich könnte mich irren. Ich hüpfte über den Flur in mein Schlafzimmer, schlüpfte in meinen Pyjama und ging zu Bett. *Pink* war von meinem Nachttisch verschwunden. Babe mußte es sich geholt haben, während ich im Bad war. Schade. Zu gern hätte ich mir noch mal David Cassidy angeschaut. So holte ich statt dessen den Kuhschweif aus der Schublade, hielt ihn hoch und bewunderte seinen goldenen Glanz im Schein der Lampe. Mit der anderen Hand angelte ich die Haarbürste und begann »mein Haar« langsam und ehrerbietig zu bürsten. Mit jedem Bürstenstrich flüsterte ich »zauberhaft«. Inzwischen kannte ich ungefähr fünfzehn verschiedene Wörter, war mir aber nicht sicher, wie sehr sie sich voneinander unterschieden. Fünfzig erschien mir schier unmöglich.

Ich hörte meinen Vater ins Bad gehen, löschte das Licht, richtete »mein Haar« auf meiner Brust zurecht. Gespannt wartete ich auf den Schrei meines Vaters, wenn das heiße Wasser ausging. Er kam nicht, und so schlief ich ein. Erst am Morgen kriegte ich mit, daß er sich, auf der Toilette sitzend, in *The Farmer* vertieft hatte. Bis er das Wasser einlaufen ließ, war ich längst eingeschlafen und hörte seine Flüche ebensowenig wie die Befehle, Wasser aufzusetzen und es ihm zu bringen.

Dafür hinterließ er mir eine Nachricht auf dem Frühstückstisch: »Ich hab einen Sonderauftrag für dich. Komm heute nach der Schule zum Schafstall!«

7

Tante Evelyn hatte es drauf, sich ständig neue Spitznamen für mich auszudenken. Ihr hatte ich einen zu verdanken, der noch schlimmer war als Fettsack; der zudem meine Erscheinung für immer ruinierte: Sie beschloß, daß ich eine Brille brauchte.

Die Welt war unscharf geworden. Ich dachte mir nichts dabei, daß ich mich anstrengen mußte, die Tafel zu erkennen, wiegelte es als einen weiteren seltsamen Schritt auf dem Weg zum Erwachsenwerden ab. So wie das, was sich »da unten« abspielte. Zwölf zu werden hatte so viele Rätsel und Komplikationen mit sich gebracht; der Verlust meiner Sehkraft war nur ein Ding mehr, das es zu ertragen galt. Daher schenkte ich dem keine Beachtung.

Tante Evelyn machte wieder mal die Vertretung in der Schule. Sie hätte es vermutlich nie mitgekriegt, hätte sie sich nicht so um mich bemüht. Seit Lous Geburtstag machte ich einen großen Bogen um sie. Schule war seither, dank ihr, zu einer Folter für mich geworden. Niemand sagte mehr Billy zu mir. Ich war nur noch »der Fettsack«. Aber an diesem Tag konnte ich ihr nicht aus dem Weg gehen. Sie saß am Pult. Jedesmal wenn ich aufschaute, starrte sie mich mit diesem fürsorglichen Lächeln an. Es ging mir auf die Nerven. Ich hielt meinen Kopf geneigt, aber ich fühlte, daß sie mich immer noch anstarrte. Ein unbarmherziges Lächeln. Es verfolgte mich. Höhnte mir mit einem Mitgefühl, dem ich nicht mehr traute.

Wenn ich an die Tafel schauen mußte, starrte ich an ihr vorbei. Plötzlich sprang sie auf und stürzte auf mich zu. »Du schielst. Du mußt deine Augen untersuchen lassen.«

Sie nahm mich mit ins Sekretariat und rief meine Mutter an. »Deine Sohn muß zum Augenarzt«, teilte sie ihr mit, als wäre das schon die Diagnose. »Ich bin überrascht, daß es noch niemand gemerkt hat. *Ich* hab das sofort gesehen.«

Ich haßte Tante Evelyn noch mehr. Für sie war es ein regelrechter Sieg, daß sie etwas entdeckte hatte, was meine Mutter noch nicht wußte. Dabei hätte sie es doch gar nicht mitgekriegt, wenn sie mich nicht so angestarrt hätte. Was mir wirklich auf die Nerven ging, war dieser kritisierende Unterton in ihrer Stimme. Das war typisch für sie. Es war nicht wirklich Kritik. Es war subtiler, eine Art Überheblichkeit.

Was nicht heißen soll, daß sie mit ihrer Meinung zurückhielt. Vor allem am Telefon, wenn sie von jemandem wie Velda Pile angestachelt wurde. Sie war immer sehr laut am Telefon, genau so wie sie *Happy Birthday* zu laut sang. Lou und ich kamen nicht umhin mitzukriegen, wie sie mit Velda über meine Mutter sprach. »Sie lebt in ihrer eigenen Welt«, sagte Tante Evelyn. »Und das ist eine seltsame Welt, das sag ich dir.«

Lou und ich sprachen nicht darüber. Aber ich sah ihr an, daß sie sich für ihre Mutter schämte, für die laute Stimme und diesen Verrat. Sie machte wohl oft nachlässige und sogar unbarmherzige Bemerkungen. Vielleicht war das schon immer so, es war mir nur nie aufgefallen.

Normalerweise übersah ich das einfach, nur nicht, wenn sie auf meine Zukunft zu sprechen kam; was sie immer wieder tat. Bald wußte ich auch, warum. Meine Zukunft mit ihr zu besprechen hatte eine Verbindung zwischen uns etabliert. Wenn sie mich fragte, was ich werden wollte, antwortete ich: »Ein Schauspieler oder ein Sänger, genau wie du, Tante Evelyn.«

Aber jetzt nahm ich etwas Überhebliches in ihrer Frage wahr. Als wüßte sie schon, was ich antworte, und sie hatte sich schon einen Ratschlag zurechtgelegt. Sie würde die unterstützende Tante spielen, im Gegensatz zu meiner Mutter, die »in ihrer eigenen Welt lebte«, und im Gegensatz zu meinem Vater, der mir immerzu sagte, ich müßte die Farm übernehmen, »Ende der Diskussion«.

Als wir da im Sekretariat standen, ließ Tante Evelyn ihre Hand auf dem Hörer liegen, als würde sie die soeben geführte Unterhaltung genießen.

Sie schaute mich an und ihr triumphierender Blick schmolz ein wenig. »Du kannst auch mit einer Brille Schauspieler werden, Billy«, sagte sie. »Ein Charakterdarsteller.«

Ich zögerte, bevor ich antwortete. Ich hätte ihr fast von meinem neuen Berufsziel erzählt, »Ich möchte die Tunte spielen«. Ich sah es förmlich vor mir, wie sie lächeln würde und unterstützend mit dem Kopf nicken, und mir dann genau erklären, wie ich das erreichen konnte. Aber während mir das durch den Kopf ging, schaute ich auf und sah eine Art Hochnäsigkeit in ihrem Gesicht, da sie mich zurückgewonnen hatte. Das Geständnis verdorrte auf meiner Zunge. Ein anderer Drang überkam mich: Der Wunsch, sie zu verletzen. Und ich wußte schon genau wie.

Ich kräuselte meine Lippen zu einer Imitation ihres Lächelns und log. »Ich möchte aber lieber Farmer werden«, sagte ich, »genauso wie Lou.«

Tante Evelyn schnappte nach Luft. Von einem derartigen Wunsch ihrer Tochter wollte sie nichts wissen. Sie überhörte ihn. Das war schon seit langem tabu – Lou behauptete, daß man ihre Mutter damit zum Heulen bringen konnte.

Ihr Gesicht fiel auseinander, aber sobald ihr klar wurde, was ich tatsächlich gesagt hatte, versuchte sie Haltung zu gewinnen. Eine steife, ausdruckslose Maske schob sich über ihre Gesichtszüge. Nur ihre Augen verrieten sie; sie waren größer als sonst, voller Schrecken, und sie zuckten.

»Ich glaube kaum, daß du das schaffen würdest«, schnaubte sie.

»Lou würde mir schon helfen. Und wie du weißt: Sie ist ein echter Profi«, sagte ich. »Zusammen kriegen wir das hin.«

Tante Evelyn kehrte sich ab und ging, tat so, als hätte ich das nicht gesagt. Einen kurzen Moment lang fühlte ich mich von einer Woge des Sieges getragen. Weinte Tante Evelyn? Der Gedanke daran war unerträglich, ebenso, daß ich das ausgelöst hatte. Es war zwar eine Art Sieg, aber von der Sorte, die mich schuldig und unwohl zurückließ. Ihr Lächeln verfolgte mich nicht mehr, sondern ihre Augen, das Zucken und der Kampf, die Tränen zurückzuhalten. Tante Evelyn beendete damit ihre »Ich bemühe mich besonders um dich«-Kampagne, und ich fragte mich, ob ich einen Fehler gemacht hatte.

Meine Mutter brachte mich eine Woche später nach Dunedin, um meine Augen untersuchen zu lassen. Eine Brille fand ich aufregend. Ich hatte mir eingeredet, daß sie meine Erscheinung aufmöbeln würde, mit der ich so unzufrieden war. Ich erhoffte mir eine dramatische Veränderung. Am liebsten wäre ich schlank gewesen, mit geschmeidigem Haar wie David Cassidy. Wenn das schon nicht ging, wollte ich zumindest eine Brille, die mir etwas Besonderes verlieh. Sie konnte mich nur verbessern.

Beim Optiker sollte ich Buchstaben lesen, die am anderen Ende des Raums aufgehängt waren. Ich wollte diese Brille so sehr, daß ich absichtlich Fehler machte. Wenn ich ein Auge schloß, konnte ich sie ohne weiteres lesen, aber ich erfand ganz neue Reihenfolgen. Einmal leierte ich sogar sieben Buchstaben herunter, statt sechs, und befürchtete schon, der Optiker würde es mitkriegen. Statt dessen stöhnte er auf, »Er sieht ja sogar doppelt.«

Meine Mutter wand sich schuldig im Stuhl. Wie konnte es ihr nur entgangen sein, daß ihr Sohn halbblind war?

Ich dagegen war mehr als glücklich. Ich bekam meine Brille und hatte zudem am eigenen Leib erfahren, wie leicht es war, Erwachsene hinters Licht zu führen, von denen ich bisher angenommen hatte, sie wären besser und ziemlich unfehlbar. Als es an der Zeit war, das Gestell auszusuchen, entschied sich meine Mutter für ein dickes schwarzes. »Die sehen wirklich toll aus«, bestätigte ihr der Optiker.

Meine Mitschüler sahen das allerdings ganz anders.

»Würg!«

»Ekelerregend!«

In der Pause hatte ich schon einen neuen Namen: Vieräugiger Fettsack.

Als ich nach Hause kam, sagte ich meiner Mutter, daß ich die Brille nicht mehr tragen wollte. »Aber du mußt«, sagte sie. »Damit du ordentlich gucken kannst.«

»Aber ich krieg Kopfschmerzen davon«, jammerte ich. »Und ich sehe nicht besser.«

»Du mußt dich erst dran gewöhnen«, beruhigte sie mich.

Ich konnte nicht beichten, was ich angestellt hatte. Das hätte noch einen Trip nach Dunedin zur Konsequenz gehabt und eine neue Brille. Benzin war teuer, und wir mußten sparen. Mein Vater wäre ausgeflippt. Also nahm ich die Brille ab, wann immer es ging, oder ließ sie auf der Nase nach vorn rutschen, so daß ich nicht durch die Gläser schauen mußte. Ich hoffte sehr, die anderen mit dieser Taktik von der Brille abzulenken.

Aber nein. Sie liebten das Gefühl, wie dieser neue Name über ihre Zungen glitt. Wo immer ich ging begleitete mich: »Fettsack, vieräugiger Fettsack!«.

Völlig zerstört musterte ich mich im Spiegel. Ich sah überhaupt nicht wie David Cassidy aus, eher wie Billy Bunter; ich hoffte sehr, niemandem sonst würde diese Ähnlichkeit ins Auge stechen. Es war kaum zu glauben, wie sehr ich mich verändert hatte. Vor einem Jahr noch war ich ein normaler, blonder Elfjähriger gewesen, mit blauen Augen und dürrem Gestell wie alle anderen. Freundinnen meiner Mutter hatten mich goldig gefunden und meine Locken gestreichelt. Aber diese Komplimente waren weniger geworden. Dieselben Frauen sagten heute nichts mehr, glotzten mich nur an; ich war mir sicher, sie dachten dasselbe, was mir die Kids in der Schule hinterher riefen.

Mein Körper hatte mich verraten. Er verkam zu einer Form, für die ich mich schämte, aber ich fühlte mich machtlos, etwas daran zu ändern. Heimlich mampfte ich die Appetitzügler meiner Mutter, aber sie funktionierten nicht. Sie schmeckten einigermaßen – wie Karamelbonbons. An manchen Tagen schlang ich sie in mich hinein, aß sie aus purer Verzweiflung Handvollweise, in der Hoffnung, sie würden mich wieder herstellen. (Meine Mutter mußte es mitgekriegt haben. Sie sagte zwar nichts, kaufte aber mehr, Schokogeschmack, die noch besser schmeckten als Vanille.) Die Klamotten, die ich tragen mußte, deprimierten mich noch mehr. Sie sahen komisch aus, weil meine Mutter sie aufgrund meiner breiten Hüften in der Männerabteilung kaufte und dann etwa dreißig Zentimeter kürzte. Es war erniedrigend, daß die anderen in meinem Alter in der Kinderabteilung Kleider fanden, die perfekt saßen und keinerlei Änderungen bedurften. Meine Mutter versuchte mich aufzuheitern. »Langsam wird ein richtiger Mann aus dir«, sagte sie. »Mußt schon in der Herrenabteilung einkaufen, genau wie dein Vater.«

Das war kein Trost. Ich wollte kein Mann werden. Allein die Konsequenzen, mit denen Roy Schluter zu kämpfen hatte. Ich wollte weder Pickel noch die unkontrollierbar wuchernden Haarbüschel; ich sah so schon schlimm genug aus. Tief drinnen wußte ich jedoch, daß mir das nicht erspart bleiben würde, trotzdem betete ich, ein Spätentwickler zu sein.

Mein Körper verhöhnte mich. Wie Kinder, die Fotos in Zeitschriften entstellten, die den schönen Frauen Schnurrbärte oder Brillen aufkritzelten – irgend jemand tat das auch mir an. Ob es Gott war? Oder hatte er mich komplett aufgegeben? Wenn ja, warum? Ich grübelte über diese Fragen wochenlang, dann, eines nachmittags wurde mir klar, welchen Fehltritt ich begangen hatte.

Ein paar Wochen zuvor nutzte ich die Gelegenheit, daß meine Mutter beim Golf spielen war, um mich in ihr Schlafzimmer zu stehlen und die Centrefolds in *Cleo* zu studieren. Mein Schwanz wurde hart und ich rieb ihn, was eine unerwartet herrliche Empfindung in mir auslöste, die sich von meinem Schoß über den ganzen Körper ausbreitete, ihn sensibilisierte und entflammte. Je mehr ich rieb, desto besser fühlte es sich an. Ich rieb schneller und entsprechend intensiver wurde das Gefühl, bis zu einem Gipfel der Wonne. Ich warf mich auf die Zeitschriften, vergrub mein Gesicht in ihnen, keuchte und stöhnte. Dann, ganz plötzlich, ebbte dieses Gefühl ab, ließen mich schlapp und belämmert vom Bett meiner Eltern rutschen.

Ich war erschüttert. War ich besessen? Ich hatte Geräusche von mir gegeben, von denen ich nicht wußte, daß sie existierten. Eine der Zeitschriften war ein wenig verknittert und mit Sabber beträufelt. Ich wischte sie mit meinem Ärmel trocken und hoffte, er würde keinen Flecken hinterlassen. Dann schlug ich sie zu und legte sie wieder an ihren Platz. Nachdem ich das Bett glattgestrichen hatte, sah alles aus wie davor.

Ich stürzte ins Wohnzimmer, schaltete den Fernseher an und lehnte mich in einen Sessel, damit es so aussah, als säße ich dort schon seit Stunden. Aber ich konnte mich nicht auf die Mattscheibe konzentrieren. Ich war so bestürzt von dem, was gerade mit mir passiert war, daß ich an nichts anderes denken konnte. Ich öffnete meine Hose und schaute mich an. Mein Steifer war zusammengeschrumpelt und gab keine Hinweise. Es bedurfte des

Sexualkundeunterrichts, bis mir aufging, daß ich wohl einen trockenen Orgasmus gehabt haben mußte: alle Empfindungen, nur ohne Ejakulation. Obwohl es eine angenehme Erfahrung gewesen war, hatte ich ziemlich Respekt, ja fast Panik vor dem ekstatischen Trieb, den sie in mir aufgerührt hatte. Wie ich das Bett geritten hatte, um das Gefühl zu verstärken, in der festen Überzeugung, das in diesem Moment nichts anderes mehr wichtig war.

Dabei hätte es da einiges gegeben, was wichtig war, zum Beispiel die Gefahr des Entdecktwerdens. Ich tat etwas Niederträchtiges, trotzdem hatte ich jeden Sinn für Vorsicht verloren. Ich hatte mich dieser Erfahrung völlig hingegeben. Jetzt meldete sich mein Verstand zu Wort. Schuldgefühle trieben ihre Krallen in mich hinein und schüttelten mich. Ich zitterte im Gedanken an diese Dummheit und die Gefahr, daß ich hätte entdeckt werden können.

Schnell knöpfte ich meine Hose zu. Was ich getan hatte, war absolut verboten. Nackte Menschen anschauen war schlimm genug, nackte Männer statt nackter Frauen anzuschauen war pervers. Ich wußte es schon von der Art und Weise wie die Jungs in der Schule darüber sprachen. Ein *Penthouse* hätte mir zu meiner unerlaubten Erregung verhelfen dürfen. Damit gaben die tapferen Jungs wie Arch Sampson und Peter Hammer an, mit den *Penthouse's,* die sie zu Hause hatten.

Manchmal brachten sie heimlich ein paar Ausrisse mit in die Schule und zeigten sie in den Pausen in der alten Tennishalle herum. Sie nahmen zwanzig Cents Eintritt dafür. Aber wenn ich diese Bilder anguckte, überkam mich nicht dieselbe Erregung, die sie in anderen Jungs auszulösen schien. Ich war zwar neugierig, aber sie ließen mich kalt. Nur ein Mal war es die zwanzig Cents wert. Arch schleppte eine ganze Serie von Bildern an, in denen auch ein Kerl zu sehen war. Ein Astronaut strandete auf einem fremden Planeten, auf dem sich nackte Frauen tummelten, sich küßten und liebevoll Hiebe austeilten. Zwei dieser großbusigen weiblichen Aliens, stürzten sich frech auf den Astronauten, pellten ihn aus der Uniform, knieten sich lüstern über ihn und neckten ihn. Die Strecke hieß *Versohlen im Weltraum.*

Ich kriegte einen Ständer. Ich wollte sie Arch abkaufen, aber er rückte sie nicht raus. Am Nachmittag packte er mich und preßte mich gegen die Haken in der Garderobe, drohte mir Prügel an, wenn ich sie ihm nicht zurückgäbe.

»Was denn?« fragte ich.

»Die Fotos. Ich habe sie ins Futter von meinem Parka gesteckt und jetzt sind sie weg.«

Dieser Verlust nahm mich ebenso mit wie Arch. »Wirklich? Bist du sicher, daß sie nicht mehr drin sind? Das ist ja entsetzlich. Hast du genau nachgeschaut?«

Arch musterte mich mißtrauisch. Er wußte, daß ich ein guter Schauspieler war. Aber ich spielte nicht. Ich war wirklich bestürzt. Ich hatte immer noch darauf gehofft, daß mir ein verlockender Tausch einfiel, der Arch in Versuchung gebracht hätte, sich von ihnen zu trennen. Ich hatte sogar schon an meinen Kuhschweif gedacht, für den er sich ein paar Monate zuvor interessiert hatte. »Du glaubst doch nicht, daß der Lehrer sie gefunden hat?«

»Nein. Wenn es der Lehrer gewesen wäre, hätte er mich längst ins Sekretariat gerufen und mir ein paar drübergezogen. Jemand hat sie geklaut. Und du warst es wirklich nicht, Fettsack?«

»Nein! Ich schwöre, Arch. Wirklich nicht.«

Ich ärgerte mich, daß ich nicht selbst auf die Idee gekommen war. »Wer hätte es gewesen sein können?« murmelte Arch. »Vielleicht Roy, dieser Freak. Er stellt andauernd so einen Scheiß an, nur um mich zu ärgern, und tut dann so, als wäre er es nicht gewesen. Er muß es gewesen sein.«

Arch lief quer über den Schulhof zu Roy, der an einem Rugbypfosten lehnte und in den Himmel starrte. Ich sah, wie Arch um ihn herumtanzte und ihn beschimpfte. Roy starrte einfach an ihm vorbei, ignorierte Arch, als wäre er eine Schmeißfliege oder so was. Ich fragte mich, ob Roy mir die Fotos zeigen würde, wenn er sie geklaut hatte.

Als mich an jenem Nachmittag nicht mal der gellende Fernseher ablenken konnte, fühlte ich eine Unruhe in mir aufsteigen. Warum kicherten die anderen, wenn sie Fotos von nackten Frauen sahen und warum empfand ich nichts dabei; nichts außer einer übermächtigen Gleichgültigkeit gegenüber den Bildern? Andererseits wuchs meine Faszination für die *Cleo's* meiner Mutter auf beängstigende Weise. Von Monat zu Monat erwartete ich die Zeitschrift mit größerer Ungeduld. Die Erwartung war eine Qual und sie erregte mich bis ins Innerste.

Dann ging es mir auf. Ich war für mein Begehren bestraft worden. Es war eine Erkenntnis. Plötzlich machte alles Sinn. Mein körperlicher Verfall hatte zur gleichen Zeit begonnen, als ich mich für Männer zu interessieren begann, als ich sie nackt sehen und berühren wollte. Gott bestrafte mich für mein teuflisches Verlangen. Was ich tat, ekelte ihn an, und jetzt ließ er mich ins Verderben rennen.

Diese Theorie schien mir ziemlich wahrscheinlich. Aber ich wollte sichergehen. Ich wollte es in einem Buch nachlesen oder von einem Erwachsenen bestätigt bekommen. Zum ersten Mal dachte ich darüber nach, was es hieß, Katholik zu sein. In Filmen hatte ich gesehen, daß Katholiken zur Beichte gingen, ihre Sorgen ausschütteten und Vergebung fanden. Aber schon während ich darüber nachdachte wurde mir klar, daß ich meine Wünsche niemals würde beichten können. Ich wußte genug, um zu begreifen, daß ich diese frevelhaften Gedanken geheimhalten mußte. Niemand durfte sie jemals erfahren.

Besessen von dieser Theorie der Peinigung beschloß ich, ein paar diskrete Ermittlungen anzustellen und Meinungen einzuholen. Meine Mutter war die erste. Sie befand sich selbst auf einer Art spirituellen Suche, die viele im Serpentine County für völlig befremdlich hielten. Sie war aus der Presbyterianischen Kirche in Clayburn ausgetreten, zog statt dessen Hellseher in Dunedin zu Rate und kaufte Bücher mit eigenartigen Titeln wie *Der kosmische Liebhaber* und *Kristallene Lust.* Seit neuestem machte sie, sehr zum Schrecken meines Vaters, Yoga-Übungen auf der Sonnenterrasse. »Jeder kann dich sehen«, schnaubte er. Das stimmte nicht wirklich. Unsere nächsten Nachbarn wohnten Meilen entfernt und Autos kamen hier nur sehr selten entlang, maximal drei oder vier am Tag. Mein Vater dachte vermutlich an die Familien auf der anderen Seite des Tals. Aber Mutter ignorierte ihn und verhedderte sich weiterhin in diese komplizierten Stellungen, während sie angestrengt im

Handbuch las. Manchmal machten Babe und ich mit, aber ich war zu dick und unflexibel, um die einfachsten Haltungen einzunehmen.

Während ihrer Übungen machte ich mich an sie heran. »Mum«, sagte ich. Sie versuchte mich zu ignorieren, gab dann aber auf, fiel um und schaute mich verärgert an. »Du weißt, daß ich so nicht genannt werden will«, keifte sie mich an.

Sie und Tante Evelyn hatten erst vor kurzem beschlossen, daß sie nicht mehr »Mum« genannt werden wollten. »Ich laß mich doch nicht wie ein Deo ansprechen«, sagten sie. Lou sollte Tante Evelyn jetzt »Mutter« nennen. Es hörte sich so steif und kalt an, daß Lou »Mutter« den Boykott ansagte. Meine Mutter dagegen wollte Reebie genannt werden, was weder Babe noch ich über die Lippen brachten. Das Ergebnis war, daß wir keine Namen für unsere Mütter hatten und, wenn wir sie auf uns aufmerksam machen wollten, uns räusperten oder sie am Ärmel zupfen mußten.

»Äh … ich hab da eine Frage«, stotterte ich.

»Und die wäre?«

»Wenn Gott jemanden bestrafen möchte, wie würde er das tun?«

Meine Mutter starrte mich an. »Was für eine eigenartige Frage. Meinst du den christlichen Gott?«

»Gibt es denn einen anderen?«

»Hängt davon ab, woran du glaubst.«

»Oh«, sagte ich und wurde stutzig. »Das heißt, man kann sich einen aussuchen?«

»Nicht in Serpentine County«, sagte meine Mutter. »Aber in einer großen Stadt gibt es viele Religionen, und jede hat ihren eigenen Gott. Dort gibt es auch Menschen, die an etwas glauben, was zu keiner Religion paßt.«

Diese Antwort verwirrte mich total. »Und sind die anderen Götter netter als der, den wir hier haben?« fragte ich.

Meine Mutter spitzte die Lippen. »Einige sind nicht so besessen von Schuld. Wie kommst du eigentlich darauf, daß Gott dich bestrafen will?«

»Ich spreche doch nicht von mir«, sagte ich gespielt empört. »Ich hab nur darüber nachgedacht.« Ich wendete mich ab, wollte mich nicht länger darüber unterhalten.

Please send me your free mai-order catalogue!

Schicken Sie mir gratis Ihren neuesten Bildprospekt!

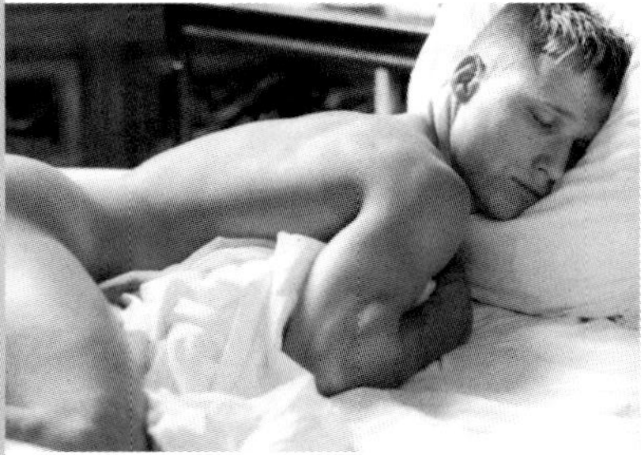

Howard Roffman: »Pictures of Fred«

My address/Meine Adresse:

Name: ______________________

____

Street/Straße: ______________________

____

City, ZIP/Ort: ______________________

____

BRUNO GMÜNDER VERLAG

Mail Order

P.O. Box 61 01 04

D-10921 Berlin

Edition EROS 14: »Bel Ami – Photos of Jon«

Howard Roffman: »Pictures of Fred«

David Va... David Va...

Aber meine Mutter beharrte darauf. »Wenn ich eine schwierige Phase durchmachen würde«, sagte sie laut, damit ich ihr zuhören mußte, »würde ich es nicht als Bestrafung ansehen, sondern versuchen, daraus zu lernen, so wie eine Lektion in der Schule. Verstehst du?«

Ich nickte, wagte nicht, sie anzuschauen, und ging. »Wenn dich diese Art zu denken interessiert, ich hab da einige Bücher darüber«, bot sie an.

»Okay«, sagte ich und ging so schnell ich konnte. Ich wußte, daß sie mir nachschaute, um meinen Gedanken auf die Spur zu kommen.

Als ich an dem Abend zu Bett ging, fand ich einen ganzen Stapel Bücher auf meinem Nachttisch. Ich blätterte jeden Abend darin, tat mich aber schwer mit ihnen. Wie konnte man etwas glauben, das im letzten Jahr gedruckt wurde, wenn es die Bibel schon seit hunderten von Jahren gab?

Dann fragte ich meinen Vater nach seiner Meinung.

»Wenn Gott jemanden bestrafen wollte?« sagte er. »Er würde ihm eine Frau wie deine Mutter anhängen und einen Sohn, der nicht Rugby spielen kann. Das würde er tun.« Dann schmierte er den Traktor weiter.

Ich scheute davor zurück, Tante Evelyn zu fragen, aber die Antwort meines Vaters war so unzulänglich und die Vorstellungen meiner Mutter zu dubios.

Meine Tante setzte das gleiche überhebliche Lächeln auf, was mich an ihren letzten Verrat erinnerte; ich bereute sofort, sie gefragt zu haben. »Ganz gleich, was du tust«, sagte sie mit Nachdruck, »hör ja nicht auf deine Mutter. Sie hat seltsame Vorstellungen, was das anbelangt, und sie wird dir irgend einen Unsinn verzapfen. Frag mich und ich erklär's dir.«

Tante Evelyn behauptete, daß Gott niemanden bestrafte, er würde es den Menschen nur schwermachen, so daß sie dadurch zu einem tieferen Verständnis ihrer Sünden gelangten.

»Aber wie kannst du wissen, was eine Sünde ist, und was nicht?« fragte ich.

»Frag mich«, sagte sie und wartete.

Ich sagte nichts. Unser Schweigen zog sich solange hin, daß es peinlich wurde. Ich fühlte, daß ich errötete. Sogar Tante Evelyn sah beschämt aus, dann unsicher, als ob sie dabei wäre, ihre Meinung zu ändern. Es schien, als würde ihre Miene sagen: »Wenn deine Sünden so unaussprechlich sind, will ich sie lieber nicht hören.« Schließlich raffte ich mich auf, bedankte mich für ihren Rat und verabschiedete mich. Es überraschte mich, daß sie mich ohne Sündenbekenntnis gehen ließ. Ich rannte los, nur für den Fall, daß sie mich zurückpfeifen wollte.

Großvater war meine letzte Hoffnung. Er schnaubte, sobald ich meine Frage gestellt hatte. »Gott«, spuckte er. »So was gibt es nicht. Menschen wollen ihre Probleme immer nur dem Schicksal oder Gott in die Schuhe schieben, anstatt sich mit ihnen auseinanderzusetzen und was dran zu ändern. Hör mal, mein Junge, wenn du was erreichen willst, dann vergiß Gott und tu, was getan werden muß.« Großvaters Ratschlag erschreckte mich. Es machte alles nur noch verwirrender.

Nachdem ich Tage mit all diesen Theorien gekämpft hatte, entschloß ich mich, ein Experiment durchzuführen. Das nächste *Cleo* würde ich nicht anschauen. Als Belohnung für dieses Opfer erwartete ich, daß ich Gewicht verlor – neben dem Bett kniend, die Hände in der genehmigten Haltung für göttliche Kommunikation zusammengepreßt, unterbreitete ich Gott den Deal.

Nachdem die *Cleo* geliefert wurde, bedurfte es meiner ganzen Entschlußkraft nicht hineinzuschielen. Ausgerechnet diesmal gab es jede Menge Möglichkeiten, eben das zu tun; meine Mutter war in diesem Monat viel unterwegs und ich oft allein im Haus, trotzdem widerstand ich. Ich hatte meinen Pakt mit Gott geschlossen und wollte unbedingt meine Belohnung einheimsen.

Bis zur nächsten *Cleo.* Am Abend nahm ich mein Bad und erklomm die Waage. Ich hatte mich einen Monat lang nicht gewogen und erwartete nun einen merklichen Gewichtsverlust. Als die Nadel endlich ihr Urteil gefällt hatte, konnte ich es nicht glauben; ich hatte zwei Kilo zugenommen.

Ich war wütend. Einen ganzen Monat lang hatte ich der Versuchung widerstanden und das sollte nun der Lohn sein? Das war genau der Beweis, den ich brauchte. Großvater hatte recht. Es gab keinen Gott.

Spät in der Nacht, Babe badete und meine Eltern hatten sich vor dem Fernseher niedergelassen, schlich ich mich in ihr Schlafzimmer. Das war ein riskantes Unterfangen. Bisher hatte ich die *Cleo's* nur angeschaut, wenn ich allein im Haus war und mich niemand dabei hätte erwischen können. Meine Hand zitterte, als ich nach der obersten Ausgabe griff; nur vom Drandenken, was ich gleich sehen würde, bekam ich schon einen Steifen. Das Heft klappte in der Mitte auseinander und ich faltete das Centrefold aus. Dann nahm ich auch noch das vorletzte *Cleo* und tat mit ihr das gleiche. Ich badete in ihrem Anblick. Doppelte Lust. Doppelte Schuldgefühle.

Ich dachte nur daran, daß sie mich erwischen würden. Komischerweise schien sich mein Schwanz daran zu erfreuen. Er war noch nie so hart. Er schmerzte vor Lust. Mein Herzschlag hallte in mir wieder, er pochte in meinem Kopf. Einen Moment lang war mir schwindlig. Das erschreckte mich. Wenn ich jetzt in Ohnmacht fiel, würde ich mit Sicherheit entdeckt werden. Ich stopfte die Zeitschriften unters Bett und rannte in mein Schlafzimmer.

Ich träumte von den Centrefolds. Sie erschienen mir in ihrer nackten Pracht und zeigten mir alles. Ich wußte, wenn ich sie berühren wollte, hätte ich es tun können, aber obwohl ich es mehr als alles andere ersehnte, schaffte ich es nicht. Irgend etwas kam immer dazwischen. Sogar meine Träume wurden von meinen Schuldgefühlen gelenkt.

Diese frustrierenden Phantasien verfolgten mich auch noch am nächsten Morgen. Ich verfluchte mich dafür, daß ich in den heiligen Räumen meiner Träume – wo ich vor neugierigen Blicken sicher war – nicht geschafft hatte, was ich im Leben nicht wagte. Ich war wütend auf meine Zurückhaltung. Ich redete mir zu, versuchte, was immer in mir Angst hatte, davon zu überzeugen, daß es unnötig war. Aber ich konnte meine Schuldgefühle nicht erweichen. Sie waren viel zu tief verwurzelt.

8

Sport war das Lebenselixier von Serpentine. Die Begeisterung war echt, aber auch obligat. Selbst wenn du nicht gut warst, mußtest du mitspielen – bis du gut wurdest.

Ich war nicht der Typ dazu. Ich hatte weder das Talent, noch die Leidenschaft, den der Sport – vor allem Rugby – in anderen entfachte. Trotzdem *mußte* ich dem Vermächtnis meines Vaters nachkommen, der Kapitän seiner High School gewesen war. Rugby war ihm heilig. Er hatte eine Achtung davor und eine Hingabe für dieses Spiel, es war nicht zu übertreffen. Es gab nur einen Grund für meinen Vater nicht zu arbeiten (was hieß, daß alle anderen auch nicht arbeiten mußten): Wenn Rugby im Fernsehen kam.

Wenn die *All Blacks* in Übersee Vorentscheidungen gegen die *Lions* oder *French* spielten, stand er sogar mitten in der Nacht auf. Obwohl ich zu keiner Tages- oder Nachtzeit ein Interesse für Rugby anmeldete, weckte er mich unverschämterweise auf, damit ich die Spiele mit anschaute. Er schaltete einfach das Licht an und krähte vergnügt: »Auf, auf! Das Spiel fängt gleich an.« Eine weitere Prüfung, die ich durchleiden mußte, nur weil ich als Junge geboren wurde.

Zum Geburtstag und zu Weihnachten schenkte er mir immer Rugby-Bücher (nur zu diesen Anlässen machte er Geschenke). Vermutlich hätte ich das besser schätzen sollen, denn für die anderen kaufte meine Mutter die Geschenke; sie suchte aus, er zahlte. Die Bücher für mich kaufte er aber selbst. Biographien von den Größen der *All Black's:* Grant Batty. Bryan Williams. Graham Meads. »Hardcover sind teuer, Billy-Boy«, sagte er, »aber sie sind es mir wert, weil sie den Ehrgeiz in dir wecken.«

Ich schaute sie nicht mal an. Ich packte die Bücher aus und gab sie ihm mit den Worten, daß ich sie nach ihm lesen würde. Wenn er sie mir dann zurückgab, blätterte ich sie durch und suchte nach Fotos von den halbnackten Stars in der Umkleide. Normalerweise gab es eins oder zwei.

Ich wurde nie gefragt, ob ich Rugby spielen wollte. Mein Vater entschied es einfach. Mir zuzusehen entfachte in ihm all diese grandiosen Erinnerungen an seine Erfolge auf dem Spielfeld. Nichts liebte er mehr, als auf dem Nachhauseweg im Auto das Spiel, das ich gerade gespielt hatte, zu zerpflücken. Mir zu erzählen, wie er gespielt und gewonnen hätte. Es stimmte ihn glücklich zu sehen, wie viel ich im letzten Jahr zugenommen hatte. Er heckte Positionswechsel für mich aus. »Wir ziehen dich aus dem Seitenflügel, lassen dich im Sturm spielen. Vielleicht ein Zweite-Reihe-Stürmer oder ein Pfeiler. Irgendwo mitten rein.«

Ich hatte nicht das geringste Verlangen, mitten reingezogen zu werden. Nachdem er mir all die anderen Möglichkeiten vor Augen geführt hatte, spielte ich gerne Seitenflügel. Dort verloren sie den Ball oft, oder der Spieler wurde niedergemacht, bevor mich der Ball erreichte. Deshalb hatten sie mich auch dort abgestellt. Ich stand niemandem im Weg. Aber mein Vater rief den Rugby Coach Mr. McTaggert an und sagte ihm, daß er mich für den Sturm aufstellen sollte. Er lobte mich, als wollte er ihm eine seiner Kühe andrehen. »Bob, der legt dermaßen zu. Der schleppt so viel Gewicht mit sich rum. Er verleiht deinem Sturm Masse.«

Mr. McTaggert hatte dann die Frechheit, sich nach meinem Gewicht zu erkundigen, und mein Vater war rücksichtslos genug, ihm eine ehrliche Antwort zu geben.

»Herrgott, der muß bald fünfundsechzig Kilo auf die Waage wuchten. Er ist ein Whopper, ich sag's dir. Du wirst ihn nicht wiedererkennen.«

Ich konnte nicht fassen, was mein Vater am Telefon von sich gab. Er hätte es gleich im Radio durchsagen können. Schließlich hörten andere mit. (Jeder in Mawera teilte sich mit drei oder vier Familien eine Leitung. Am Abend hörten sie gerne mit. Der Nachbar hebt ab, um zu hören, ob die Leitung von jemandem benutzt wurde, und wenn etwas Interessantes gesagt wurde, tat er nur so, als würde er wieder auflegen.) Mein Gewicht würde bald Tagesgespräch in der Schule sein.

Ich haßte die Rugby-Saison. Ich ließ mir die tollsten Sachen einfallen, um sie zu umgehen. Aber ich wußte, wenn mich nicht etwas Schwerwiegendes (und sehr Schmerzhaftes) niederstreckte, zum Beispiel wenn mich eine Kuh aufgabelte und halb zu Tode trampelte oder wenn ich vom Rad fiel und mir ein Bein brach, gab es kein Entkommen. Aber ich war nicht bereit, physische Schmerzen auf mich zu nehmen. So entwickelte ich Strategien, um die Spiele zu vermeiden.

Ich war extrem ungeeignet. Den Großteil des Spiels humpelte ich der Action zwanzig Yards hinterher. Es war mein Ziel, den Ball während des ganzen Spiels nicht zu berühren, aber mein Vater durchkreuzte diese Pläne, indem er den anderen Jungs von der Seitenlinie aus zuschrie, den Ball an mich abzugeben. Manchmal taten sie das auch; sie waren es gewohnt, den Erwachsenen zu gehorchen. Ich ließ den Ball immer gewieft fallen, so daß mich keiner angriff. Ich haßte es, angegriffen zu werden.

Ich nutzte es auch als Entschuldigung, daß ich zum Spielen die Brille abnehmen mußte. Das bedeutete, daß ich das Spiel in einem verschleierten Zustand zubrachte. Ich tat immer so, als würde ich schlechter sehen, als es wirklich der Fall war, in der vagen Hoffnung, daß mich jemand für unfähig erklären und vom Feld schicken würde. Ich wanderte ziellos umher, tat so, als würde ich nicht wissen, wo ich mich befand. Aber mein Vater behielt mich im Auge, lief zu mir und dirigierte mich in Richtung des Balls. »Hol dir den Ball, Junge! Hol ihn dir und starte durch!« befahl er mir. »Tu's für mich!« Ich hatte nicht die geringste Absicht, den Ball an mich zu reißen, ich hätte höchstens Stuart Hale an mich gerissen.

Stuart Hale. Dreizehn Jahre alt, der schnellste Sprinter im ganzen County, groß, dunkel und langbeinig, mit einem Lächeln, das in *Pink* mit »verträumt« beschrieben worden wäre. Unglücklicherweise war er verdammt schnell. Er war der einzige, den ich bereit gewesen wäre anzugreifen, und Schlamm sowie Verletzung in Kauf zu nehmen, aber da war gar kein Drandenken. Manchmal bemühte ich mich wirklich darum, aber es war hoffnungslos. Stuart war zu schnell, er wich aus, schlug Haken, spurtete an mir vorbei – was ihn noch begehrenswerter machte.

Wenn wir mit den Crayburns zusammenspielten, gab es gerade genug Spieler für ein Team. Ganz gleich, wie dumm ich mich anstellte, ich mußte ran.

Zu Beginn der Saison bestach mich mein Vater; bot mir einen Dollar für jeden Versuch, der zu einem Punkt führte. Es animierte mich für etwa zehn Minuten des ersten Spiels. Ich blieb am Ball, bekam sogar einen Pass zugespielt, wurde dann aber gleich angegriffen und in den Dreck geschmissen. Diese Erfahrung erstickte jeden Wunsch im Keim, den Ball noch mal anzufassen.

Das Umziehen bereitete mir weitere Qualen; ich fühlte mich zerrissen: Einerseits wollte ich die anderen nackt sehen, andererseits wollte ich nicht, daß sie *mich* nackt sahen. Ich schämte mich aufgrund meines Gewichts und aufgrund der Tatsache, daß ich statt einer Brust Titten hatte. Ich wußte, daß sie ungeahnten Spott auf sich ziehen würden. So bummelte ich immer sehr langsam vom Feld, damit die anderen einen Vorsprung hatten. Erst wenn sie fertig waren, ging ich unter die Dusche, hielt aber meine Arme fest vor der Brust verschränkt, damit sie niemand sehen konnte. Wenn dann doch mal jemand mit mir unter der Dusche war, ignorierte ich ihn (obwohl ich neugierig war) und tat so, als würde ich mir die Haare waschen; wenn ich die Hände über meinen Kopf hielt, wirkte ich schlanker.

Ich hatte das Glück, daß beim ersten Spiel der Saison jemand von mir ablenkte: Roy Schluter. Arch hatte sich vorgenommen, jedem zu beweisen, was Roy zwischen den Beinen baumelte. Sie umzingelten ihn und warteten, bis er sich auszog. Roy setzte sich auf die Bank, starrte auf den Beton und sagte nichts. Währenddessen kam ich in den Genuß einer einsamen heißen Dusche. Ich war schon fast angezogen, als Arch versuchte, Roy die Hosen herunterzuziehen. Roy schrie grauenhaft auf und schlug auf Arch ein. Arch kauerte auf dem Boden und blutete aus der Nase. Roy weigerte sich zu duschen. Als Mr. McTaggert nachfragte, behauptete er, er hätte sein Handtuch vergessen.

Roy brachte auch zu den nächsten Spielen kein Handtuch mit. Arch versuchte eine neue Taktik, lästerte, daß Roy schmutzig sei und stank. Er beschwerte sich sogar bei Mr. McTaggert, in der Hoffnung, er würde Roy dazu verdonnern zu duschen. McTaggert knöpfte sich Roy sogar vor, aber er mußte eine gute Ausrede gehabt haben, denn er mußte nicht duschen. Dann kam er nach den

Spielen nicht mehr in die Umkleide. Er blieb draußen auf der Bank sitzen, bis es an der Zeit war, heimzugehen.

Ich war traurig, daß Roy nicht mehr in die Umkleide kam. Nicht daß ich wollte, daß er von den anderen geärgert würde, aber ich hätte seinen Schwanz gerne noch mal gesehen. Ich dachte oft an den Abend in der Hecke zurück, als ich meine Hand nach ihm ausstreckte und er sich hart und geschwollen hineinpreßte. Die Erinnerung brachte sofort das Gefühl zurück: als würde mir das Herz im Kopf schlagen, als müßte ich in Ohnmacht fallen und auf die Toilette gehen; alles auf einmal. Es war eine Mischung aus allen möglichen Empfindungen, unter die sich auch Angst und Schuldgefühle mogelten. Ich kriegte einen Steifen dabei.

Nicht daß ich für Roy dasselbe empfand wie für Stuart Hale. Körperlich fand ich Roy abstoßend. Ich fragte mich, ob er vor der Pubertät wohl besser ausgesehen haben mochte. (Ich sah auch nicht gut aus, aber ich vergaß das, weil ich nie in den Spiegel schaute. In meiner Vorstellung war ich Judy mit wunderschönem blonden Haar und einem hautengen Spacesuit. Bildhübsch.)

Ich war mir ziemlich sicher, daß Roy unter den entsprechenden Umständen mir noch mal erlauben würde, ihn anzufassen. Allein die Tatsache, daß er das letzte Mal hart geworden war, verriet, daß es auch ihm gefallen hatte. Seither hatten wir nicht mehr miteinander gesprochen. Unsere Blicke kreuzten sich mehrmals und wir starrten uns unsicher an. Roy war schwer zu durchschauen; ich wußte nicht, ob er mir böse war oder nur scheu.

In der Schule versuchte ich ihm aus dem Weg zu gehen. Seit ich an jenem Abend der Party gelogen und Roy beschützt hatte, mißtraute mir Arch. Ich wollte nicht noch mehr Aufmerksamkeit auf mich ziehen. Er hatte mich höchstpersönlich zum »Fettsack« gemacht. Manchmal brachte er Variationen dieses Namens auf, wie zum Beispiel Billy-Boy Bunter oder Tubby Titanic. Das war schlimm genug. Hätte ich mich mit Roy zusammengetan, hätten sie mir dasselbe Label verpaßt: der Freak. Aber was noch schlimmer gewesen wäre: Fettsack und Freak paßten gut zusammen; ich wollte nicht, daß das irgend jemand entdeckte.

Roy war ein Einzelgänger. Jeder fand ihn seltsam, und das lag nicht nur an seinem Aussehen. Er sprach nie, es sei denn, man stellte ihm eine Frage. Es schien auch, als würde er die einfachsten Dinge nicht kapieren. Er war der älteste Junge in der Schule und sollte schon deswegen unser Anführer sein, die Stimme der Autorität. Aber er zeigte keinerlei Initiative in dieser Richtung. Demütig tat er alles, was man ihm befahl (nur Arch ignorierte er völlig).

Ich hielt mich von Roy fern. Nur beim Rugby konnte ich ihn nicht umgehen. Wir mußten uns so nahe kommen, wie sich Spieler eben nahe kommen. Mr. McTaggert wollte, daß ich Pfeiler spielte. Das bedeutete, daß ich im Gedränge in der vordersten Linie stehen mußte. Einspruch brauchte ich erst gar nicht erheben; er hätte mich zur Strafe dreimal ums Feld laufen lassen. Roy sollte aufgrund seiner Körpergröße einen Zweite-Reihe-Stürmer spielen. In jedem Gedränge preßte er sich gegen meine Hüften, legte er seine Hände zwischen meine Beine und hielt sich am Saum meines Trikots fest.

Mein Vater freute sich über die neue Position, in der ich spielte. »Schlag sie zu Brei, Billy-Boy!« sagte er und seine Augen funkelten vor Aufregung. »Genau wie Big Ken Grey. Zeig keine Gnade!«

Ich beobachtete lieber, was in den Malfeldern abging, aber Arch, als Halbspieler, schubste mich boshafterweise immer mitten rein. Trotz meiner Zurückhaltung sahen viele eine Stütze in mir, einfach aufgrund meines Gewichts. Mr. McTaggert sagte, ich würde ohne Zweifel in die Gemeindeauswahl gewählt werden, in die Schwergewichtsliga. Mir schauderte. Zum einen in einer Liga zu spielen, die sich »Schwergewichtsliga« nannte, zum anderen bedeutete es noch mehr Spiele gegen noch größere, wüstere Jungs.

Es gab zwei Teams in der Regionalliga. Die Leichtgewichtler (unter achtunddreißig Kilo) und die Schwergewichtler. Spätestens bei der Auswahl stand mir der Showdown bevor. Sie würden mich wiegen, und jeder würde mein genaues Gewicht erfahren. Keine Chance, dem zu entkommen.

Selbstverständlich erwähnte Mr. McTaggert sein Vorhaben meinem Vater gegenüber, der gleich ganz aufgeregt wurde und darauf bestand, daß ich ein spezielles Training anfing, um zu bestehen. Er übertrug mir Arbeiten am anderen Ende der Farm und befahl mir, hierhin und dahin zu laufen, immer einen Spaten oder einen Vorschlaghammer auf dem Rücken. Er behauptete, daß Colin Meads auf diese Art trainierte. »Er lief mit einem Bündel Waratah-Äste den Berg rauf. Mach das doch auch, Junge. Jogge hoch zu dem kleinen Versteck, das du da oben hast.«

Im besten Fall schleppte ich mich dort hoch, aber ich gab es nicht zu. Dort oben war ein Zaun kaputt, und er wußte das. Ich wollte nicht riskieren, Pfosten hinaufschleppen zu müssen.

Am Tag der Auswahl war mir durch und durch übel; ich war krank vor Angst. Leider konnte ich mich nicht übergeben – ein Grund, zu Hause zu bleiben. Ich bat meinen Vater, früh loszufahren (damit ich gewogen werden würde, bevor die anderen überhaupt dort ankamen), aber natürlich mußte vorher noch alles mögliche erledigt werden. Schließlich kamen wir zu spät. Es war ein typischer Wintertag. Frost, kaum Sonne. Die Erde war hart gefroren. Wenn sie mich umschmissen, würde es sich anfühlen wie auf Beton zu fallen. Im Auto fieberte ich nach einer Taktik. Wenn ich als letzter ging und trödelte, könnte ich es vielleicht schaffen. Oder vielleicht könnte ich Mr. McTaggert mein Gewicht einfach ins Ohr flüstern und damit das Wiegen umgehen. Aber ich setzte wenig Hoffnung in diese Pläne; die Demütigung stand mir unweigerlich bevor.

Als wir in Glenora ankamen, standen alle um Mr. McTaggert und Cracker Watt, den Coach von Glenora herum. Cracker hatte vor zwanzig Jahren für die Auswahl der *All Black's* gespielt und daher seinen Spitznamen; er war seine Gegner manchmal so wild angegangen, daß er so manchem dabei die Knochen gebrochen hatte. Mein Vater parkte den Wagen und ging mit mir hinüber. Er muß mir meine Zurückhaltung angesehen haben, denn er legte seine Hand in meinen Nacken und schob mich. Die Waage stand zwischen Mr. McTaggert und Cracker. Einer nach dem anderen stellte sich darauf. Zu meiner Erleichterung blökte McTaggert das Gewicht nicht heraus; er sagte einfach nur »schwer« oder »leicht«. Ich stellte mich neben Stuart. Dann kam ich dran. Das Murmeln verstummte. Plötzlich schauten mich alle an. Mr. McTaggert nahm sich Zeit, untersuchte sogar die Waage, bückte sich tiefer hinunter. »Mein Gott, Cracker«, sagte er schließlich. »der ist zu schwer für die Schwergewichtler.«

Ich fühlte mich betrogen. Sie hatten über sonst niemanden eine Bemerkung fallen lassen. Das war unfair. Ich wurde bestraft. Einige Jungs kamen näher, um es mit eigenen Augen zu sehen. Aber es war nicht nötig. Cracker verkündete der Welt mein Gewicht. »Fast siebzig Kilo«, sagte er hochachtungsvoll.

Alle starrten mich an und tuschelten. Mein Vater rannte zu uns. »Gibt's 'n Problem?«

»Er ist zu schwer«, sagte Cracker. »Er wiegt mehr als das Limit von zweiundsechzig Kilo.«

Ich verarbeitete diese Information. Würde ich aufgrund meines Gewichts ausscheiden? Das wäre mir diese Erniedrigung wert gewesen. Dann bemerkte ich Arch Sampson; er lächelte höhnisch. Meine aufflammende Hoffnung erlosch. Arch würde mich erbarmungslos martern.

»Aber du hast nicht genug Spieler bei den ‚Schweren'«, argumentierte mein Vater – sehr zu meiner Qual. »Bei den Spielen gibt es keine Waagen. Und niemand wird darüber nachdenken.«

»Stimmt.« Cracker nickte energisch. »Wenn er unbedingt spielen will, sollten wir es Billy nicht verbieten.«

Ich wollte gerade aufbegehren, da nickte mein Vater Cracker schon zu. »Oh, der ist so scharf wie Senf drauf. Er trainiert seit Wochen für diese Auswahl.«

Mir war zum Heulen zumute, ich wußte aber, daß das die Sache nur noch verschlimmern würde; Öl in das Feuer des Spotts von Arch Sampson und seinesgleichen. Ich hielt meine Tränen zurück. Unglaublich, ich war der Rettung zum Kitzeln nahe gekommen, dann wurde sie mir brutal entrissen. Zwar schaffte ich es, meine Tränen zu bändigen, aber in mir kochte die Wut. Mein Vater legte die Hand ermutigend auf meine Schulter, aber ich entriß mich ihm, als hätte mich etwas gestochen. Ich fing einen verwirrten Blick ein, er war von meiner plötzlichen Reaktion überrascht und von dem, was er in meinem Gesicht sah: Haß. Er, der mich immer dazu überreden wollte, etwas zu töten – ein altes Mutterschaf für Hundefutter, die Hasen im Gemüsegarten – hatte endlich den Killerinstinkt in mir erweckt. In diesem Moment haßte ich ihn abgrundtief.

Mr. McTaggert schob mich in Richtung der Schwergewichtler. »Dahin, Junge«, sagte er mit freundlicher Stimme.

Damit verlosch das auflodernde Gefühl so schnell wieder, wie es aufgeflammt war. »Er hat wohl doch ein bißchen Mumm in den Knochen«, sagte Cracker zu meinem Vater, als ich zu den Jungs hinübertrottete.

Schwergewichtler waren wir nur dreizehn. Damit stand fest, daß jeder von uns für das Team aufgestellt werden würde, sogar noch zwei weitere Spieler irgendwo aufgelesen werden mußten. Trotzdem bestanden Cracker und Mr. McTaggert darauf, daß wir die Formalitäten der Auswahl durchliefen. Sie stellten sich an die Seitenlinie und brüllten uns Anweisungen zu, ließen uns in verschiedenen Positionen spielen. Nach einer Weile fühlte ich mich wie einer der Hunde meines Vaters.

Während wir in der Nähe der Malpfosten in ein Gedränge gingen, machte sich Stuart an mich heran, legte mir die Hand auf die Schulter. »Diesmal schiebst du sie weg«, sagte er, »ich will den Ball.«

Zum ersten Mal sah ich einen Sinn in diesem Spiel. Unsere Gegner vom Ball wegschubsen, damit Stuart ihn auflesen, losspurten und ein Tor erzielen konnte. Ich schob, der Ball verschwand und als ich aus dem Gedränge wieder auftauchte, war Stuart schon auf dem Weg. Aufregung ließ mich erzittern. Einen Moment lang fühlte ich mich super. Ich hörte meinen Vater johlen. Bescheiden joggte ich auf meine Position zurück, erwartete, daß Stuart auf mich zulaufen würde, mir auf den Rücken springen und mich umarmen, wie sie das bei den Englischen Fußballspielen taten. Aber nichts dergleichen. Ich schaute nach ihm, als er sich gerade den Ball für eine Erhöhung zurechtlegte. Er ignorierte mich. Er bedankte sich nicht, er gönnte mir nicht mal ein Lächeln oder einen Blick. Er war wohl zu sehr mit seiner Erhöhung beschäftigt. Dabei wurde es ein Desaster, der Ball drehte nach links ab und verfehlte die Malstangen bei weitem. Stuart versenkte alle Versuche. Keiner kam ihm hinterher. Aufgrund seines Rufs als Sprinter versuchte es noch nicht mal jemand.

Nach einer halben Stunde holte uns Cracker vom Feld und gab unsere Positionen bekannt: ich sollte den Pfeiler spielen, Roy war mein Zweite-Reihe-Stürmer, Stuart Innendreiviertel und Kapitän des Teams. Dann schickten sie uns unter die Duschen.

Ich ging zu meinem Vater hinüber, um meine Brille zu holen. Wenn ich mit Stuart schon mal unter der Dusche stand, wollte ich ihn wenigstens scharf sehen. Sobald ich sie hatte, hastete ich in die Umkleide, um nichts zu verpassen. Roy saß griesgrämig draußen auf einer Bank. »Wenn ich du wäre, würde ich da nicht reingehen«, sagte er.

Ich starrte ihn überrascht an. Zum ersten Mal hatte er mich direkt angesprochen. Aber ich hatte keine Zeit, weder für Roy, noch für das, was er sagte. Ich tauchte in die Umkleide hinab. Es war dunkel und dampfig. Eines der Lichter war kaputtgegangen. Die Jungs redeten laut, um die Duschen zu übertönen. Meine Brille lief sofort an und ich sah nichts mehr. Jemand schrie: »Da ist ja das Ein-Mann-Gedränge.« Ich hörte Geschrei und Gejohle, das immer näher kam; sie umzingelten mich.

Zuerst dachte ich, sie wollten mir gratulieren. Ich hatte sie weggeschubst und Stuart hatte ein Tor reingesetzt. Beschämt lächelnd putzte ich meine Brille, damit ich sehen konnte, wie mich Stuart aus Dankbarkeit anlächelte. Da griff jemand meine Hand und drehte mir den Arm auf den Rücken, seine Finger bohrten sich in mein Gelenk. Da wurde mir klar, daß ich mich geirrt hatte.

Ich sah alles verschwommen, aber ich wußte, daß sie nah um mich herum standen; ich konnte ihren heißen Atem spüren. Einer stieß mich an, dann begannen sie mich hin und her zu schubsen. Ich verlor die Orientierung und wußte nicht, wo die Tür war, um zu entkommen. Alles war seltsam und unwirklich. Vor meinen Augen bewegten sich Formen. Schimpfworte echoten durch den Raum, der Duft von Körperlotion würgte mich, so daß ich kaum atmen konnte, geschweige denn um Hilfe schreien. Langsam knickte ich ein, rollte mich auf dem kalten Betonboden zusammen, während sie über mir keuchten und einen Moment lang innehielten. Ich bemerkte, daß meine Hände wieder frei waren und so wischte ich schnell über die Brille, damit ich sehen konnte: Ein muskulöses Bein. Ein verdreckter Schuh. Blitzendes Stahl im gedämpften Licht, das sich auf mich herabsenkte. Ich schrie, und als hätten sie auf das Signal gewartet hatte, traten sie auf mich ein, die Stollen ihrer Rugbystiefel harkten an mir entlang, als hielt ich den Ball oder etwas anderes an meine Brust gepreßt, etwas Geheimes.

Danach warfen sie mich unter die Dusche. Zwar hatte ich meine Brille verloren, aber ich sah auch ohne, daß von irgendwoher Blut auf die Fliesen tropfte und den Abfluß hinunterwirbelte.

Sobald ich aus der Umkleide kam, streckte mir Roy die Brille entgegen – wortlos – und ging. Ich humpelte zum Auto hinüber. Mein Bein tat nicht wirklich weh, ich wollte nur, daß jemand wahrnahm, was mir angetan worden war. Die Väter holten Bier aus Crackers Stationwagon; sie schauten mich nicht mal an. Ich fühlte mich lädiert, betäubt und fassungslos. Alles tat mir weh, aber die Schmerzen waren harmlos im Vergleich zu der bitteren Erkenntnis, daß ich damit völlig allein war. Was hatte ich getan, um diesen Angriff zu provozieren?

Als sich mein Vater endlich zu mir ins Auto setzte, warf er mir einen Blick zu. »He. Wie hast du dir diese Verletzung am Kopf zugezogen?« fragte er. »Du hast dich das Spiel über aus allem rausgehalten. Du hättest sie ummähen und ihnen die Sporen geben sollen. So hätte ich das jedenfalls gemacht...«

Ich lehnte mich zurück und ließ die Worte an mir vorüberziehen. Ich weinte leise, was mein Vater nicht bekam, weil er zu sehr damit beschäftigt war, mir eine Lektion über Rugby und das rauhe Leben der Männer zu erteilen, über eine Welt, in der ich hoffnungslos unterging.

9

Obwohl seit jenem Nachmittag in der Umkleide Jahre vergangen sind, läßt mich die Erinnerung daran immer noch zusammenzucken. In den Tagen und Wochen danach gab ich mir größte Mühe, zu vergessen. Aber ich verstand nicht, was ich getan hatte, um derartige Gefühle auszulösen. Diese Frage und die vorsätzliche Brutalität verfolgten mich. Deshalb konnte ich es nicht vergessen.

Diese Jungs kannten mich kaum; vielleicht spielten unsere Mütter Golf zusammen oder vielleicht hatten ihre Väter Geschäfte, in denen wir einkauften. Arch, den ich am ehesten als Feind bezeichnet hätte, konnte sie nicht dazu aufgestachelt haben; er war noch bei den Leichtgewichtlern draußen gewesen. Er war sauer auf mich, ja, aber er hätte sich nie auf diese Weise an mir gerächt. Wir waren die »Männer aus Mawera«, eine unzweifelhafte Verbindung, die eher einen Grund abgegeben hätte, mich Fremden gegenüber zu verteidigen. Warum hatten sie sich genötigt gefühlt, mich fertigzumachen?

Zuerst dachte ich, es hätte etwas mit meinem Aussehen zu tun, denn sie beschmissen mich mit den üblichen Schimpfwörtern: Mops. Fettsack… Und noch eins. Plötzlich erinnerte ich mich wieder: Tunte. Sie verliehen dem Namen mit ihren Stollen Nachdruck. Offensichtlich kannten sie seine Bedeutung. Indem sie ihn skandierten, ließen sie keinen Zweifel daran, daß er eine üble Beleidigung darstellte. Ihre Stimmen waren haßerfüllt.

Dieser Moment in der Umkleide zerstörte jede Lust an meinem Berufsziel, »die Tunte zu spielen«. Der Zauber dieser Worte war verklungen. Noch gute vierzehn Tage brannte meine Haut, wenn ich badete. Ich schwor, daß ich *das* nicht mehr werden wollte. Ich wollte nicht mal mehr wissen, was es bedeutete. Es klang nach Scham, und das war genug.

Aber da war etwas, das noch mehr wehtat, als die Schläge, etwas, woran ich mich auf keinen Fall mehr erinnern wollte. Und im großen und ganzen glückte es mir. Nur die Nächte waren mein Verderben. Dort in meinem Bett, allein in der Dunkelheit, konnte ich mich nicht davon ablenken. Da tauchte das Bild dann vor meinem inneren Auge auf, um mich zu peinigen. Es schlich sich in meine Träume, wurde zu einem bösartigen Monster, entwickelte immer übertriebenere und verzerrtere Szenarien. Ich wachte auf und umklammerte mein Kissen, als wäre es er. Stuart. Stuart Hale.

Bevor mich der erste Stiefel traf, hatte ich ein muskulöses Bein gesehen. Nur ein Junge hatte solche Beine. Er hatte mich als erster getreten. Er war der geborene Anführer, ganz gleich ob in der Rugby-Mannschaft oder bei den Mädchen. Beim Anschlag auf mich war das nicht anders. Aber warum? Hatte ich ihn zu sehr angehimmelt? Hatte er mitgekriegt, daß ich ihn angestarrt hatte? Ich wußte nicht, wann. Ich hatte ihn aus der Ferne angebetet. Aber er muß etwas mitgekriegt haben, sonst hätte er nicht so zurückgeschlagen. Die Trauer über diese unmißverständliche Ablehnung überdauerte die Kratzer und Schwellungen, die er und seine Freunde mir zugefügt hatten.

Ich weigerte mich, nach den Spielen in die Umkleide zu gehen, zumindest nach den ersten drei. Mein Vater befahl es mir, aber ich überhörte ihn einfach. Zum ersten Mal war ich unfolgsam, und zu meiner Überraschung beharrte er nicht darauf. Er sagte nichts. Wir fuhren still nach Hause, bis er mich kurz vor Mawera fragte: »Gehen in der Umkleide Dinge vor… Dinge, die dir nicht gefallen?«

Ich war zu überrascht, um zu antworten, aber ich nickte. Mein Vater schaute mich einen Moment lang finster an, dann konzentrierte er sich wieder auf die Straße. Mehr wollte er nicht wissen. Ich warf ihm einen Blick zu. Normalerweise schaute er sich zu diesem Zeitpunkt um, taxierte den Zustand der Nachbarfarmen und schimpfte, wie mies sie im Vergleich zu unserer waren. Aber er schwieg. Das war nicht er.

Es war offensichtlich, daß meinem Vater das Thema unangenehm war, wobei ich nicht mal wußte, um welches Thema es überhaupt ging. An welche Art von »gesetzeswidrigen Dingen« dachte er? Das machte mich neugierig. Ich hatte mich aufgelehnt, mich geweigert zu tun, was er mir aufgetragen hatte, und er hatte mich nicht mal verhört, geschweige denn gemaßregelt. Ich war mir sicher, daß er keine Ahnung hatte, was wirklich vorgefallen war. Er hatte nie ein Wort über die Blauen Flecken an meinen Armen und Beinen verloren.

Das Ende der Rugby-Saison half, die Erinnerung an diesen Vorfall verblassen zu lassen. Mit diesen Jungs mußte ich nicht mehr spielen. Im nächsten Jahr würde ich nach Dunedin aufs Internat gehen. Mein Großvater und mein Vater hatten diese Schule besucht und sich angeblich auf dem Sportplatz ausgezeichnet. Sie erwarteten, daß ich ihnen nacheiferte. Mein Vater ging so weit, mich dort bereits kurz nach meiner Geburt anzumelden, um mir einen Platz zu sichern. Er unterstützte die Old Boys Society tatkräftig, er las ihren Newsletter sogar noch lieber als *The Farmer,* das einzige Lesematerial, was auf der Fensterbank bei der Toilette liegen bleiben durfte, damit »die ganze Familie etwas davon hatte«.

Ohne Rugby und ohne Vater – der schwelgte im Sportfernsehen – hatte ich Samstagnachmittags wieder für mich. Lou kam rüber und wir vertrieben uns mit einem unsere Phantasiespiele die Zeit. Nur einmal mußte sie zu Hause bleiben, weil Tante Evelyn sie für die neuen Sommerkleider abmessen wollte. Lou war stinksauer, hatte aber keine Wahl.

Ich langweilte mich ohne sie, aber mein Vater durfte das nicht mitkriegen, sonst hätte er mir irgendeine Arbeit aufgebrummt. Um das zu vermeiden, setzte ich mich aufs Rad und fuhr ohne ein bestimmtes Ziel los. Immerhin hieß es in einer der letzten Ausgaben von *Pink,* daß man mit Radfahren jede Menge Kalorien verbrannte. Am Ende radelte ich den ganzen Weg bis zum Kerker unten am Fluß, das sind mindestens fünf Meilen. Ich war mir sicher, dadurch einige Pfunde abzunehmen.

Als ich ankam, ließ ich mein Rad an der Straße, schlüpfte durch den Zaun und wanderte zum Kerker hinunter. Er versteckte sich hinter ein paar Weiden, die den Bach säumten. Oft fanden sich hier Angler oder Ausflügler, heute nicht. Es schien, als wäre ich ganz allein.

Auf der Hinfahrt dachte ich mir einen Grund für meine Einsamkeit aus. Ich war ein Eroberer, der von einem Feldzug zurückkehrte, und nun die Insassen seines privaten Kerkers inspizierte, in den er seine Feinde verbannt hatte (diverse, mir bekannte Rugbyspieler!), die dort in Ketten vor sich hin rotteten. Nur bei Stuart Hale zögerte ich. Trotz seines Verrats konnte ich ihn nicht in Ketten legen. Ich zog eine andere Art der Bestrafung vor: Er war mein persönlicher Sklave, der mir alle Wünsche erfüllen mußte, oder sonst zu seinen Kohorten in den Kerker verbannt werden würde.

Am Kerker angekommen, war ich tief in mein Spiel verstrickt. Es überraschte mich zu sehen, daß der Riegel an der Tür zurückgezogen war. Die Einheimischen wußten, daß man ihn schließen sollte; ein Versehen, das ich gut in mein Spiel einbauen konnte. Ich stieß sie auf.

Meiner Meinung nach schaute der Kerker eher nach einem vernachlässigten Wohnhaus aus. Es hatte keine Gitter vor den Fenstern, sondern richtige Glasscheiben. Drinnen war er glaubwürdiger. Eisenringe waren in die Mauern geschlagen, Ketten hingen daran herunter, so wie die, an die wir die Hunde hängten; diese Ringe und Ketten ließen mich immer schaudern. Die Wände waren mit Initialen übersät, und obwohl ich wußte, daß die meisten von Einheimischen oder Touristen hineingekratzt worden waren, mußten doch einige von den Gefängnisinsassen gewesen sein.

»So!« rief ich. »Ihr habt versucht, auszubrechen, während ich weg war?«

Meine Augen paßten sich der Dunkelheit an, und mit wachsender Verlegenheit bemerkte ich, daß noch jemand anders da war. Einen Moment lang glaubte ich mich in eine Zeit versetzt, in der hier tatsächlich Gefangene lebten, denn diese Person hockte am Boden, eine Hand in einem eisernen Ring, kratzte mit einem Stock an der Wand. Ich erschreckte ihn mit meinem plötzlichen Erscheinen. Er sprang auf, und ich erkannte ihn: Roy Schluter.

Auf der Suche nach Worten, starrten wir auf den Boden. »Ich habe nur ein Spiel gespielt«, sagte ich endlich.

»Ja, ich auch«, sagte Roy.

Wir wußten nicht, was wir tun sollten. Schließlich hockte er sich wieder hin und ritzte seinen Namen in die Wand. Eine seltsame Aufregung befiel mich. Seit Lous Party war ich nicht mit ihm allein gewesen. Eine schwangere Vertrautheit lag in dieser Situation, aber ich wußte nicht, wie damit umgehen. Zögerlich rutschte ich zu ihm auf den Boden hinunter und legte mir eine Kette um den Arm.

Obwohl ich direkt neben ihm saß, konnte ich Roy kaum sehen, so düster war es. Gott sei Dank, denn ich wollte weder die Haare sehen, die auf den glatten Flächen seines Gesichts sprießten, noch diese Kraterlandschaft von Pickeln auf seiner Stirn. So Seite an Seite gegen die Wand gelehnt, konnte ich mir fast vorstellen, neben Stuart zu sitzen. Roy und Stuart waren etwa gleich groß, ähnlich gebaut, beide an der Schwelle zur Pubertät, die mit Stuart freundlicher umging. Stuart, mein persönlicher Sklave. Stuart, mit dem ich anstellen konnte, was ich wollte. Ich mußte nicht mal um Erlaubnis bitten. Ich versenkte die Hände im Schoß dieses Jungen neben mir und fühlte einen Schwall heißen Atems auf meiner Wange. Er wehrte sich nicht. Im Gegenzug suchte er zwischen meinen Beinen nach dem, was in meiner Unterhose schwoll. Wir fummelten aneinander herum und wurden beide steif. Plötzlich stieß er meine Hand weg und zog sich die Jeans herunter. Er nahm meine Hand, hielt sie einen Moment, bevor er sie an seinen Schwanz heranführte. Dann bohrte sich seine Hand hinter den Bund meiner Hose und faßte meinen. Die Berührung seiner Finger war eine Entdeckung. Mein Schwanz pochte, als entwickelte er einen eigenen Herzschlag. Ich schloß die Augen. Nur noch Empfindung. Ich war wie benommen. Es war so leicht mir vorzustellen, Stuart würde sich an mich pressen. Stuart, der in meiner Hose kramte und bewunderte, was er darin fand.

Sein Atem schlug heiser gegen mein Ohr. Plötzlich schnappte er nach Luft. Ich öffnete die Augen, wendete mich alarmiert zur Tür. Hatte sich jemand hereingeschlichen und uns entdeckt? Aber sie war verschlossen. Niemand da. Ich wendete mich wieder Roy zu, verwirrt, aber auch genervt. Der Moment war unterbrochen und ruiniert. Leider wurde mir dadurch bewußt, daß Roy neben mir saß und nicht Stuart. Aber bevor ich ihn fragen konnte, was er gesehen hatte, drückte er sein Gesicht an meines, suchte sein nasser Mund meinen. Roy küßte mich.

Ich wehrte mich. Von Roy Schluter wollte ich nicht geküßt werden. Ich hatte Angst, seine Pickel könnten sich auf mich übertragen. Aber das war ein Kuß, wie ich ihn noch nicht kennengelernt hatte, und ich konnte mich nicht wehren. Sein Mund rieb sich wie wild gegen meinen, dann zwängte er sich durch meine Lippen hindurch, schob seine Zunge heiß und schwer in meinem Mund; eine eklige Empfindung. Kinder streckten die Zunge raus, um jemanden zu beleidigen?! Ich war erleichtert, als Roy sich zurückzog.

Sein heißer Atem keuchte mir ins Gesicht, roch nach den Menthol-Zigaretten seiner Mutter. Er legte seinen Kopf an meinen Nacken und preßte sich an mich, drückte meinen Schwanz noch fester. »Reib ihn schneller!« sagte er mit gebrochener Stimme, einer Stimme, die sich nicht mehr nach Roy anhörte. »So schnell du kannst.«

Ich folgte. Das war nicht der Roy, den ich kannte. Er war so ungestüm geworden, wie ich es ihm nie zugetraut hätte. Ich glich mich dem an, was er mit meinem Schwanz machte, und dann begann er, sich an mir zu winden und mir ins Ohr zu stöhnen. Plötzlich stieß er einen Schrei aus, als hätte man ihn bei einem Cowboy-und-Indianer-Spiel abgeschossen. Er ließ meinen Schwanz los, nahm seinen und rubbelte wie ein Irrer. Und dann spürte ich warme Flüssigkeit zwischen meine Finger spritzen.

Hatte er mich angepißt? Sachte rieb ich meine Finger aneinander. Nein, dafür war es zu dick und klebrig. Ob es Blut war? Hatte ich ihn beim Rubbeln verletzt? Hatte er deswegen so aufgejault? Aber er schien keine Schmerzen zu haben. Er stand auf, verstaute alles in seiner Unterhose und zog die Jeans hoch. Dann war er aus der Tür, wortlos, drehte sich nicht mal mehr um.

Schnell richtete ich meine Sachen und folgte ihm. Meine Angst wuchs. Wenn ich ihn wirklich verletzt hatte, und er zum Arzt ging? Er hätte sich erklären müssen, und jeder hätte von uns erfahren. Von der Nachmittagssonne geblendet, stand ich in der Tür des Kerkers und suchte nach ihm. Aber er war verschwunden.

Klebriges, weißes Zeug hing an meinen Fingern. Vorsichtig berührte ich es mit dem Zeigefinger der anderen Hand. Was war das? Es sah aus wie Eiter. Hatte Roy eine Wunde an seinem

Schwanz? Ich wußte, daß es so was gab. Ich hatte beängstigende Bilder in einer der letzten Ausgaben von *Cleo* gesehen – in einer versiegelten Beilage: Fotos von offenen Stellen, von Ausschlägen und Ausflüssen, die mich so in Angst versetzten, daß ich den Rest des Hefts nicht mehr angucken wollte. Roy mußte infiziert sein. Voller Schrecken rannte ich an den Bach und wusch mir die Hände. Aber vermutlich war es längst zu spät. Ich war sicher schon infiziert.

Das Zeug ließ sich nicht so leicht abwaschen, im Gegenteil, es schien eher, als würde es durch das Wasser noch fester an mir klebenbleiben. Panisch rieb ich meine Hände im Gras, wodurch einiges abging. Schließlich kriegte ich den Rest ab, indem ich die Finger fest gegeneinander rubbelte. Meine Hand sah aus wie sonst. Kein Zeichen von Ausschlag oder einer anderen Manifestation von Infektion. Ich betete, daß mein rasches Handeln mich vor Roys Krankheit verschonen würde.

Mein Fahrrad stand oben auf dem Hügel. Ich sprang auf und trat so schnell in die Pedale, wie ich nur konnte. Aber wenn ich zu schnell radelte, würde ich Roy einholen. Ich wollte auf keinen Fall mit ihm sprechen müssen. Also fuhr ich langsamer. Sobald ich die Schule erreichte, wo Roy abbog, um auf die andere Seite des Tals zu gelangen, trat ich wieder hart in die Pedale. Ich wollte nach Hause, ein heißes, desinfizierendes Bad nehmen und vergessen, was an diesem Nachmittag geschehen war.

Aber das war nicht so einfach. Zwar konnte ich Roy in der nächsten Woche erfolgreich vermeiden, indem ich ihn einfach nicht anschaute, aber mein Schwanz wollte mir nicht gehorchen. Es reichte, mit Roy im selben Raum zu sein, damit er sich unter der Schulbank aufrichtete. Obwohl ich beschlossen hatte, nichts mit Roy zu tun haben zu wollen, mußte ich ihm immer wieder einen Blick zuwerfen. Jedesmal starrte er zurück, so intensiv, daß ich rot anlief und schnell meinen Kopf wieder in das Schulbuch versenkte. Sein Blick war herausfordernd und neugierig. Ich wußte, was seine Augen sagen wollten, und was meine flüchtigen Blicke antworteten. Ich fühlte mich von derselben zittrigen taumelnden Empfindung übermannt, von derselben süßen Anspannung, die mich an diesem Nachmittag befiel, als mir klar wurde, daß wir allein im Kerker waren und beide dasselbe wollten.

Jeden Abend, wenn ich badete, und jeden Morgen, bevor ich mich anzog, untersuchte ich mich nach Zeichen einer Krankheit. Aber je näher der Samstag rückte, desto mehr ließ meine Paranoia nach und ein anderes Gefühl machte sich breit. Der Nachmittag versprach etwas, dem ich nicht widerstehen konnte. Am Freitag konnte ich kaum mehr an etwas anderes denken als an Roys Schwanz.

Aber der Samstag barg eine Hürde, die am Wochenende davor nicht da war: Lou. Sie blieb am Freitag über Nacht, wie immer, half mir am Samstag früh mit dem Füttern und kündigte für den Nachmittag eine Expedition nach Drachenland an. Sonst stimmte ich Lous Plänen immer zu; sie entschied und ich folgte. Ich wußte nicht, wie man Nein sagte.

»Äh … letzten Samstag bin ich mit dem Rad gefahren«, sagte ich auf eine Art, von der ich hoffte, sie klänge beiläufig. »Ich äh … fand das klasse.«

Lous Augen zogen sich mißtrauisch zusammen. Sie begann mit den Zähnen zu knirschen, ganz so, als würde sie sie schärfen. Ich schaute auf den Boden und fuhr mit der kleinen Rede fort, die ich mir in der Nacht zuvor ausgedacht hatte. Da war sie mir noch glaubwürdig erschienen, aber im Angesicht von Lou schwand mein Optimismus; meine Stimme versagte mir, mir wurde heiß und ich wurde kurzatmig. »Äh … ich dachte … ich mach das wieder mal. Äh … Rad … fahren.«

Ich schaute sie an. Ihr Gesichtsausdruck war ernst. »Ich glaube … es ist gut für mein Gewicht, so eine lange Fahrt«, setzte ich aufgeregt hinzu.

»Jungs interessieren sich nicht für ihr Gewicht«, sagte Lou bestimmt. »Das ist eine Zwangsvorstellung von Frauen.«

Ich war zerschmettert (Ich wußte nicht, was eine Zwangsvorstellung war; noch so ein Wort, das Lou von ihrer Mutter hatte), aber der Ton in ihrer Stimme verriet alles. Sie zog mich damit auf, mädchenhaft oder gar eine Memme zu sein. Weder Lou noch Babe hatten mir das je vorgeworfen. Dies war ein Verrat. Tränen drohten über den Rand meiner Augen zu laufen.

Ich schaute sie an. Sie starrte grimmig zurück, ihre Arme über den Ansätzen von Brüsten verschränkt, die sie verleugnete. Ich war mir sicher, daß sie ihre Bemerkung bereute, obwohl sie es nie zugeben würde – schon vor Jahren hatte sie beschlossen, nicht nur so cool wie ein Junge zu sein, sondern wie ein Mann, und wenn Cool-sein Gemein-sein erforderte, wäre sie das auch. Ihr Mund war ein dünner Strich. Keine Entschuldigung würde diese unerbittlichen Lippen je passieren. Ob ich ihr Schuldgefühle einimpfen konnte, wenn ich jetzt weinte? Aber ein anderes Gefühl erwachte in mir, ein provokantes und gemeines, das mich anstachelte, mich an ihr zu rächen. Die anhaltende Stille wurde ihr unangenehm; sie begann an ihrem Haar zu nesteln, tastete nach ihrem Pferdeschwanz, ob er auch sicher in ihrem T-Shirt verstaut war. Genau wie mit Tante Evelyn wußte ich plötzlich, was ich sagen mußte, um sie auf ganz fiese Weise zu treffen.

»Und was für ein Mädchen versteckt ihren Pferdeschwanz in ihrem T-Shirt und läßt sich mit dem Namen ihres toten Bruders ansprechen?«

Das war das Schlimmste, was ich ihr antun konnte. Es machte mir Angst, so viel Angst, daß ich sie nicht mal anschauen konnte. Ich drehte mich um und flüchtete in die Garage. Ich sprang auf mein Rad und flog geradezu die Auffahrt hinunter, radelte auf die Straße hinaus, weg von ihr. Und während ich in die Pedale trat, sagte ich mir immer wieder im Rhythmus meiner Füße: »Sie hat es verdient. Sie hat es verdient.« Aber so richtig glauben wollte ich das nicht. Die Worte wurden immer leiser, und bald begann ich zu heulen.

Ich fühlte mich so schlecht, daß ich Roy und den Kerker einen Moment lang vergaß. Erst als ich an der Schule vorbeikam, erinnerte ich mich wieder, was diesem Zwist vorausgegangen war. Ich war schon auf dem halben Weg. Ich hätte noch umkehren können, Lou suchen, mich entschuldigen, aber ich fuhr weiter.

Eine Erektion spannte meine Hose. Ich stand auf und radelte schneller, stemmte mich gegen die Brise. Ich kam außer Atem, aber nicht vor Erschöpfung. Meine Schuldgefühle waren verschwunden, ohne großes Aufhebens einfach von mir abgeglitten wie ein Hase von dem Wagen, der ihn angefahren hat.

Ich schmiß mein Rad hin und lief den Hügel hinunter. Ein Wagen parkte unten an der Brücke auf der anderen Seite des Bachs. Ich hielt inne. Es war niemand zu sehen. Vermutlich Angler, die sich unten am Fluß aufhielten. Ich machte mich vorsichtig an den Kerker heran. Ob Roy da war? Ich zweifelte, aber mein Schwanz war sich sicher. Mir wurde ein bißchen schwindlig, als die Tür vor mir auftauchte. Ich hatte fast ein wenig Angst, den Riegel anzuschauen, aber ja, er war zurückgezogen; die Tür stand einen Spalt breit offen, wie eine Einladung. Ich schaute mich um. Niemand. Die Tür knarzte, wurde langsam von innen aufgezogen, nur so weit, daß ich hindurchschlüpfen konnte. Ein Zeichen.

Ich konnte Roys Atem riechen, bevor ich ihn ausmachen konnte; diesen herben Menthol-Zigaretten-Atem. Langsam gewöhnten sich meine Augen an die Dunkelheit. Die Schatten verdichteten sich zu Konturen: Roy. Er war splitternackt, seine Kleider auf dem Boden aufgehäuft. Er hatte sie ausgezogen, als er mich kommen sah. Ich schloß die Tür fest; es durfte kein bißchen Licht hereinfallen. Ich wollte ihn nur fühlen.

Er trat von hinten an mich heran; seine Hände wanderten zielgerichtet auf meinen Hosenstall. Er öffnete den Bund, zog den Reißverschluß herunter und dann die Unterhosen. Ich war dankbar, daß er nicht an meinem Körper herumgrapschte. Er sollte nicht fühlen, wie fett ich wirklich war. Seine Schwanz preßte sich hart gegen meinen Hintern. Er rieb sich an mir, erst ganz sachte, dann mit immer mehr Kraft, bis ich befürchtete umzufallen. Er schrie nicht, wie beim letzten Mal. Aber er bebte und stöhnte mir meinen Namen ins Ohr. Ich fühlte eine Flüssigkeit auf meinem Rücken explodieren und langsam an mir herunterrinnen. Roy wischte sie mit seinem Taschentuch ab, bevor er sich anzog.

Auf nach Nachhauseweg kam ich an Tante Evelyns und Onkel Arthurs Haus vorbei. Das erinnerte mich daran, daß ich Lou für Roy geopfert hatte. Einen Moment lang vergaß ich zu treten. Was für ein mieser Verrat. Lou und ich waren uns so nah gewesen, hatten so viel Zeit miteinander verbracht. Sie war mein bester Freund, mein Beschützer. Ein großer Schmerz überkam mich. Ich überlegte, ob ich anhalten sollte, und mich bei ihr entschuldigen, aber dann fing das

Rad an zu eiern und ich mußte schnell in die Pedale treten, damit es nicht umfiel, und bald lag das Haus hinter mir. Der Moment war verpaßt. Ich hätte umkehren können, aber ich tat es nicht, statt dessen beschloß ich, mich am Montag in der Schule zu entschuldigen.

Ich badete. Ich haßte diese Haare, die um meinen Schwanz herum zu sprießen begannen. Sie erinnerten mich an Roy. Ich wollte sie loswerden. Sie waren dunkel und drahtig und es war nicht einfach, sie auszureißen. Ich nahm die Pinzette meiner Mutter zu Hilfe, weil ich sie mit den Fingern nicht greifen konnte. Es waren vielleicht fünf, und ich betete, daß es ein Versehen war, wie ein Lamm, das in der falschen Saison zur Welt kam.

In dieser Nacht wurde ich von einer seltsam bekannten Empfindung aus dem Schlaf gerissen. Ich drehte mich um und versuchte wieder einzuschlafen, aber das war unmöglich. Meine Sinne waren hellwach, bestätigten mir, was ich befürchtete. Etwas war auf meiner Haut, glitschte langsam über meine Hüften hinunter. Vorsichtig tastete ich danach; tatsächlich, mein Bauch war von dieser klebrigen Feuchtigkeit überzogen.

Roy hatte es mir angehängt. Ich war mir sicher. Ich hatte von ihm geträumt. Jetzt konnte ich nicht mehr einschlafen. Ich legte mich auf den Rücken, stemmte meine Beine hoch, um die Laken zu schonen, während das Zeug auf meinem Bauch festtrocknete. Beim ersten Tageslicht stand ich auf, zog das Bett ab und brachte die Laken in die Waschküche – sie hätten erst in einer paar Tagen gewechselt werden sollen, ich hoffte, daß meine Mutter es nicht merken würde.

Aber sie merkte es wohl doch. Ein paar Tage später fand ich diese Broschüre auf meinem Kopfkissen *Teenager. Die Qualen der Pubertät.* Eine Seite war markiert. Zwei Dinge wurden dort erklärt. Feuchte Träume und Homosexualität. Meine Mutter hatte es sicher gut gemeint, wollte uns eine Diskussion von Angesicht zu Angesicht ersparen, aber ich konnte in dieser Nacht nicht schlafen. Vieles hatte sich geklärt, einige meiner Ängste waren ausgeräumt, aber eine große Sorge hatte sich eingenistet.

Was ahnte meine Mutter? Feuchte Träume oder Homosexualität? Beides traf zu, aber wußte sie das? Der Absatz über Homosexualität beruhigte und beängstigte mich zugleich. Er beschrieb sie als »unnatürlich«, »pervers« und »anormal« (diese Worte mußte ich erst mal in der Bücherei nachschlagen), aber dann gab er praktisch die Erlaubnis dazu. Er behauptete nämlich, daß pubertierende Jungs oft miteinander »experimentierten«, und daß dies eine Phase sei, der man schnell entwuchs. Das entschuldigte meine Handlungen mit Roy.

Neue Ängste flammten auf. Als ich mich das nächste Mal ins Schlafzimmer meiner Eltern schlich, um *Cleo's* durchzublättern, lag ein neues Buch auf dem Nachttisch: *Wie man Hellsichtigkeit entwickelt.* Ich rannte aus dem Zimmer, ohne die Zeitschriften anzugucken. Was hatte meine Mutter vor? Übte sie an mir?

Von da an schaute ich ihr nicht mehr in die Augen. Ich wollte nicht, daß sie meine Geheimnisse ergründete. Das ging ein paar Tage lang so, bis sie sich eines Abends an mein Bett setzte; ich las gerade Babes *Pink.* »Gibt es etwas, worüber du mit mir sprechen möchtest? Du erscheinst mir so unruhig. Hast du noch Fragen zu der Broschüre?«

»Nein.«

»Hast du sie gelesen?« hakte sie nach.

»Ja.«

»Und alles verstanden?«

»Ja.«

Ich legte das Heft weg und kuschelte mich ein, um ihr zu bedeuten, daß ich schlafen wollte. »Wenn es dir unangenehm ist, mich etwas zu fragen, kannst du auch mit Dad darüber reden«, sagte sie.

Wir wußten beide, daß ich das nie tun würde. »Oder du schreibst mir einen Brief, und ich beantworte ihn dir. Nur, falls es dir ... unangenehm ist.«

Es hörte sich sehr danach an, als wäre es *ihr* unangenehm. Sie war wohl keine besonders gute Hellseherin, wenn sie jetzt nicht merkte, daß ich allein gelassen werden wollte.

Schließlich ging sie doch. Trotzdem, ich blieb auf der Hut. Meine Geheimnisse sollte niemand erfahren. Ich schaltete die Nachttischlampe aus, und ganz automatisch konzentrierten sich meine Gedanken auf Roy. Nach meinem feuchten Traum war ich überzeugt, daß er mich angesteckt hatte. Ich schwor mir, nie wieder in den Kerker zu fahren. Aber seit mir die Broschüre erklärt hatte, was mit mir geschah, konnte ich den Samstag kaum erwarten.

Auch am folgenden Samstag war er wieder da, versteckte sich in den Schatten und zog sich aus, sobald ich die Tür hinter mir schloß. Seine Hände griffen nach mir, aber ich wollte vorher etwas anbringen. »Meine Mutter hat mir diese Broschüre geben«, flüsterte ich. »Ich weiß nicht, ob wir das hier tun sollten oder nicht.«

Er zog seine Hände zurück. »Im Dunklen ist es okay«, flüsterte er dann endlich. »Du kannst dir vorstellen, was du willst, und Spaß dran haben.«

Ich war betroffen. Wußte Roy, daß ich mir vorstellte, mit Stuart zu sein? Falls ja, schien es ihn nicht zu stören, denn er machte sich gleich darauf über meinen Schwanz her. Dann dämmerte mir, wenn Roy so etwas sagte, bedeutete das womöglich, daß auch er sich vorstellte, ich sei ein anderer. Das empörte mich ein wenig. Aber Roys Hände gingen so sachkundig zu Werke, daß ich diesen Affront schnell vergaß.

Ich weiß nicht, ob es an der Broschüre lag, die mir die Konsequenzen unseres Handelns erklärt hatte, oder ob ich einfach nur biologisch dazu bereit war, jedenfalls hatte ich an diesem Nachmittag meinen ersten richtigen Orgasmus und spritzte quer über die verstaubten Wände des Kerkers. Wir wischten es nicht ab. Schließlich war das auch eine Art Denkmal.

10

Der Frühling kam, trotzdem blieb es winterlich kalt; diese Jahreszeit verabscheute ich. Es gab viel zu tun, beschissene, schmutzige Arbeiten, und man mußte oft schon vor Tagesanbruch aufstehen: Schafe scheren, Lämmer und Kälber zur Welt bringen, die Lämmer markieren, und jede Menge Heu einfahren. Von daher war es ein ziemlicher Schock, als sich meine Mutter plötzlich weigerte zu helfen. Eigentlich keine große Überraschung. Je mehr sie ihre »anderen Interessen« entwickelte, desto weniger half sie auf der Farm.

»Wenn du mir nicht mehr hilfst, dann werde ich jemanden anstellen müssen«, fauchte mein Vater. »Und das kostet.«

»Gute Idee«, antwortete sie.

Mein Vater starrte sie wütend an. »Für einen Arbeiter wirst du Fleisch kochen müssen, viel Fleisch ... und für ihn putzen ...« Er versuchte ihr möglichst viele Nachteile unter die Nase zu reiben.

»Das macht nichts. Das muß ich für dich ohnehin. Einer mehr macht das Kraut nicht fett«, antwortete sie gelassen.

Ich bewunderte ihren Stil. Ich hätte es ihr gerne nachgetan, rebelliert und ein paar Tage für mich gehabt, ohne diese ermüdenden Arbeiten. Aber ihr Treuebruch bedeutete den Untergang für meine Sehnsucht, allem entfliehen zu können. Mein Vater brauchte mich jetzt um so mehr. Er übertrug mir neue Aufgaben und tat so, als wäre es eine Ehre für mich, für die ich dankbar sein konnte. Ich verhunzte die Jobs so gut ich konnte. Um mich nicht völlig zu entmutigen, beschwerte sich mein Vater nie bei mir direkt über diese Desaster, aber er meckerte meine Mutter an, wie »verdammt nutzlos« ich doch sei.

»Du forderst zu viel von ihm«, sagte sie. »Er ist noch ein Junge.«

Mein Vater pflichtete ihr grollend bei und murmelte etwas von einer Annonce.

Die Aussicht auf einen Knecht löste unterschiedliche Gefühle in mir aus. Ich freute mich, daß er mir vieles wieder abnehmen würde, aber ich fürchtete auch, daß er sich über mich lustig machen würde, wie die Jungs in Glenora. Lou würde ihn auf jeden

Fall hassen. Sie hoffte ja immer noch, daß Onkel Jack sie den Heubinder fahren lassen würde.

Mir half sie ohnehin nicht mehr; wir hatten uns entfremdet. Mein Vorsatz, mich zu entschuldigen, hing wie ein Damoklesschwert über mir, aber mit jedem Tag schien die Versöhnung unmöglicher. Ich hatte mir ja vorgenommen, mich gleich am Montag zu entschuldigen. Sobald sie in den Schulbus kletterte, sah ich in ihren Augen, daß sie darauf wartete. Aber Roy hing in dem Sitz neben ihr und starrte mich auch an. Das bescherte mir eine Erektion. Ich schaute weg, aus dem Fenster. Mich bei Lou zu entschuldigen hätte bedeutet, mir ein weiteres Treffen mit Roy zu nehmen. Ich hätte dann keine Ausrede mehr gehabt, den Samstagnachmittag nicht mehr mit ihr zu verbringen. Sie war mißtrauisch und beharrlich. Sie hätte erraten, daß ich etwas vorhatte, und sich bemüht herauszufinden, was das war.

Ich saß wirklich in der Klemme. Eine unmögliche Entscheidung. So tat ich schließlich nichts. Ich schaute Lou den ganzen Tag nicht an – was mich in ihren Augen verdammte – aber ich konnte ihrem Blick einfach nicht begegnen. Ich fühlte mich so mies. Sie hätte mir nur in die Augen schauen brauchen, und ich wäre machtlos gewesen; sie hätte mir den Grund für meinen Verrat aus der Nase gezogen.

Das Schlimmste an diesem Tag war die Heimfahrt. Wir stiegen eine Station vor Lou aus. Babe sprang aus dem Bus und ich hinterher, ohne zu schauen, ob Lou uns folgte. Die Tür schlug hinter mir zu. Als sie merkte, daß Lou im Bus sitzengeblieben war, heulte Babe auf. Sie sprang auf den Bus zu, klopfte ans Fenster und rief ihren Namen. Der Bus fuhr an, und ich mußte meine schreiende und sich windende Schwester zurückhalten. Dann erhaschte ich einen Blick von Lou, bestürzt schaute sie mich an, ein Ausdruck tiefsten Grams in ihrem Gesicht. Aber Lou zeigte ihre Verletzung nicht lange. Schon am nächsten Tag war ihr Blick kalt; sie schaute durch mich hindurch. Sie verbarrikadierte sich hinter einer zerbrechlichen Stille. Die paar zaghaften Versuche, sie anzusprechen, ignorierte sie despotisch.

Keine Frage, auf wessen Seite Babe sich schlug. Sie setzte sich im Bus neben Lou, äffte ihre geringschätzige Haltung nach. Beide schauten sie durch mich hindurch, als ich aus dem Bus stieg, während Babe Lou nach Hause begleitete. Babe ignorierte mich, wenn Lou in der Nähe war. Waren wir jedoch allein, erzählte sie mir heiter all die wunderbaren Dinge, die sie und Lou anstellten, und daß sie jetzt »beste Freundinnen« waren.

Aus den Tagen wurden Wochen, Lou und ich sprachen immer noch nicht miteinander. Das Schweigen zwischen uns schien unüberwindbar, voller unausgesprochener Vorwürfe.

Natürlich kriegten unsere Eltern das mit und äußerten sich zu dieser Wende. Ich schnappte ein Telefongespräch zwischen meiner Mutter und Tante Evelyn auf, die darüber eher glücklich war. Sie interpretierte das nämlich als Zeichen, daß Lou ihren jungenhaften Anwandlungen entsagte.

Meine Mutter war sich da nicht so sicher: »Ich glaube eher, daß die zwei sich gestritten haben.«

Das Schlimmste an den Treffen mit Roy war, daß Lous Haus auf dem Weg zum Kerker lag. Ich drehte mich ständig um, um sicherzustellen, daß sie mir nicht folgte.

Aber trotz meiner Aufregung und Schuldgefühle hatte ich keine Zweifel Roy zu treffen. Besonders seit er mich zu meinem ersten Orgasmus geführt hatte. Er sollte mir zeigen, wie er das geschafft hatte. Ich hatte es schon versucht, aber dieses spektakuläre Ergebnis nicht erzielt.

Beim nächsten Mal steckte ich mir den Kuhschweif unter die Mütze; Roy schien »mein Haar« nicht zu bemerken. Jedenfalls äußerte er sich nicht dazu. Es war wohl zu dunkel, und er mit anderen Dingen beschäftigt. Nach ein paar Minuten fiel er ohnehin heraus.

»Kannst du das noch mal machen, was du letzte Woche mit mir gemacht hast?« bat ich ihn leise.

Er antwortete nicht, aber seine Hände griffen wissend nach mir.

Danach, er war schon angezogen und fast aus der Tür, drehte er sich ohne Grund um. »Ich bin zu jung zum Rasieren«, sagte er mit weinerlicher Stimme. »Dreizehn ist einfach zu jung.«

Ich sagte nichts. Seine Behaarung beschäftigte die ganze Schule. Arch behauptete, wenn Roy nicht bald anfangen würde, sich zu rasieren, hätte er bald einen Bart wie der Nikolaus. Die Hammer-Brüder versteckten immer Einwegrasierer so, daß Roy sie finden mußte: in seinem Pult, in seinem Ranzen, in seiner Manteltasche. Aber Roy kriegte es irgendwie fertig, diese Hinweise zu ignorieren, ebenso die lautstarken Nachfragen und Beleidigungen: »Wann schneidest du dir endlich den Pelz ab?« nervte Arch immer wieder, und Roy schaute einfach durch ihn hindurch, als würde er die Frage nicht hören.

Im Kerker sprach er zum ersten Mal über seinen Schnurrbart. Ein außerordentlicher Moment. Er hatte die Hand schon am Türknauf, als er sich scheu zu mir umdrehte und das murmelte. Seine Offenheit forderte eine einfühlsame Antwort, aber ich kapierte das nicht, sondern schwieg. Ich starrte zu Boden und wünschte mir, daß er verschwand. Roy zögerte, dann zog er die Tür auf. Ich fühlte mich erleichtert. Aber dann blieb er doch noch stehen. Von der Nachmittagssonne angestrahlt, glitzerten die Haare über seiner Oberlippe, niemals waren sie so deutlich zu sehen gewesen. Ekel überkam mich. Es war zu dunkel, als daß Roy meinen Gesichtsausdruck hätte sehen können, aber es war wohl nicht nötig. Denn plötzlich war er weg, knallte die Tür hinter sich zu. Das überraschte mich, denn wir mußten vorsichtig sein, um keine Aufmerksamkeit auf uns zu ziehen. Schließlich könnte jemand in der Nähe sein. Erschrocken schlüpfte ich in meine Klamotten, suchte nach dem Kuhschweif. Die Schleife hatte sich gelöst, ich konnte sie im Dunklen nicht finden, aber dafür war jetzt keine Zeit. Ich mußte schnell weg.

Auf dem Nachhauseweg befielen mich Gewissensbisse. Es hätte mich nicht viel gekostet, etwas Nettes zu sagen. Selbst wenn ich es nicht ernst gemeint hätte. Nur fünf Minuten zuvor, als wir uns aneinander gedrängt hatten, hätte ich alles für ihn getan. Es machte mich neugierig, daß meine Gefühle für ihn so schnell schwanken konnten. Allerdings muß man auch sagen, daß ich im Dunkeln nie Roy vor Augen hatte, sondern andere, hübschere Jungs. Der Anblick seines Gesichts machte mir schmerzhaft klar, daß es Roy war, mit dem ich es getrieben hatte. Roy, der Freak. Roy, der zu behaart und viel zu jung war. Dieser Gedanke ekelte mich. Wieder einmal beschloß ich, nie wieder in den Kerker zu gehen. Diesen Vorsatz hatte ich schon oft gefaßt. So ging es mir jedesmal danach. Am Anfang der Woche war es einfach, meinen Beschluß aufrecht zu erhalten. Wenn ich Roy in der Schule sah, stieß mich sein Anblick ab. Ich schämte mich für das, was wir taten. Aber ab Donnerstag oder Freitag wurde sein Blick dann so vielversprechend, daß mein Widerstand brach. Ich konnte dem einfach nicht entsagen. Freitags bekam ich dann immer wieder einen Steifen, einfach nur, weil ich wußte, was mich am nächsten Tag erwartete.

Trotz dieser Begegnungen wurden Roy und ich nie Freunde. Ich sagte ihm, daß wir uns in der Schule besser aus dem Weg gehen sollten, so daß niemand Verdacht schöpfte. Das war natürlich nur die halbe Wahrheit. Manchmal fühlte ich mich schlecht, aufgrund der verbotenen Dinge, die wir taten und hatte Angst, dabei erwischt zu werden. Aber diese Ängste steigerten auch die Erregung. Wir mußten es heimlich anstellen. Es hatte Elemente eines Abenteuers, wie die in meinen Büchern oder im Fernsehen, Abenteuer, die es im Leben nicht gab.

Die wahren Gründe, warum ich die Freundschaft mit Roy vermied, waren komplexer. Er provozierte so gegensätzliche Gefühle in mir. Ich fand ihn verführerisch und abstoßend zugleich. Ich ekelte mich vor dem, was die Pubertät seinem Gesicht antat, aber es faszinierte mich auch, was sie mit dem Ding zwischen seinen Beinen anstellte. Ich fand ihn unattraktiv, trotzdem war ich ihm im Dunklen sehr nahe. Und das Bedeutendste überhaupt: Ich bemerkte die körperlichen Veränderungen an mir. Roy war ein Symbol für mein eigenes Schicksal. Eine stete Erinnerung, daß die Pubertät auch bald mich ereilen würde. Unvermeidlich würde sie mich ergreifen und mich einer fiesen Wandlung unterziehen. Die grauenhafte Wahrheit, die Wahrheit, die ich mir unmöglich eingestehen konnte, war, daß sie bereits begonnen hatte.

Auf dem Heimweg vom Kerker tobten diese verwirrenden Gefühle in mir, da trabten mir Lou und Babe auf Onkel Arthurs schwarzem Gaul über den Weg. Ich stieg ab und streckte meine Hand nach ihnen aus. Aber sobald sie mich sah, gab Lou dem Pferd die Sporen und sie galoppierten an mir vorbei, ohne mich zu grüßen, sie gönnten mir noch nicht mal einen Blick von da oben. Halbherzig bummelte ich nach Hause. Es erwartete mich nichts außer Arbeiten und mehr Arbeiten, die ich jetzt alleine erledigen mußte.

Am Abend fühlte ich mich so niedergeschlagen, daß ich bereit war, alles zu sagen oder zu tun, was Lou von mir verlangte. Aber am nächsten Tag änderte sich alles.

Es war ein typischer Sonntagnachmittag. Ich saß im Wohnzimmer und las, während mein Vater im Fernsehen Sport anschaute. Meine Mutter war auf dem Balkon und machte Yoga-Übungen. Ein Wagen schoß die Auffahrt herauf, ein schwarzer Torana, wirbelte jede Menge Staub auf und trieb die Hunde fast zum Wahnsinn. Bellend jagten sie heraus und schnappten nach den Reifen. Der Aufruhr war groß genug, die Aufmerksamkeit meines Vaters vom Rugby abzuziehen.

»Dieser Junge fährt zu schnell«, sagte er. »Das muß ich ihm gleich austreiben, bevor ich ihn in meine Fahrzeuge lasse.«

»Wer ist das?« fragte ich.

»Es ist der neue Hilfsarbeiter. Lauf runter, Billy-Boy, zeig ihm die Hütte und hilf ihm, seinen Kram zu tragen.«

Ich hatte vergessen, daß mein Vater einen Knecht gefunden hatte. Es hatte schon andere Saisonarbeiter gegeben. Lou, Babe und ich hatten immer Gründe gefunden, etwas an ihnen auszusetzen. Wir mochten sie aus Prinzip nicht. Wir gehörten zur Familie des Boss' und das verlieh uns hochmütige Überlegenheit. Mit prüfendem Blick suchten wir nach ihren Fehlern, die wir dann vor meinem Vater diskutierten.

Widerwillig schaute ich von meinem Buch auf.

»Na mach schon«, fuhr er mich an, »bevor er rumrennt und deine Mutter in einem ihrer seltsamen Momente findet.«

Ich schlüpfte gerade in meine Gummistiefel, als ich ihn durch die Glastür sah: David Cassidy. Natürlich war er das nicht, aber er sah ihm so ähnlich: das Haar, das Lächeln. Seine Haare waren genau wie die von David. Lang und dunkel. Mittelscheitel. Pony über die Augen. Es hing schimmernd um seinen Unterkiefer. Und sein Lächeln. Genau wie er. Leuchtend. Verträumt. Voller Freude. Wenn man sich eine Weile an seinem Strahlen ergötzte, glaubte man sich verwandelt. Ich schmolz in seinem Anblick. Ich konnte bloß blöd zurückgrinsen. Hätte er ein hautengen Trainingsanzug aus Satin getragen, wäre die Ähnlichkeit nicht zu leugnen gewesen. Er war lässig gekleidet: Cowboy-Stiefel, Jeans, ein nur zur Hälfte zugeknöpftes, kariertes Baumwollhemd, was den Blick auf seine Brust freigab, die so braungebrannt war wie sein Gesicht.

Vor lauter Starren und Lächeln vergaß ich, ihm die Tür aufzumachen. Jamie tat es selbst. »Hi«, sagte er. »Du bist wohl Billy. Sie sagten mir, daß ich einen jungen Helfer haben würde, damit ich nicht alles allein machen muß.« Er zwinkerte mir zu und ich war wie verzaubert. Es implizierte Intimität. Ich starrte immer noch, ich konnte einfach nicht anders.

Er streckte seine Hand nach mir aus. »Jamie«, sagte er. »Sie haben's dir sicher schon gesagt.«

Ich griff nach seiner Hand und schüttelte sie, hielt sie einen Moment zu lange, weil ich das Gefühl seiner Haut an meiner genoß. Er starrte mich erwartungsvoll an, und ich fühlte mich vor Aufregung wie benommen. Dann erinnerte ich mich: »Ich soll dir deine Hütte zeigen.«

Schade, daß Jamie nicht im Haus schlafen durfte. Mit ihm unterm selben Dach zu sein, besser noch im selben Zimmer hätte mir gefallen. Aber die Jungs, die mein Vater anheuerte, schliefen immer drüben im alten Eisenbahnhäuschen, das er günstig erstanden hatte, als die Linie nach Dunedin eingestellt wurde. Er mochte sie nicht im Haus haben, wo sie ihn abends störten.

Babe und ich durften die Hütte nicht betreten, aber manchmal schauten wir durchs Fenster hinein. Der letzte Junge bestätigte alle Ängste meiner Mutter. Wir sahen volle Aschenbecher, Kisten von Bier und Ausrisse aus dem *Playboy* an den Wänden; drei der verbotensten Genüsse auf einmal. Lou und mich faszinierte die Hütte, nicht wegen des Bewohners, ein unwirscher, blasser Rotschopf namens Dean, der die Hunde trat und mit seinem Motorrad angab.

Ich schlenderte neben Jamie her zu seinem Wagen. Er öffnete die Hintertür und reichte mir eine Gitarre. Das war die Bestätigung. »Bist du ein Sänger?«

»Ich singe nicht sehr gut, aber ich kann ganz gut spielen«, sagte Jamie, während er zwei große Koffer herauszerrte. »Und? Wo werde ich schlafen?«

Ich zeigte ihm den Weg, die Hunde trabten hinter uns her, schnupperten an seinen Fersen; er trat nicht nach ihnen. Die Hütte befand sich hinter den Hundezwingern. Dean hatte sich immer beschwert, daß ihn die Hunde mitten in der Nacht weckten, weil sie Beutelratten oder den Mond anbellten. Ich hoffte, daß Jamie tiefer schlief, sich nicht beschweren und uns gleich wieder verlassen würde. Als wir an der Hütte ankamen, öffnete ich die Tür, und Jamie trat ein. Sie war einfach eingerichtet. Das alte Ehebett meiner Eltern, eine Kommode und ein kleiner Schwarzweißfernseher in der Ecke. Für die anderen Farmboys war das immer angemessen erschienen. Diesmal jedoch schämte ich mich dafür. Als Toilette diente ein Plumpsklo in einem Blechverschlag. Die Dusche befand sich drüben in der Waschküche.

»Das Klo ist hinten raus«, murmelte ich, in der Hoffnung, er würde nicht nachschauen, es unzureichend finden und wieder abhauen.

Jamie lächelte, wie immer, und schien mit allem zufrieden. »Ich hatte noch nie eine eigene Bude«, sagte er. »Das ist echt klasse.«

»Wie alt bist du?« fragte ich ihn.

»Neunzehn«, sagte er. »Und du?«

»Ich bin zwölf.«

Jamie zog die Augenbrauen hoch. »Ich wette, du bist eine große Hilfe für deinen Dad.«

Ich konnte nicht lügen, aber ich wollte auch Jamie beeindrucken, dem die Farm wohl gut gefiel – was das einzig seltsame an ihm war. »Dir helf ich gern«, sagte ich.

Jamie grinste, und das ließ mich plötzlich anders über die Farm denken: Diese ganzen Drecksarbeiten könnten erträglich sein, wenn man nur den rechten Menschen an seiner Seite hatte. Bis dato hatte ich praktisch jeden Job gehaßt und nur gewünscht, irgendwie drum herum zu kommen. Aber wenn ich mich mit Jamie unterhalten und rumalbern konnte …

Mich beeindruckte die lässige Männlichkeit, mit der er während der Arbeit sein Hemd auszog und seine glatte, gebräunte Brust zeigte. Manchmal war der Anblick so entzückend, daß ich mich auf meine Schaufel oder einen Zaun lehnte und ihn einfach nur anstarrte. Wir tränkten die Schafe, reparierten Zäune, versetzten die Bewässerungsanlage, räumten sogar die Scheiße aus dem Rost im Schafstall, die ekligste aller Arbeiten. Diese Jobs machten mir plötzlich Spaß, ja ich freute mich sogar heimzukommen, um Jamie zu helfen. Am meisten liebte ich es, mich auf dem Motorrad an ihn zu drücken, wenn er mit mir über die Koppeln brauste. Ich nahm sogar einen der alten Hunde auf dem Gepäckträger mit, damit ich eine Entschuldigung hatte, mich noch näher an ihn heranzupressen, meine Beine gegen seine zu drücken und mein Gesicht auf seinen Rücken zu legen.

Mein Vater war erstaunt. Ich hörte ihn am Telefon zu Großvater sagen: »Aus Billy-Boy wird noch mal was. Wir werden schon noch einen Farmer aus ihm machen.«

Meine Mutter kriegte mit, daß mich Jamies Umgang motivierte und nicht die Arbeit an sich. Aber sie wollte meinen Vater nicht desillusionieren. Sie mochte Jamie auch. Er ging sehr diplomatisch vor und bestand darauf, ihre neueste vegetarische Kreation zu kosten, sozusagen als Vorspeise, bevor er sich auf die fetten Braten stürzte. Er hängte auch nicht überall Playboy Pin-ups auf, wofür sie ihm, weil sie dort putzte, dankbar war.

Jamie kam magischerweise genau im rechten Moment auf die Farm. Er füllte die Lücke, die Lou in mein Leben gerissen hatte. Zudem war ich froh, ihn nicht mit ihr teilen zu müssen. Er hatte mich vom ersten Moment an so verzaubert, daß ich zu abgelenkt war, um auch nur einen flüchtigen Gedanken an Lou zu verschwenden. Wann immer ich mit ihr zusammensein mußte, tat ich so untröstlich wie möglich. Wenn sich unsere Blicke begegneten, schnitt sie eine hämische Fratze. Sie war sich so sicher, daß ich wegen ihr litt, mich mit all den Arbeiten abrackerte, die sie für mich erledigt hatte, und ich korrigierte diesen Eindruck nicht, betete statt dessen, daß weder Babe noch meine Eltern sie aufklärten. Ich wollte Jamie ganz für mich allein.

Obwohl er sieben Jahre älter war und, was sein Aussehen anbelangte, in einer ganz anderen Liga spielte, behandelte er mich von Anfang an gleichwertig. Ein paar Tage nach seiner Ankunft lud er mich abends zu sich ein. Aufgeregt fragte ich meine Mutter, ob ich das durfte. »Wenn *er* dich eingeladen hat und nicht *du dich«,* sagte sie. »Aber wenn er dir Bier anbietet, sagst du nein. Du bist noch zu jung.«

Ich liebte diese Abende mit Jamie. Wir taten nie viel, hockten rum und quatschten, guckten in die Glotze, die nicht halb so gut war, wie die drüben im Haus. Aber die Eltern, die Autorität repräsentierten, waren weit weg. In der Hütte fühlten wir uns frei. Eines Abends, nach ein paar Flaschen Bier, guckte sich Jamie um und grinste zufrieden. »Es ist klasse, eine eigene Bude zu haben, wo mein alter Herr seine Nase nicht reinstecken kann und mir sagen, was ich zu tun habe.«

Jamie war mit seinem Vater über Kreuz, wollte aber nie erklären, warum. »Es war übel«, war alles, was er darüber sagte. »Richtig übel.«

Jamie hatte gleich danach seine Sachen gepackt und war abgehauen. »Wir waren gerade beim Schafescheren. Das hat ihn bestimmt total angepißt. Schlimmste Zeit im Jahr. Aber vielleicht macht ihm das klar, wie ich mich auf seiner Scheißfarm für nix und wieder nix abgerackert habe.«

Ich konnte mir nicht vorstellen, daß sich Jamie mit jemandem anlegte. Er war immer so freundlich und ausgeglichen. Sein Vater mußte wohl ein richtig gemeiner Hund sein, schlimmer noch als der alte Sampson. »Weiß er, daß du hier bist?« fragte ich, weil ich befürchtete, daß dieser Tyrann auftauchen und Jamie entführen könnte.

»Ich hab Mum angerufen. Sie findet, es ist das Beste für uns beide. Bißchen Auszeit. Sie hat unsere Streiterei auch nicht mehr ertragen. War froh, daß ein bißchen Frieden einkehrt. Ich hab ihr versprochen zu schreiben. Billy, erinnerst du mich daran?«

Ich nickte feierlich. Ich liebte es, wenn er mich um Gefallen bat. Sein Ausdruck war so ernst, als ob er es ohne mich nicht schaffen würde.

Er lag auf dem Bett, und ich daneben (weil es keine Stühle gab). Er zwirbelte liebevoll meine Locken. Ich schmolz unter seiner Berührung, wünschte mir, er würde nie damit aufhören.

Wenn er rauslief, um aufs Klo zu gehen oder um sich ein Bier aus dem Bach zu holen, wo er es zum Kühlen lagerte, sprang ich auf sein Bett. Ich fand es klasse, dort zu liegen. Der Geruch seines Schweißes stieg aus den Laken, und ich stellte mir vor, wie sein nackter Körper nachts hier lag. Ich suchte unter dem Kissen nach seinen Pyjamas, aber er trug wohl keine. Das erregte mich noch mehr. Ich stellte mir vor, daß ein Feuer ausbrechen oder eine Überschwemmung drohen würde, und ich sollte zur Hütte laufen und Jamie aus dem Bett holen. Ich wollte ihn unbedingt nackt sehen.

Seinen Platz auf dem Bett einzunehmen, wurde zu einer Art Spiel. Er kam zurück, erwartete schon, daß ich mich breit gemacht hatte. Dann tat er überrascht, blökte seinen Einspruch und zerrte mich auf den Boden. Ich liebte diese Rangelei. Die Möglichkeit, ihn anzufassen. Seine Haut zu spüren. Die festen Muskeln seiner Arme. Ich kämpfte immer mit vollem Einsatz, um das Spiel solange wie möglich hinauszuzögern. Mein Gewicht half mir dabei. Es hätte mir gefallen, wenn Jamie mich zum Sieger erklärt und sich neben mir eingerollt hätte. Leider kam es nie so weit, denn er war natürlich viel kräftiger.

Nur ein Mal gab er auf. Er ließ sich auf den Boden fallen und blieb da, still, für den Rest des Abends. Ich krähte meinen Sieg hinaus, bis mir klar wurde, daß er sich nicht dagegen wehrte. Die Stimmung hatte sich verändert. Etwas stimmte nicht. Später, auf dem Weg ins Haus, machte ich mir Sorgen, ob er meinen Steifen gespürt hatte und sich deshalb so verhielt.

Jamie hatte jeden Samstagnachmittag und Sonntag frei. In der ersten Woche war er zufrieden gewesen, zu Hause abzuhängen. Aber am Samstag nach diesem seltsamen Abend lief er nach dem Mittagessen in die Waschküche, um zu duschen. Ich stolperte hinterher und glotzte hinein, konnte aber aufgrund des Duschvorhangs und des vernebelten Fensters kaum etwas ausmachen. So spielte ich mit den Hunden, wartete und fragte mich, was er vorhatte. Als er auftauchte, sein Haar naß und wirr, trug er sein Lieblings-Outfit: Jeans und das Hemd, das er am Tag seiner Ankunft getragen hatte. »Fährst du weg?« fragte ich.

»Yeah. Nach Glenora. Bißchen umschauen.«

Ich wartete darauf, daß er mich mitnehmen würde, vergeblich. Er spazierte zur Garage hinunter, ließ den Wagen an, fuhr hupend die Auffahrt hinunter und winkte mir zum Abschied. Die Hunde jagten hinterher, um nach seinen Reifen zu schnappen, und ich hoffte inständigst, sie würden einen zerbeißen, damit Jamie nicht wegfahren konnte. Ich fühlte mich im Stich gelassen.

Am Ende setzte ich mich aufs Rad und fuhr doch wieder zum Kerker hinunter. Ich war seit Jamies Ankunft nicht mehr da gewesen und fragte mich, ob Roy mich schon aufgegeben hatte. Er hatte nicht.

An diesem Nachmittag stellte ich mir vor, er wäre Jamie. Es war unmöglich. Er stank unverwechselbar nach Roy. In seinem Atem hing der grauenvolle Geruch von Menthol-Zigaretten. Das Gefühl seiner feinen Gesichtsbehaarung an meinem Gesicht und Nacken. Die Blässe seiner Haut, so weiß, daß ihn im Dämmerlicht des Kerkers nicht mal die Schatten verbargen. Normalerweise fühlte ich mich danach immer schlecht, diesmal fühlte ich mich schon schlecht, bevor wir überhaupt angefangen hatten.

Jamie kam nicht vor den frühen Morgenstunden nach Hause. Ich erwartete seine Rückkehr, aus Angst, er würde nicht mehr wiederkommen. Mein Vater hörte seinen Wagen auch. »Zwei Uhr. Zwei Uhr früh«, schimpfte er am Morgen. »Was treibt der Junge bis zwei Uhr früh?«

»Vielleicht war das Pub länger offen«, schlug meine Mutter vor.

Mein Vater zog die Augenbrauen hoch. »Dieser Junge wird Ärger mit der Polizei kriegen. Glaub mir. Er zu jung fürs Pub und der alte Wachtmeister weiß nicht, wer er ist.« Mein Vater unterbrach für eine Ladung Würstchen. »Und er fährt zu schnell. Viel zu schnell. Ich muß ihn mir mal vorknöpfen.«

Jamie tauchte erst zum Mittagessen auf. Sah aus wie immer, keine Spur von Übernächtigung. Mein Vater versuchte ihm zu entlocken, was er getrieben hatte, aber Jamie umging die Fragen, indem er die neuesten Gerüchte auftischte, was die Leute drunten in der Ebene trieben. Vor lauter Neugier vergaß mein Vater darüber Jamies Ausflug.

In der folgende Woche riefen ein paar Jungs an, die Jamie in der Kneipe kennengelernt hatte, drängten ihn, am Wochenende wieder rüberzufahren. Ich lauschte diesen Unterhaltungen, wütend über seine Freunde an ihrer Einladung. Am nächsten Samstag verduftete er wieder mit seinem Wagen. Mein Vater schaute hinterher, meckerte aus seinem Stuhl, und ich echote seine Mißbilligung in der Hoffnung, er würde es Jamie verbieten. Natürlich konnte er das nicht. So hoffte ich, daß Wachtmeister Hubble Jamie im Pub auflesen und einlochen würde und ihm verbieten, da jemals wieder reinzugehen.

Vielleicht war so was in der Art sogar passiert, denn am folgenden Samstag fuhr er trotz des Schauers von Telefonanrufen nicht nach Glenora. Er setzte sich zu mir ins Gras vor die Waschküche und schlug vor, im Fluß schwimmen zu gehen. »Schwimmen? Im Frühling?«

»Klar!« grinste er. »Hol deine Badehose und sag's deiner Mutter. Und frag Babe, ob sie mitkommen will.«

Den letzten Satz überhörte ich, lief in mein Zimmer und holte meine Badehose. Meine Mutter war auf dem Balkon, die Augen geschlossen, ihre Beine hinter dem Kopf. Als ich ihr sagte, daß ich mit Jamie schwimmen gehen würde, reagierte sie nicht, was ich als Erlaubnis interpretierte. Dann rannte ich nach draußen. Jamie hockte schon im Wagen. Erst als ich bereits neben ihm saß und das Radio mir ins Ohr plärrte, wurde mir klar, daß er nun meine ganze schwabbelige Scham sehen würde. Ich war so aufgeregt, ihn praktisch nackt zu sehen, daß ich den peinlichen Zustand meines Körpers vergessen hatte. Aber es war zu spät, um einen Rückzieher zu machen. Jamie fuhr schon die Auffahrt hinunter. Nicht einmal die Tatsache, daß ich zum ersten Mal mitfahren durfte, konnte die Nervosität, die an meinen Innereien nagte, überdecken. Ich war so durcheinander, daß ich erst nach ein paar Meilen bemerkte, daß wir zur oberen Brücke fuhren. »Wo fahren wir hin?« fragte ich.

»Runter an den Kerker«, sagte Jamie. »Das ist doch die beste Stelle.«

Zum Kerker. An einem Samstagnachmittag. Ich malte mir gerade verschiedene Horrorszenarien aus, da fügte er an: »Den wollte ich mir ohnehin mal anschauen. Is' ja schließlich 'ne Sehenswürdigkeit. Ich bin jetzt schon einen Monat hier und hab ihn noch nicht gesehen.«

»Is' nichts Besonderes«, sagte ich.

Jamie zuckte mit den Schultern. »Ich will ihn trotzdem mal anschauen.«

Ich fieberte nach einer Ausrede. »Ich würde aber lieber zuerst schwimmen.«

»Okay.«

Jamie parkte neben der Straße, sprang heraus, klaubte ein paar Rugby-Shorts vom Boden auf. Ich kletterte mühsam aus dem Wagen und versteckte mich hinter der Tür. Jamie stand mit dem Rücken zu mir und schlüpfte aus seiner Jeans. Zu gern hätte ich gesehen, was darunter zum Vorschein kam, wollte es in Zeitlupe sehen und jede Sekunde davon in meine Erinnerung einprägen. Aber ich hatte panische Angst, daß er mitkriegen würde, wie ich ihn anstarrte. Ich hatte ihn schon mal genervt. Ein zweites Mal hätte das unsere Freundschaft sicherlich zerstört. Ich mußte mich mit kurzen Blicken zufriedengeben. Jamie zog sich das Unterhemd über den Kopf und schaute zu mir. Ich tat so, als fummelte ich an meinen Schnürsenkeln. »Komm schon!« sagte er ungeduldig. »Du wolltest doch schwimmen.«

Er zog seine Unterhosen herunter, und ich verlor jeden Sinn für Vorsicht. Ich starrte ihn direkt an. Sein weißer Hintern blitzte auf und dann, während er in seine Badehose stieg, erheischte ich einen Blick: Er baumelte dicker und länger als ich ihn mir vorgestellt hatte. Mein Schwanz richtete sich steif auf. Das war unangenehm. Ich konnte doch meine Unterhosen nicht ausziehen, bevor er sich wieder beruhigt hatte, was im Moment nicht danach aussah. Jamie schaute wieder zu mir. »Komm schon! Der letzte ist eine Memme.«

»Der erste ist ein Angeber«, gab ich zurück.

Er lief auf die Brücke hinaus und schaute auf den Fluß hinunter. »Schaut tief aus«, rief er mir zu.

»Ist er. Ich komme nicht auf den Boden«, rief ich, knöpfte mir widerwillig das Hemd auf und fragte mich, wie ich ins Wasser käme, ohne daß er mich sähe.

Jamie kletterte aufs Geländer, trommelte sich auf die Brust und sprang dann hinunter. Erregender Anblick. Bisher hatte sich noch keiner getraut, von der Brücke zu springen. Ob er sich verletzt hatte? Ich hätte ihn retten können, ein Held sein und mich seiner ewigen Dankbarkeit versichern. Ich war ein bißchen enttäuscht, als ich Jamie planschen sah und ihn nach mir rufen hörte. Nicht daß ich ihn verletzt sehen wollte, aber den Gedanken, daß er mir am Ufer blaß und hilflos ausgeliefert sein könnte, fand ich sehr attraktiv. Ich hätte den Inhalt seiner Shorts untersuchen können, bevor ich ihn von Mund zu Mund beatmet hätte, so wie ich es in der Schule gelernt hatte. »Komm endlich rein! Es ist verdammt kalt«, schrie er.

Ich ging zum Auto zurück, mein Steifer war abgeklungen. Ich stieg aus meinen Klamotten und zog meine Badehose an. Dann hatte ich die brillante Idee, mir das Handtuch um den Hals zu legen, damit war meine Brust verdeckt. Ich schlüpfte durch den Zaun und lief runter zum Fluß. Jamie trieb flußabwärts, so warf ich das Handtuch hin und sprang schnell hinein. Eigentlich bin ich ein totaler Feigling, wenn es darum geht, ins kalte Wasser zu springen; ich zögere und zaudere, bis mich jemand schubst. Aber damals wollte ich meinen Körper so schnell wie möglich außer Sichtweite schaffen.

Ich tauchte auf und schaukelte auf der Oberfläche, als Jamie auf mich zu schwamm. Das Wasser war so kalt, ich war versucht, gleich wieder rauszugehen, aber Jamie kam immer näher. Ich wollte nicht, daß er mich sah, wenn ich hinauskletterte. »Der letzte wird untergetaucht«, warnte er mich.

Ich kicherte nervös und machte mich davon in Richtung anderes Ufer; Jamie kam hinter mir her. Sobald er mich erreicht hatte, klammerte ich mich fest; einerseits, weil ich nicht getaucht werden wollte, andererseits weil ich seine feuchte Haut spüren wollte, so lang es nur irgend möglich war. Aber natürlich war er stärker und mein Kopf tauchte unter. Keuchend tauchte ich auf und Jamie entfernte sich lachend. Ich machte so viel Lärm wie möglich, spritzte ihn zur Vergeltung an, drohte ihm laut, in der Hoffnung, Roy würde hören, daß Leute in der Nähe waren.

Instinktiv schaute ich zur Brücke hoch und erschrak. Jemand saß auf dem Geländer und schaute auf uns herab. Ein Junge. Roy? Ich hatte zum Schwimmen meine Brille abgenommen. Die Konturen waren völlig verschwommen. Ich kniff die Augen zusammen, um die Person auszumachen. Jamie sah, was ich tat. »He. Willst du auch schwimmen?« fragte er.

»Nein«, sagte der Junge, aber es war nicht Roy. Es war noch nicht mal ein Junge. Es war Lou.

Ein Schauer durchfuhr mich. Was machte sie hier? Spionierte sie mir nach?

»Weise Entscheidung«, sagte Jamie. »Zu kalt für jemanden mit Verstand.«

Er hatte recht. Ich begann zu frieren. Wie lang sie uns wohl schon beobachtet hatte? Ihre Stille und die Art, wie sie sich ans Geländer lehnte, verkündeten Unheil.

»Du bist nicht von hier.« Lous Stimme war durchdringend.

»Nö. Werde nur im Sommer hier sein. Helfe diesem Typen, 'n bißchen Heu einzufahren.«

»Der braucht jede Hilfe, die er kriegen kann«, schnauzte Lou, drehte sich um und stampfte schweren Schrittes über die hölzernen Planken. Sie trug beschlagene Stiefel, die alten ihres Vaters und drei Paar ihrer dicksten Socken, damit sie paßten.

»Kerniger Typ«, sagte Jamie.

Ich fühlte mich unwohl. Ihr Erscheinen war kein Zufall. Aber wie hatte sie es rausgefunden? Hatte sie mich samstags vorbeiradeln sehen und beschlossen herzukommen, um herauszufinden, was ich hier trieb? Konnte gut sein. Die Leute in Mawera behielten sich gerne gegenseitig im Auge und rätselten, wohin sie gingen und woher sie kamen. Und wenn sie nun Roy begegnete? Wo war sie nur hingegangen? Aus meiner Position unmöglich zu sehen. Mein Herz begann so stark zu klopfen, ich fürchtete fast, daß das Wasser um mich herum Wellen schlagen würde. Sie war sicher nicht zum Kerker gegangen, oder?

Während ich noch darüber nachdachte, tauchte mich Jamie wieder unter. Ich war überhaupt nicht drauf eingestellt. Meine Gedanken über Lou hatten mich so absorbiert, daß ich ihn einen Moment lang vergessen hatte. Ich schrie, als mich seine Hände ergriffen. Mund und Nase füllten sich mit Wasser. Ich rang um Luft und spuckte. Jamie schien das zu genießen. »Diesmal hab ich dich ordentlich erwischt, was?« lachte er.

Er trieb in sicherer Distanz auf dem Rücken, nur für den Fall, daß ich mich rächen wollte. Aber das war nicht meine Absicht. Jamies Spiele waren mir ein bißchen zu rauh. Mir wäre es lieber gewesen, wenn wir uns die Badehosen runtergezogen hätten. »Ich geh raus«, sagte ich. »Mir ist kalt.«

»Yep! In dem Wasser friert man sich ja die Eier ab«, merkte Jamie an.

Ich hätte gerne angeboten, sie ihm zu wärmen. Statt dessen paddelte ich ans Ufer, kletterte hinaus und wickelte mich schnell in mein Handtuch. Jamie spritzte weiter herum. Ich marschierte zum Wagen zurück und nahm meine Brille vom Armaturenbrett, setzte sie hastig auf und suchte Lou. Nirgendwo zu sehen. Ich überlegte, ob ich mich schnell anziehen sollte und zum Kerker laufen, um Roy zu warnen, aber es erschien mir sinnlos. Sie war sicher schon dort. Mein plötzliches Erscheinen würde nur auffallen.

Ich mußte auch an Jamie denken. Ich wollte sehen, wie er sich anzog – was mich wiederum daran erinnerte, daß ich nicht wollte, daß er den Zustand meines Körpers sah. Daher trocknete ich mich schnell ab, zog mich an und drapierte mich auf der Motorhaube; Roy tat mir leid, aber dieses Bild von mir auf der Motorhaube gefiel mir.

Ein paar Minuten später rannte Jamie vom Fluß herauf, geschmeidig und tropfnaß. Ihm entging wohl meine Ähnlichkeit mit den Bräuten in Autoanzeigen, denn er beugte sich kommentarlos in den Wagen nach seinem Handtuch und trocknete sich ab. Ich wünschte mir, daß er seine Badehosen auszog, aber er tat es nicht.

»Zeigst du mir jetzt den Kerker, wo sie die Wilden eingebuchtet haben?«

Ich hatte gehofft, er würde es einfach vergessen. »Sieht ja nicht mal wie 'n Kerker aus!« sagte ich. Jamie hielt mitten im Haare trocknen inne und starrte mich an. »Aber ich zeig ihn dir, wenn du ihn unbedingt sehen willst«, fügte ich schnell hinzu.

Er streifte sich das T-Shirt über und behielt seine Badehose an. »Okay«, sagte er, »dann mal los.«

Während des Gehens plauderte er vor sich hin, und ich nickte nur ab und zu. Ich hörte nicht mal richtig hin. Mein Kopf war zu sehr damit beschäftigt, sich »Was wäre wenn...«-Szenarien auszumalen. Roy zog sich aus, wenn er mich kommen sah. Wenn er nun Lou mit mir verwechselte? Wenn sie ihn nackt antraf und ausquetschte? Und wenn sie das dann Jamie erzählte? Je mehr ich drüber nachdachte, desto übler wurde mir. »Da ist er«, sagte ich, sobald wir ihn durch die Weiden sehen konnten. »Nichts Besonderes.«

»Sind da nicht alte Ketten drin oder so was?« fragte Jamie und ging weiter; ich blieb stehen. Jamie drehte sich um. »Kommst du nicht mit?«

»Ich war schon hundertmal drin«, antwortete ich.

Ich hatte etwas gesehen, was Jamie entgangen war. Jemand lehnte an der Wand. Aus dieser Entfernung konnte ich nicht sehen, wer. Ich bemühte mich, verfluchte meine verdammte Brille. Ich schloß ein Auge und starrte auf diese Person. Dann erkannte ich das Hemd. Es war Lou. Ich rannte los. Ich wollte nicht, daß sie sich mit Jamie unterhielt. Ich traute ihr nicht. Ein paar Schritte vor dem Kerker hatte ich Jamie eingeholt. Er blinzelte mich an. »Anders überlegt?« sagte er, bevor er sich Lou zuwandte. »Nochmal hi.«

Zu meiner Überraschung mußte ich feststellen, daß Lou ganz profimäßig eine Zigarette rauchte. »He, du bist zu jung, um zu rauchen. Du wirst nicht mehr wachsen.«

»Na super«, sagte sie. »Wenn ich den Scheiß glauben würde, würde ich sie mir päckchenweise reinziehen.«

Ihr Verhalten schockierte mich. Sie hatte noch nie vor einem Erwachsenen geflucht, anderseits, Jamie war noch nicht ganz erwachsen. Er grinste, weil ihn ihre Art amüsierte.

»Möchtest du eine?« Lou zog eine Schachtel heraus und schnippte sie auf.

Jamie nickte. »Danke.« Er griff danach. Dann hielt er inne und zog seine Hand zurück. »Oh. Menthol. Nein danke. Ich kann Menthol nicht ausstehen.«

Lous Gesicht fiel ein bißchen zusammen. Sie las die Schachtel und warf sie dann weg. »Ich bin auch nicht so scharf drauf. Ich hab sie im Kerker gefunden. Sieht so aus, als würde jemand zum Qualmen herkommen.« Sie warf mir einen herablassenden Blick zu. Auch diesen Ausdruck hatte sie von ihrer Mutter.

Ich konnte mir nicht verkneifen, hämisch zurückzugrinsen. Ich war so erleichtert, daß sie die Situation falsch eingeschätzt hatte. Aber ich bereute es schnell. Lous Gesicht erstarrte. Dann verschwand der Ausdruck und sie wendete sich wieder Jamie zu, lächelnd. »Übrigens. Ich bin Lou, sein Cousin.«

»Ach, genau. Der Sohn von Arthur.«

Lou grinste und schaute mich an. »Ich bin eigentlich ein Mädchen«, sagte Lou schnell und schwang ihren Pferdeschwanz. »Aber ich bin ein besserer Farmer als alle Jungs in der Gegend.«

»Mit Sicherheit«, sagte Jamie. »Ich hätte dir den Jungen sofort abgekauft.«

Lou grinste zufrieden. Sie war unerträglich hochnäsig. »Laß uns den Kerker anschauen, Jamie«, sagte ich, schritt zur Tür und öffnete sie.

»Ach ja, der Kerker«, sagte Jamie und folgte mir.

Ich schob ihn hinein, und zog die Tür wieder halb hinter mir zu, für den Fall, daß Lou mitkommen wollte. Ich zeigte ihm die Ketten, mehr gab es ohnehin nicht sehen, und Jamie kniete sich hin, um sie zu inspizieren. »Sie fühlen sich warm an«, sagte er. »Man würde erwarten, daß sie kalt sind, aber das stimmt nicht. Fühl mal. Ist das nicht komisch?«

Ich wollte sie nicht anfassen, vermutlich waren sie noch von Roys nackter Haut warm. Aber er hielt sie mir hin, zog eine Augenbraue hoch, während er das Phänomen zu erklären suchte.

»Vielleicht gibt es hier Gespenster«, sagte ich.

»Ach, deshalb wolltest du nicht herkommen. Gibt's hier Geister?«

»So was in der Art. Mir gruselt es jedenfalls.« Mir lief es tatsächlich kalt den Rücken herunter. Die Samstagnachmittage schallten mir entgegen. »Laß uns gehen.«

Ich wollte nicht, daß Jamie zu genau guckte. Gab es außer Roys Zigaretten noch andere Indizien, die uns hätten verraten können? Ich sah meine Spermaflecken an der Wand. Gott sei Dank sahen sie wie Vogelscheiße aus.

Jamie ließ die Kette endlich fallen. »Eigenartig«, sagte er nachdenklich, bevor er sich erhob und rausging.

Erleichtert folgte ich ihm, schloß die Tür und schob den Riegel vor. Ich hatte gehofft, daß sich Lou verpißt hatte, aber natürlich hatte sie das nicht. Sie saß immer noch auf dem gleichen Platz. »Sollen wir dich mitnehmen?« bot Jamie an.

»Okay«, sagte Lou und versuchte, unbeteiligt zu klingen, aber der Glanz in ihren Augen verriet ihre Freude.

»Bist du mit dem Rad runtergekommen?« fragte ich sie.

»Nein«, sagte sie schnell und sehr aggressiv.

Wir gingen zur Brücke zurück, und Lou, die Angeberin, redete auf dem ganzen Weg nur von der Geburtenrate von Schafen und den Preisen für Wolle, sogar über das Wetter, was ja das klassische Gespräch unter Farmern war. Jamie schien die Unterhaltung zu gefallen; das diskreditierte ihn. Ich schwieg.

Im Auto setzte sie das fort. Sie sprach nonstop, nur jetzt über Autos und welches sie sich zuerst kaufen würde. Plötzlich latschte Jamie auf die Bremsen. Lou und ich knallten nach vorn. »Sorry«, murmelte er. »Da geht jemand auf der Straße. Hat mich total erschreckt.«

Es war Roy. Er trottete nach Hause. Je näher wir kamen, desto mehr fiel mir auf, was für eine seltsame Figur er abgab. So groß und schlaksig, und mit eingerollten Schultern, als ob er kleiner sein wollte, als er war. Er trug alte graue Schulshorts, die seine Beine noch länger und dürrer erscheinen ließen, ja, noch haariger; er sollte besser keine Shorts tragen.

Jamie fuhr langsamer und wendete sich an mich. »Wer ist das? Sollen wir ihn mitnehmen?«

Ich drückte mich tief in meinen Sitz und spürte Lous Atem auf meinem Nacken; sie hatte sich nach vorn gelehnt. Roy blieb stehen und drehte sich halb um, blinzelte uns an, sein Kopf seltsam verrenkt. Unsere Blicke trafen sich. Diese Leere reizte Arch so sehr, daß er Roy unaufhörlich schikanierte, in der Hoffnung, Auflehnung zu provozieren. Er stand da und wartete. Der Wagen näherte sich ihm langsam.

Jamie hatte sich fragend an Lou gewandt.

»Ich will nicht neben diesem Freak sitzen«, antwortete sie bestimmt, ihre Stimme war durchdringend, genau wie die ihrer Mutter. Falls Roy das gehört hatte, ließ er es sich nicht ansehen. Dann nahm Lous Stimme eine andere Färbung an, klang fast ironisch. »Aber vielleicht möchte sich Billy mit ihm nach hinten setzen, dann komme ich nach vorn, Jamie. Ich kann auch fahren, wenn du das willst.«

Jamie lachte entzückt. Das Auto kam zum Stillstand. »Und, Billy? Sollen wir deine Cousine fahren lassen?«

Ich konnte nicht antworten. Ich haßte Lou für ihre bloße Anwesenheit. Wie sie sich bei Jamie einschleimte. Sie tat so jungenhaft, sagte all die Dinge, die mir nicht einfielen. Ich hatte Jamie noch nie so lachen hören, wie jetzt. Einen grauenhaften Moment lang glaubte ich, ich müßte weinen. Es war so frustrierend. Lou hatte kein Recht, sich so zwischen uns zu schieben.

Ich schaute in meinen Schoß, kämpfte mit meinen Gefühlen. Als ich aufschaute, bemerkte ich zu meinem Schrecken, daß Roy auf den Wagen zuging. Er dachte wohl, daß wir angehalten hatten, um ihn mitzunehmen. Dieser leere Gesichtsausdruck war weg, sein Lächeln ließ ihn noch dümmer aussehen. »Nein«, schrie es aus mir heraus.

Jamie schaute verwirrt drein. »Aber er will mitfahren.«

»Fahr schon!« zischte Lou von hinten. »Wir wollen ihn nicht hier drin haben.«

Jamie trat auf das Gaspedal, die Reifen drehten durch, wirbelten Staub und Kiesel auf. Einen Moment lang kam ich mir vor wie in Trance; die Welt verfiel in Zeitlupe. Roy blitzte vor meinem Fenster auf, seine Hand legte sich auf das Dach, er grinste wie ein Idiot. Ich schloß meine Augen. Es war mir unerträglich, ihn anzuschauen. Der Wagen peitschte davon und ich hörte den Schlag seiner Hand gegen das Metall, während er im Staub zurückblieb.

Lou juchzte. »Ja, laß den Freak Staub fressen.« Als Beifallsbezeigung trommelte sie auf den Fahrersitz und lobte Jamies Fahrstil, fragte ihn, wie er das gemacht hatte und forderte ihn auf, es ihr zu zeigen. Ich schwieg. Ich wünschte, Lou würde die Klappe halten, wünschte mir, wir hätten sie zusammen mit Roy zurückgelassen. Jetzt hatte Lous Stimme einen drohenden Ton angenommen. »Ich hoffe, der Freak hat dir keine Delle ins Auto gemacht. Sonst setzt's Prügel.«

»Bitte?« fragte ich erstaunt.

»Er hat auf den Wagen eingeschlagen«, sagte sie. »Das mußt du doch gehört haben. Gerade als wir anfuhren. Du hättest seinen Blick sehen sollen. So ein Idiot. Hat sogar mir einen Moment lang Angst gemacht.«

Und wieder schnatterten die beiden drauflos. Jamie sagte, er könne sich nicht vorstellen, daß Lou irgend etwas Angst machte, und Lou stimmte bescheiden zu. Am liebsten hätte ich sie herausgefordert, etwas erwidert, aber ich traute mich nicht. Es war gefährlich, sie zu provozieren. Ich murmelte es daher nur. Roy konnte niemals böse werden. Lou hätte alles behauptet, nur um Jamie zu beeindrucken, sogar Lügen, wenn sie sich damit produzieren konnte.

Wir näherten uns schon Lous Zuhause, da plapperte sie immer noch. Es blieb mir nichts übrig: »Langsamer, Jamie. Lou muß hier raus.«

Jamie nahm den Fuß vom Gas. Ohne hinzuschauen wußte ich, daß Lou wütend wurde. Ich erwartete fast, daß sie Gründe suchen würde, warum sie mit zu uns kommen sollte, aber das tat sie nicht. Sie sprang aus dem Wagen, bedankte sich bei Jamie und ignorierte mich total. »Bis bald«, sagte sie, lehnte sich zu Jamie hinab und lächelte. Sie lächelte nie und sagte auch nie Danke. Ich sah im

Rückspiegel, wie sie zum Haus hinaufschlenderte, und fühlte mich beklommen.

Endlich war ich wieder allein mit Jamie. Aber mir fiel nichts ein, was ich hätte sagen können, jedenfalls nichts, das so erwachsen und selbstsicher geklungen hätte wie das, was Lou von sich gegeben hatte. Wir fuhren schweigend. Ich warf Jamie einen Blick zu. Das weiße Unterhemd unterstrich seinen Teint, sein nasses Haar ringelte sich zu Locken; er hatte nie besser ausgesehen.

Bis zu unserem Haus waren es nur zwei Meilen. Hätten wir doch weiter weg gewohnt, dann hätten wir jetzt fahren können und fahren und fahren.

11

Ich mochte Belinda Pepper nicht. Ich hatte viele Geschichten über sie gehört und wie alle anderen deren Wahrheitsgehalt nie angezweifelt. Ich versuchte Jamie vor ihr zu warnen, aber er verbot mir, je wieder ein Wort über sie zu verlieren. Er sagte, er wüßte alles. Kein Wunder. In Serpentine wußten alle über sie Bescheid.

Ihren schlechten Ruf erwarb sie früh. Mit sechzehn wurde sie des Internats verwiesen. Es fing harmlos an. Sie ging mit Halsschmerzen zum Schularzt und dachte, man würde sie ins Bett stecken. Aber der Arzt machte einen Abstrich und empfahl ihr, vorerst einen Schal zu tragen. Ein paar Tage später wurde sie von Schwester Josephine ins Büro der Oberin gerufen. Die konnte nicht an sich halten und gab Belinda gleich eine Ohrfeige, nannte sie eine Sünderin, die Scham über sich und die ganze Schule gebracht hatte. Keine der Nonnen brachte es über sich, Belindas Verbrechen auszusprechen. Statt dessen schob ihr die Oberin den Befund über den Tisch. Sie hatte sich Tripper im Rachen eingefangen.

Belinda wurde über Nacht auf der Isolierstation eingesperrt. »Du bist krank« hatte Schwester Josephine sie angezischt. »In deinem Körper und in deiner Seele.«

Schwester Josephine behielt sie in Quarantäne, bis ihre Eltern sie holen kamen. Das war Belinda nur recht, denn dort gab es ein Telefon für die Ärzte. Belinda verabredete sich mit dem Jungen, der sie angesteckt hatte. Zum ersten und letzten Mal genossen die beiden den Luxus eines richtigen Betts mit Laken (zuvor hatten sie es auf feuchten Blättern im Wald treiben müssen).

Den Nonnen kam es nicht in den Sinn, Belinda irgendeine Art von Behandlung anzubieten. Ihre Mutter sollte sie zum Arzt nach Glenora bringen. Natürlich kriegte jeder mit, daß Belinda rausgeschmissen wurde, der Arzttermin bestätigte nur, was ohnehin ein jeder vermutete: Belinda Pepper mußte schwanger sein.

»Sie ist nicht schwanger«, protestierte die Arzthelferin Tracey Ingham freitagabends im Pub, nachdem sie schon einige Bacardi-Cola intus hatte. Sie glaubte, es wäre ihre Pflicht, diesen Gerüchten ebenso Einhalt zu gebieten wie der Arzt den Krankheiten. »Sie hat Tripper im Hals.«

Alle Augen richteten sich auf Tracey. »Ooops«, kicherte sie in ihren Drink hinein, als sie den Fauxpas realisierte, aber zu spät. Am Montag wußte jeder Bescheid. Auch der Arzt. Tracey wurde gefeuert. Ein paar Tage später rief Belinda Pepper in der Praxis an, ob die Stelle noch frei wäre.

Belinda hatte ihren Eltern mitgeteilt, daß sie nicht mehr zur Schule gehen würde. Das einzige Fach, das sie einigermaßen regelmäßig besucht hatte, war Bio. Sie zog es vor, mit ihren Klamotten und ihrem Make-up zu experimentieren, um herauszufinden, welche Kneipe ihr die einundzwanzig abnehmen und nachmittags um drei Drinks ausschenken würde. Die meisten taten es, worauf sie sehr stolz war. Belinda hatte die Statur und Selbstsicherheit, um als älter durchzugehen.

Obwohl vorgeschrieben war, daß der Rock nicht kürzer als sieben Zentimeter über dem Knie getragen werden durfte, hatte sie schon in ihrer Schuluniform unglaublich provokativ ausgesehen. Sieben Zentimeter war genug, um den Neugierigen Schweiß auf die Stirn zu treiben.

Belinda war ein Profi, wenn es um Haare und Make-up ging; sie wollte Modell werden. Aber anders als bei den meisten Mädchen ihres Alters war es nicht nur abgehobenes Wunschdenken, sondern ein ernstzunehmender Zukunftsplan. Schon als sie mit dreizehn aufs Internat kam, ließ sie sich von Dunedins einziger Modellagentur unter Vertrag nehmen.

Belinda setzte alles ein, was sie dort lernte. Sie färbte ihr langes dunkles Haar pechschwarz. Sie ließ sich ein Gymnastikprogramm zusammenstellen, das ihre Kurven betonte. Aus Angst vor Pickeln hielt sie eine strenge Diät ein – nicht das auch nur einer jemals ihr Gesicht entstellt hätte; aufgrund ihrer sexuellen Experimente neigte sie eher dazu, »weiter unten« welche zu bekommen.

Ihr Gang stellte die größte Herausforderung für sie dar. Sie ginge wie eine Bäuerin, kreischte Yvonne von der Agentur, als sie zum ersten Mal in den Unterricht kam. Drei Jahre brauchte Belinda, um den sicheren, eleganten Schwung zu perfektionieren, den Yvonne von ihren Schülerinnen forderte. Ihre Herkunft war danach praktisch komplett ausgetrieben. Die lebte nur noch auf, wenn sie zu viele Gläser *Chardon* trank.

Mit sechzehn hatte sie bereits eine Reihe von älteren Liebhabern gehabt. Sie nannte sie »Lektionen«. Die Mädchen in ihrem Schlafsaal waren neugierig und so erzählte Belinda ihnen, sobald das Licht abgeschaltet wurde, ihre Geschichten.

Belinda war ungeduldig und impulsiv. Sie wollte einundzwanzig sein und keine fünf Jahre darauf warten. Als ihre Mutter sie von der Schule abholte, wollte sie sofort zum Flughafen gebracht werden. »Ich will nach Auckland, um ein Profi-Modell zu werden«, sagte sie mit verträumter Stimme.

»Nichts da. Du kommst mit auf die Farm, wo ich dich unter Kontrolle habe«, erwiderte ihre Mutter scharf.

Belinda war beleidigt und tat so, als hätte ihr die Halsinfektion die Stimme geraubt. Ihre Mutter hielt Belindas Kopf unter den Wasserhahn und schrubbte ihr den Mund mit der Bürste aus, mit der sie sonst ihre dritten Zähne pflegte. Belinda kreischte.

Marcia Pepper fühlte sich beschämt. Sie konnte ihrer einzigen Tochter so ziemlich alles verzeihen, außer Gesetzeswidriges, was zudem jeder erfuhr. Marcia wagte es für den Rest der Saison nicht, zum Bowling zu gehen und den anderen gegenüberzutreten. Sie wußte, daß jeder im Club darüber sprach und es würde noch Monate so bleiben. Marcia betete, daß ein anderes Mädchen einen Skandal heraufbeschwören würde und damit die ganze Aufmerksamkeit auf sich ziehen.

Alf Pepper kreidete das Ereignis dem Stadtleben an. Er hatte ihm immer mißtraut und war fast froh, bestätigt zu werden, auch wenn es den Ruf seiner Tochter kostete. »Du gehörst auf die Farm, Töchterchen«, sagte er und spannte sie ordentlich ein.

Belinda hatte keine Wahl. Es gab wenig Jobs in Glenora. »Du hast das nicht gelernt, Schätzchen«, sagte die Frau des Arztes freundlich, als sich Belinda um die Stelle bemühte.

»Aber ich hab ’nen ziemlichen Ruf«, erwiderte Belinda, wendete perfekt auf ihren Stilettos und schritt über das Linoleum des Wartezimmers aus der Tür. Sie fühlte sich gefangen und hatte das

Bedürfnis, etwas Schockierendes zu tun. Daher ging sie direkt zum Frisör, wo sie sich das lange Haar zu einem Pagenschnitt kürzen ließ. So was hatte man hier noch nie gesehen. Es war der letzte Schrei. Er betonte ihren Charme – den frechen, schelmischen Zug in ihrem Gesicht und die Augen, die anderen höhnten, und den Mund, der sich immerzu zu einem schiefen, amüsierten Lächeln verzog. Belinda belächelte die Torheiten und Mißgeschicke der anderen. Ihre Erscheinung und die überraschenden Konsequenzen, die sie heraufbeschwor, schienen sie in einen Zustand der ständige Verzückung zu versetzen.

Zur Überraschung aller fand sie sich damit zurecht, ihrem Vater zu helfen. Kaum jemand wußte, daß sie ihn dazu überredet hatte, ihr ein außergewöhnliches Gehalt zu zahlen, womit sie sich nach Auckland aufmachen wollte – wenn sie es nur geschafft hätte, ein wenig davon zu sparen. Rodney half. Er war der Sohn der Nachbarn. Seit sie zwölf waren, trafen sie sich im Heustadel, der zwischen ihren Grundstücken stand. Wenn Belinda in den Ferien nach Hause kam, blühte diese Liebelei wieder auf. Seit sie wieder zu Hause lebte, wurde das zu einem täglichen Ritual. Belinda war ziemlich scharf auf ihn. Sie hatten zusammen ihre Jungfräulichkeit verloren, sie auf ihm, Befehle bellend, wie es zu geschehen hatte. Rodney war jetzt zwanzig, mit der Zahnarzttochter verlobt und hatte eine Schwäche dafür, es auf Heuhaufen zu treiben. Aber seine Verlobte litt unter Höhenangst.

Diese Arrangement zwischen Rodney und Belinda verlief gut, bis sie mit ihrem Aufbäumen und Quietschen eine Ente störten, die zwischen den Heuballen ein Nest gebaut hatte. Sie flatterte alarmiert aus ihrem Versteck auf und erschreckte Rodney derartig, daß er rückwärts vom Heuhaufen fiel und ungeschickt landete. Belinda war schlau genug, ihn nicht anzufassen, sondern lief ins Haus und rief den Krankenwagen. Dadurch bewahrte sie ihn zwar davor ein Krüppel zu werden, aber nicht sich selbst vor mehr Schande. Vorsichtig hoben sie Rodney auf die Trage – mit heruntergelassenen Hosen. Niemand fragte, wie das passiert war.

Rodney mußte sechs Monate in einem Rollstuhl zubringen. Die Tochter des Zahnarztes brach die Verlobung, sobald der Skandal einschlug, denn sie ging davon aus, daß er nun Belinda heiraten würde. Als offensichtlich wurde, daß Belinda nicht die geringste Absicht dazu hatte, ja Rodney nicht mal besuchte, um ihm ein bißchen Ingwerkuchen zu bringen (sein Lieblingskuchen), backte sie selbst einen und stählte sich für einen Besuch. Sie legte ihm die Dose mit den Plätzchen in den Schoß (ein bißchen fester als notwendig), brach dann aber vor ihm zusammen und heulte seine lahmen Beine voll. Er knabberte am Kuchen und krümelte ihr Haar voll.

Erneut verlobt kam sie von diesem Besuch zurück, außerdem mit einer bösartigen Rache für Belinda Pepper. Bald wußten die Frauen des Bowling Clubs alle intimen Details des Vorfalls. Und man fragte sich, ob Marcia Pepper wohl die richtige für den Job des Vizepräsidenten des Clubs war. Marcia machte Belinda Vorwürfe und behauptete unter Tränen, daß sie nie wieder Bowling werde spielen können.

Am Höhepunkt des Skandals bot man Belinda einen Job an. Julie, die Managerin einer Damenboutique in Glenora, hatte bemerkt, daß fast die Hälfte aller Mädchen nun ihr Haar wie Belinda trug. Der Frisör hatte noch nie so viel zu tun. Julie wollte einen Nutzen daraus ziehen. Sie ahnte, daß aufgrund ihrer Haltung und Figur jeder x-beliebige Fummel wie etwas Besonderes an Belinda aussehen würde. Und das war das einzige Talent, was sie zum Verkaufen brauchen würde.

Belinda zog von der Farm in eine eigene Wohnung. Innerhalb einer Woche fühlte sich Julie bestätigt. Alle Mädchen aus der Serpentine Area School drängten sich in ihren Laden und wollten Jeans oder Ohrringe »wie die von Belinda«. Belinda war berüchtigt, ihr Image wirkte sehr anziehend auf die Kleinstadtmädchen. Sie wollten ihrem Stil nacheifern. Sie wollten so aussehen wie sie. Aber mit ihr zu tun haben wollten sie nichts. Auf der Straße machten sie einen großen Bogen um sie. Sie redeten lieber *über* sie anstatt *mit* ihr.

Die Jungs teilten diese Skrupel nicht. Andauernd stolperten sie in den Laden, »um ein Geschenk zu suchen«. Julie erkannte das Potential dieser Situation und deckte sich mit Herren-Unterwäsche ein, die Belinda den jungen Käufern mühelos andrehte. Alle wollten Belinda. Der Tratsch machte sie nur noch attraktiver. In einer Stadt, in der man auf Respekt und Tugend setzte, brach Belinda alle Regeln. In einer Großstadt wäre sie nur ein abenteuerlustiges, eigensinniges Mädchen gewesen. In Glenora war sie exotisch.

Zu meinem Verdruß begann sich Jamie für sie zu interessieren. Ich sagte ihm, daß sie »ein Flittchen« wäre, eine Bezeichnung, die ich von Tante Evelyn aufgeschnappt hatte. Jamie mußte es auch erst im Wörterbuch nachschlagen. Er kam lachend zurück. »Ja«, sagte er, »sie ist ‚ein Flittchen', aber das macht sie so unwiderstehlich.«

Ich wollte nicht zugeben, daß ich eifersüchtig auf sie war. Ich fand nur, daß sie ihn nicht verdient hatte. Er war so hübsch, so fröhlich, ein guter Kumpel. Er verdiente Besseres. Obwohl sie ohne Zweifel die Attraktivste in Serpentine war, fanden alle, daß sie zur Freundin nicht taugte. Sie spielte in ihrer eigenen Liga; einer Liga, über die man schmunzelte, wenn man über einem Bier hing.

Sobald offensichtlich wurde, daß Jamie mit Belinda ging und sie nicht nur »für das einzige, wozu sie gut war« nutzte, wurde es zum Klatsch der Gegend. Diana Drake, Kapitän des Hockey Teams und Darling der Gemeinde, war untröstlich. Seit Jamie in die Milchbar spaziert war und ein Wurstbrötchen bei ihr bestellt hatte, hatte sie ein Auge auf ihn geworfen. Sie konnte nicht fassen, daß sie ihn an Belinda verloren hatte.

Sogar meine Eltern machten sich Sorgen. Oder jedenfalls mein Vater. In der Nacht zuvor wurde er nämlich nicht von Jamies Wagen geweckt, was ihn am Sonntagmorgen (aus Angst, seine Aufmerksamkeit würde nachlassen) hinauslaufen und in der Garage nachsehen ließ. Aber der Wagen stand da tatsächlich nicht, Jamie war also nicht nach Hause gekommen. Mein Vater kam herein und setzte sich schwerfällig an den Tisch. »Der Junge hat nur Flausen im Kopf.«

»Ist er nicht heimgekommen?« fragte meine Mutter. »Ich hoffe, er hatte keinen Unfall.«

Mein Vater brummte.

»Andauernd beschwerst du dich drüber, daß er betrunken Auto fährt«, setzte sie fort. »Jetzt ist er mal vernünftig und bleibt unten in den Plains, und du regst dich auf.«

»Ja. Aber wo hat er denn übernachtet? Das ist doch die Frage. Sein Auto steht vor *ihrer* Wohnung, die, so weit ich weiß, an der Hauptstraße liegt. Dort war er, und sein Auto davor, klar wie der lichte Tag, und jeder kann es sehen.«

»Die Leute sollten sonntags in die Kirche fahren, anstatt quer durch die Stadt an Belindas Wohnung vorbei. Oder?«

Jamie machte mit mir keine Ausflüge mehr zum Fluß. Sobald er Samstag früh mit der Arbeit fertig war, verschlang er sein Mittagessen, sprang unter die Dusche, dann in sein Auto und fuhr zu Belinda. Normalerweise kam er erst spät am Sonntag wieder. Die Wochenenden waren einsam ohne ihn und nichts konnte mich von der Tatsache ablenken, daß ich ihn verloren hatte.

Manchmal dachte ich daran, zum Kerker runterzuradeln. Einmal war ich sogar schon auf dem Weg, da kehrte ich um und fuhr wieder nach Hause. Es kam mir vor wie ein Betrug an Jamie. Ich hegte die Überzeugung, daß ich ihn zurückgewinnen könnte, wenn ich nur fest genug daran glaubte. Mit Roy rumzusauen würde es verderben. Ich wäre Jamie nicht wert. Nach meiner Theorie mußte ich nur heilig und tugendhaft genug sein – Attribute, die Belinda fehlten. Außerdem brauchte ich Geduld. Irgendwann würde Jamie erkennen, daß ich besser war als Belinda, ich war mir sicher. In Büchern und im Fernsehen ging es immer so aus.

Wenn Jamie dann montags glücklich erzählte, was für ein tolles Wochenende er gehabt hatte, litt ich fürchterlich. Ich wollte mir am liebsten die Ohren zustopfen. Ich versuchte mich dem zu entziehen, es zu ignorieren. Ich wollte, daß er sich um mich sorgte und mich fragte, was mit mir nicht stimmte. Ich wollte, daß er unsere Freundschaft vermißte, daß er mich vermißte. Aber es war mir unmöglich, lange kühl zu bleiben. Seine Stimmung war so fidel, das Zusammensein so mitreißend, daß er mich immer aus meinen Versuchen locken konnte, mich von ihm zu isolieren. Ich konnte ihm einfach nicht widerstehen.

Einsam und verwirrt erledigte ich am Wochenende die Jobs der letzten Woche noch mal, um Jamie nahe zu sein. Ich verwandelte gerade einen Graben in einen Kanal, als Lou plötzlich auf mich zukam; ich war so erleichtert. Sie sagte nicht Hi, sondern marschierte so offiziell zu mir her, daß ich befürchtete, sie würde mir eine reinhauen. Statt dessen entschuldigte sie sich. Ich war erstaunt. Dann wurde ich mißtrauisch. Das paßte nicht zu ihr. Etwas steckte dahinter. Es dauerte nicht lange, bevor sie sich offenbarte; sie wartete nicht mal, bis ich mich entschuldigte. Sobald sie schnell und kurz ihren Satz heruntergeleiert hatte, wollte sie mit mir Jamies Hütte durchsuchen. Ich schüttelte den Kopf. »Wir dürfen da nicht hin. Das weißt du.«

Es war weniger das Verbot meiner Mutter, was mich zurückhielt, als der Wunsch, Jamie für mich zu behalten. Aber Lou war nicht davon abzubringen. »Du mußt nicht, wenn du nicht willst. Dann geh ich eben allein«, sagte sie und marschierte schon zielstrebig los.

Aber ich konnte sie nicht allein in der Hütte rumschnüffeln lassen. »Wir sollten nur durchs Fenster schauen«, sagte ich und lief ihr hinterher.

»Okay«, sagte Lou, aber ihr Blick verriet, daß sie nicht wirklich zugehört hatte.

»Ich war sowieso schon oft drin«, gab ich an. »Jamie lädt mich immer ein. Abends.«

Lou war beeindruckt. Die Wahrheit war, seit er Belinda kannte, hatte er mich nicht mehr eingeladen.

»Und was macht ihr da?« fragte Lou.

»Ach, fernsehen. Er trinkt Bier und raucht und ich krieg einen Schluck ab und darf mal ziehen.«

Das stimmte auch nicht wirklich.

»Hat er keine *Playboy's?«*

»Ich habe keine gesehen.«

»Vermutlich braucht er sie nicht; er geht ja mit Belinda Pepper.«

Ich antwortete nicht. Ich mochte gar nicht drüber nachdenken, was Lou damit implizieren wollte. Wir kamen an die Hütte und

Lou stierte durchs Fenster. »Er hat 'ne Gitarre«, bemerkte sie anerkennend. »Und Cowboy-Stiefel. Was ist das?«

»Wo?«

»Das Foto am Spiegel. Wer ist das?«

Bei meiner letzten Einladung war es noch nicht dagewesen.

»Ich schau mir das an«, sagte Lou.

»Lou!« protestierte ich.

»Hör mal. Ich glaube, die tragen keine Klamotten auf dem Foto. Ich sehe nur Haut.«

Ich blinzelte. Vielleicht hatte sie recht. Lou riß die Tür auf und ich versuchte mich vorzudrängeln. Aber sie stellte mir ein Bein und stieg dann kühl über mich drüber. Ich stand auf, drängte sie zur Seite, damit ich es auch sehen konnte. Sie war zu fasziniert, um sich zu wehren.

Jamie und Belinda. Sie waren nicht nackt. Sie trugen Badehosen. Er dieselben schwarzen Rugby-Shorts, die er getragen hatte, als er mit mir schwimmen gewesen war. Belinda einen schokofarbenen Bikini mit gelben Punkten darauf. Es mußte irgendwo am Red River, in einer der Buchten in der Nähe von Glenora aufgenommen worden sein. Man konnte den Fluß erkennen und eine Weide im Hintergrund. Sie saßen auf seinem Torana. Jamie hatte seinen Arm um Belinda gelegt und sie drückte sich an ihn, ihre Hand lag auf seiner Brust, in einer Geste des Besitzes. Sie schaute ihm ins Gesicht und lachte aufmüpfig; Jamie starrte selbstsicher in die Linse.

Jede Menge Gefühle überfluteten mich und drohten auszubrechen. Ich wußte nicht, ob ich das Foto stehlen oder in Stücke reißen sollte. Schnell ging ich hinaus und atmete tief durch. Ich wollte nicht weinen, aber ich war nahe dran. Kein Wunder bei so offensichtlichem Verrat. Als Lou dann kam und die Tür vorsichtig hinter sich schloß, hatte ich mich schon wieder eingekriegt.

»So, so!« sagte Lou; eine hervorragende Imitation von Tante Evelyn.

»Wir sind auch schon schwimmen gewesen«, sagte ich schnell.

»Na und.«

Wir gingen zum Haus zurück.

»Ich hätte gerne einen Bikini wie Belinda«, sagte Lou und ihr verräterisches Verhalten bestürzte mich.

»Du willst doch nicht so aussehen wie die«, keifte ich.

Sie zuckte mit den Schultern. »Warum nicht? Sie gefällt Jamie.«

Darauf hatte ich keine Antwort. Aber ihre Bemerkung nervte mich. Lou wollte noch nie weibliche Kleidung tragen. Normalerweise versuchte sie jede Spur von Weiblichkeit zu verleugnen. Sie verschränkte sogar andauernd ihre Arme, um die Ansätze ihrer Brüste dahinter zu verstecken. Und jetzt wollte sie sie in einem Bikini zur Schau tragen. Höchst verdächtig.

Am nächsten Tag heftete sich Lou nach der Schule an meine Fersen und wollte mit zu mir, um meine Arbeiten zu erledigen. »So wie früher«, sagte sie, mit einem Lächeln, das nicht mir zu gelten schien.

Ich konnte mich schlecht wehren. Wir vertrugen uns wieder, dank dem ersten Schritt, den sie gemacht hatte. Es ihr zu verbieten, wäre wie eine Ohrfeige gewesen. Trotzdem wollte ich es nicht. Ich wollte ihr sagen, daß sie nicht mehr gebraucht wurde. Aber die Worte, die sie benutzte – so wie früher – waren so bedeutungsschwer, sie fingen unsere gesamte Vergangenheit ein, daß ich meine niederträchtigen Zweifel hinunterwürgte und ein unsicheres, ergebenes Lächeln zustandebrachte.

Sobald sie Jamie begrüßte, wußte ich, daß ich einen fatalen Fehler begangen hatte. Sie übernahm sofort. Es war eine Qual, die beiden zu erleben. Aber ich konnte sie auch nicht mit ihm alleine lassen. So sah ich zu und litt, während sie ihn verblendete. Sie war so kühn wie noch nie, so frech. Sie ging darin auf, Jamie jeden Tag ein bißchen mehr von mir wegzulocken.

Die zwei verstanden sich blendend. Jamie war von ihr beeindruckt. Sie war ein Mädchen, aber trotzdem zäh und arbeitete hart wie ein Junge. Lou protzte damit; es war so platt, daß mir schlecht wurde. Aber Jamie lächelte, er fand es toll.

Nur allzu gern hob Lou die Unterschiede zwischen uns beiden hervor, wobei sie immer wesentlich besser davonkam als ich. Mit ein paar geschickten Schnitten ihres Taschenmessers konnte sie einem Hasen das Fell abziehen. Ich weigerte mich, ein totes Tier überhaupt anzufassen. Lou konnte den Hunden pfeifen, sie hierhin und dahin beordern, um die Schafe zusammenzutreiben. Ich konnte nicht mal pfeifen. Statt dessen mußte ich rufen, aber sie taten nie, was ich ihnen befahl. Lou war mit allem schneller und effektiver, ganz gleich, ob wir einen Graben aushoben oder Klammern in einen Zaun hämmerten. Sie war immer als erste fertig und kam dann, um mir zu helfen. Lou. Lou. Lou. Sie war allgegenwärtig. Immer da. Mischte sich überall ein. Raubte mir das einzige, was mir wichtig war: Jamie und ich, *so wie früher.*

Jamie begann Bemerkungen fallen zu lassen wie »Deine Cousine ist 'ne Nummer«, oder, »Lou is 'ne echte Bereicherung«. Manchmal machte er auch Witze über den gravierenden Unterschied zwischen uns, Witze, die ich überhaupt nicht witzig fand. Er nervte mich. Manchmal half ich ihm nicht mehr. Ich blieb im Haus und wünschte mir einen Funken Enttäuschung oder Sorge in seinem Gesicht. Aber umsonst. Es verzog sich immer nur zu einem Lächeln. Dann hockte ich im Haus, himmelte ihn hoffnungslos an und ärgerte mich, daß ich nicht mitgegangen war.

Aber es war ähnlich frustrierend, dabei zu sein. Ich konnte mit Lou nicht konkurrieren, so versuchte ich es nicht einmal. Ich schmiß mich ins Gras und schaute den beiden zu, und wenn Jamie versuchte, mich zur Arbeit zu animieren, fauchte ich: »Laß es doch Superwoman machen.« Nach einer Weile wurde mir klar, daß das genau das war, was Lou von mir wollte. Wenn ich launisch war, machte sich dieses selbstgefällige Lächeln in ihrem Gesicht breit. Jamie bekam einen schlechten Eindruck von mir.

Mein einziger Trost war, daß Lou immer zum Abendessen nach Hause ging. So hatte ich die Gelegenheit, meine Abende mit Jamie zu verbringen. Ich wartete und wartete auf eine Einladung in seine Hütte. Sogar mein Appetit litt darunter, weil ich während des Essens so sehr darauf wartete. Aber die Einladung blieb aus.

Nach dem Essen fragte Jamie immer, ob er telefonieren durfte. Am liebsten hätte ich geschrien: »Nein, nein, das darfst du nicht!« Er telefonierte jeden Abend mit Belinda. Weil das Telefon an der Küchenwand neben dem Eingang hing, konnte normalerweise jeder alles mithören. Aber Jamie löste das Problem, indem er sich mit dem Hörer vor die Tür stellte. Nichts kriegten wir mit, obwohl Babe und ich, vermutlich sogar meine Eltern gerne gelauscht hätten. Ich saß am Eßtisch und beobachtete ihn durch die Glastür, hoffte, daß sie sich streiten würden. Aber das geschah nicht. Im Gegenteil: Wenn er mit Belinda sprach, schmolz sein großes Lächeln zu etwas Zartem und Zaghaftem. Bald bekam Jamie mit, daß ich ihn beobachtete, und lehnte sich mit dem Rücken an die Tür. Sobald er das Gespräch beendet hatte, hängte er ein und rief uns schnell »Gute Nacht« zu. Keine Chance mit ihm zu sprechen. Er gönnte mir nicht mal den Blick in seine Augen.

Schließlich hielt ich es nicht mehr aus. Eines Abends, nachdem er fertig telefoniert hatte, rannte ich zu ihm hinaus, bevor er verschwinden konnte. »Hast du Lust, Karten zu spielen?« fragte ich hoffnungsvoll. An den ersten Abenden hatten wir ein paarmal gepokert.

»Nicht heute«, murmelte er und starrte auf seine Stiefel.

»Morgen dann?« fragte ich.

»Morgen? Ähh. Nein, morgen kann ich auch nicht.«

Ich wartete darauf, daß er etwas sagte. Dann schaute er mich an und stotterte eine Entschuldigung. »Ich... habe angefangen... nach dem Essen Hasen zu schießen.« Jamie wußte, daß ich schießen verabscheute.

»Okay«, sagte ich, wendete mich ab und schlenderte in die Küche zurück, um mich ans Fenster zu setzen und ihm hinterherzuschauen. Wenn ich schon nicht bei ihm sein konnte, wollte ich ihn wenigstens beobachten. Interessanterweise ging er nicht in die Hütte, um seine Knarre zu holen. Er ging in die andere Richtung, rüber zum Schafstall und verschwand hinter den Bäumen. Ich fragte mich, was er wohl vorhatte. Wir hatten dort seit Tagen nicht mehr gearbeitet. Es gab keinen Grund, um dorthin zu gehen.

Am nächsten Morgen fragte ich ihn, wie viele Hasen er erwischt hatte.

Jamie erschrak ein wenig. »Oh, drei oder vier«, sagte er.

Ich glaubte ihm kein Wort. »Zeigst du mir, wie man ihnen das Fell abzieht?« sagte ich. »Ich hab die Nase voll, daß Lou immer damit angibt.« Es war das letzte, was ich lernen wollte, aber ich war mir ziemlich sicher, daß es überhaupt keine toten Hasen gab.

Die Pause, bevor Jamie antwortete, war ziemlich lang. »Ich hab es schon gemacht. Vorm Frühstück.« Totale Lüge. Jamie kam nie aus dem Bett, bevor es absolut sein mußte. Er hatte mir schon hundertmal erzählt, wie gerne er liegen blieb, und was für eine Qual das Aufstehen war. Niemals würde er früher aufstehen, nur um Hasen zu häuten, die ohnehin nur den Hunden zum Fraß vorgeworfen wurden.

Ich beobachtete Jamie, der seinen Kopf über den Müsliteller beugte, um Augenkontakt zu vermeiden. Seine Lügen machten mich neugierig. Was steckte wohl dahinter? Er mußte irgend ein Geheimnis verbergen, und ich war wild entschlossen herauszufinden, was das war.

12

Im Dezember wurde Serpentine County von einer Dürre erfaßt. Großvater behauptete, es wäre der schlimmste Sommer, an den er sich erinnern konnte. Seit Anfang November hatte es nicht mehr geregnet. Wir hatten die Luzerne auf den Weiden eingezäunt, um Heu daraus zu machen; sie vertrocknete. Widerwillig schnitten sie die Farmer, bevor sie ganz im Eimer war. Auf einigen Koppeln war kein Grashalm mehr zu finden, sie waren durch das Vieh bis auf den Staub reduziert. Die Schafe hungerten, ihre Knochen traten unter der kurzgeschorenen Wolle hervor. Wasser wurde so wertvoll wie das Gold, um das hier hundert Jahre lang ein Riesenspektakel veranstaltet wurde.

Mervyn Hammer, Vorstand der örtlichen Freiwilligen Feuerwehr, kam in die Schule, um uns zu erklären, wie wichtig es war, Wasser zu sparen und beim Verbrennen von Hausmüll vorsichtig zu sein. »Das Hochland ist trocken wie Papier. Es brennt wie Zunder«, sagte er unheilverkündend.

Er wiederholte den Satz »Brennt wie Zunder« mehrmals und schaute dabei jedem von uns in die Augen.

Wie ein Echo trugen wir Mervyns Warnungen nach Hause an den Eßtisch und boten beim Abendessen an, erst wieder zu baden, wenn es regnete. Alle lachten, nur Jamie nicht. Sonst war er immer der Fröhlichste am Tisch, aber heute war er ungewöhnlich still. Sobald wir mit dem Nachtisch fertig waren, entschuldigte er sich und ging in seine Hütte. Wir konnten nicht glauben, daß er Belinda nicht anrief. »Vielleicht ist es aus«, sagte mein Vater und sprach damit meine geheime Hoffnung aus.

Ich wollte aufjauchzen. Hatte Jamie endlich eingesehen, wie schlecht sie für ihn war. Gedankenverloren stellte ich mich ans Fenster und fragte mich, ob ich es wagen durfte, ihn uneingeladen in seiner Hütte zu besuchen, um ihm meinen Trost anzubieten. Ich schaute ihm hinterher. Ich erwartete, daß Jamie bedrückt sein würde, daß er sich vielleicht umdrehte, in der Hoffnung jemand würde ihn beobachten und sich um den Schmerz seiner enttäuschten Liebe für Belinda sorgen. Aber nichts dergleichen.

Tatsächlich ging er sehr zielstrebig. Sobald er seine Hütte erreicht hatte, riß er die Tür auf und stürzte hinein. Aber schon Sekunden später tauchte er wieder auf. Er hielt den Eimer in der Hand, den meine Mutter zum Putzen benutzte.

Ich trat hinter den Vorhang. Seit der Nacht, in der ich den Eindruck gewonnen hatte, Jamie würde etwas verbergen, hatte ich ihn immer wieder beobachtet. Er ging zum Schafstall hinüber. Unerwartet warf Jamie einen konzentrierten Blick auf unser Haus. Es kam mir so vor, als würde er mich direkt anstarren. Obwohl ich hinter dem Vorhang stand, bekam ich Angst und ließ mich zu Boden fallen. Als ich aufstand war er verschwunden. Ich konnte mich nicht aufs Fernsehen konzentrieren, weil ich mich immerzu fragte, was er mit dem Eimer anstellte.

Am nächsten Tag, es war Samstag und wir aßen zu Mittag, sagte meine Mutter, daß sie über Mervyns Warnungen nachgedacht hatte. »Ich habe eine Idee«, sagte sie. »Das ist eine schwere Zeit und ich werde etwas für die Gemeinde tun.«

Sie machte eine eindrucksvolle Pause. Niemand wollte wissen, was sie sich zusammengesponnen hatte. »Ich werde mit der Wünschelrute nach Wasser suchen.«

Mein Vater stöhnte auf und ging ins Wohnzimmer, um Sport zu gucken. Jamie fuhr nach Glenora. Lou, Babe und ich waren fasziniert.

»Jeder kann das«, behauptete meine Mutter. »Es ist ein Instinkt. Ein Naturinstinkt. So wie Hunde den Boden beschnüffeln, bevor sie sich hinlegen. Ein Hund legt sich nie auf eine Wasserader.«

Mutter bat Lou, ihr eine Astgabel von der Weide abzuscheiden, nahm sie in die ausgestreckten Hände und marschierte damit quer durch den Garten. Wir beobachten ihr Treiben skeptisch vom Balkon, aber sogar von dort aus konnten wir sehen, daß sich der Ast plötzlich nach unten bog.

»Hier! Hier!« jubelte sie. »Es ist sehr stark. Ich kann ihn kaum halten.«

Lou sprang vom Balkon (obwohl meine Mutter es ihr verboten hatte), Babe und ich nahmen den langen Weg über die Treppe. Bis wir dort ankamen, hatte Lou den Ast schon angenervt hingeschmissen. »Da passiert gar nichts«, schnaubte sie.

Ich nahm den Ast. »Das ist purer Instinkt«, flüsterte meine Mutter. »Gib dich ihm einfach hin.«

Ich schloß meine Augen und konzentrierte mich. Zu gern hätte ich etwas gespürt. Ich wollte immer schon telepathische Fähigkeiten haben, so wie die *Tomorrow People* im Fernsehen. Ein Wünschelrutengänger zu sein hätte den ersten Schritt dargestellt. Dann könnte ich lernen Gedanken zu lesen, vor allem Jamies. Aber leider lag der Ast tot in meinen Händen. Widerwillig drückte ich ihn Babe in die Hände, die neben mir zeterte. Sobald sie den Ast hielt, begann er zu zittern. Erschrocken starrte sie ihn an und heulte auf. »Aufhören«, weinte sie. »Ich will das nicht. Hilf mir.«

Lou entriß ihr den Ast, wütend, daß Babe etwas konnte und sie nicht.

»Junior!« Meine Mutter rief nach meinem Vater. »Würdest du bitte kommen und die Quelle ausgraben, die ich gefunden habe?«

»Nein«, lautete die Antwort aus dem Schaukelstuhl.

»Es ist Dürre. Wir brauchen das Wasser.«

»Wir brauchen keine Quelle mitten in unserem Vorgarten. Wenn du dich nützlich machen willst, dann geh auf die Zehn-Hektar-Koppel und schau, ob du dort eine Quelle findest. Wir brauchen dort dringend eine Viehtränke.«

»Eine Quelle in unserem Vorgarten fände ich sehr schick«, sagte meine Mutter.

»Ja. Sie würde ihn in einen verdammten Morast verwandeln.«

Dann läutete das Telefon und er fluchte. Wir hörten ihn bis in den Garten motzen, daß man ihn nicht mal an seinem einzigen freien Nachmittag in Ruhe ließ, daß Großvater immer absichtlich genau bei Spielanpfiff anrief. Wir horchten, um herauszufinden, ob es tatsächlich Großvater war und ob mein Vater einfach auflegen würde wie am Samstag zuvor. In den barschen Klang seiner Stimme mischte sich Panik. Dann knallte er den Hörer auf die Gabel, rannte mit geweiteten Pupillen auf den Balkon und suchte den Horizont ab.

»Was ist passiert?« fragte meine Mutter.

Mein Vater starrte auf die Hügel auf der anderen Seite. Er antwortete nicht. Ich dachte mir nichts dabei, nahm an, jemand hätte ihm eine schlechte Wettervorhersage durchgegeben und er würde sich um sein Heu sorgen. Aber dann sprang er vom Balkon und das ließ mich grübeln.

»Jack. Was ist los?« fragte meine Mutter besorgt.

Er rannte auf den Zaun zu, sprang darüber; ich hatte meinen Vater nie so sportlich gesehen. »Hinter den Sampsons brennt es«, rief er uns über die Schulter zu.

Wir richteten unseren Blick Richtung Sampsons, aber die Bäume, die die Straße säumten, versperrten uns die Sicht. Meine Mutter kletterte über den Zaun und das war das Zeichen für uns, es ihr nachzutun. Ich war als letzter drüben – wie immer, wenn es etwas mit körperlicher Anstrengung zu tun hatte. Meine Eltern, Lou und Babe standen unter den Kiefern und starrten stumm. Tatsächlich. Über der Hochebene lag ein Schleier von Rauch. Mein Vater fluchte. »Eimer. Wir brauchen Eimer.«

Eimer waren ein Streitpunkt in unserer Familie. Mein Vater stahl sie immer aus der Waschküche, weil er sie zum Kalben oder für ein ähnlich blutiges Unterfangen brauchte. Und natürlich würde die Kuh den Eimer zertreten oder mein Vater würde ihn dort vergessen. Deshalb schrieb meine Mutter jetzt immer »Ich gehöre in die Waschküche« darauf. Inzwischen kamen die Eimer zurück – mit Blut und Kot oder ein bißchen Nachgeburt verschmiert. Er trieb meine Mutter damit zur Verzweiflung. Manchmal half ich ihr, sie vor ihm zu verstecken.

»Wo sind die verflixten Eimer?« brüllte er.

Niemand sprach das Offensichtliche aus. Er stöhnte.

»Ich nehme jeden, den ihr findet. Reeb, pack was zum Essen und ein paar Getränke ein. Wahrscheinlich werde ich eine Weile beschäftigt sein. Kinder, lauft und tränkt in der Waschküche alle Säcke, die ihr finden könnt, mit Wasser.«

»Billy-Boy. Lauf rüber zur Hütte und bring den Eimer von dort!« rief meine Mutter. »Er steht unter der Spüle. Aber faß sonst nichts an!«

Perfekt. Jamie war weg. Ich rannte hinüber, sprang auf den Unterschrank zu und riß die Türen auf. Kein Eimer. Ich filzte den Raum, schaute unter dem Bett nach. Nirgendwo zu sehen. Dann guckte ich, ob sich etwas verändert hatte, betrachtete das Foto von Jamie und Belinda und wollte gerade gehen, da sah ich Jamies Klamotten auf den Boden geschmissen. Ich ging durch seine Hosentaschen, suchte nach Hinweisen, was er letzte Nacht angestellt hatte. Aber ich fand nichts. Sie waren höchstens ein bißchen schmutziger als sonst. Sein Hemd roch anders. Zwar nach Jamie, aber doch anders. Rauch. Ich legte mein Gesicht hinein und inhalierte. Definitiv Rauch. Aber nicht von Zigaretten. Eher wie die Räucherstäbchen meiner Mutter, die mein Vater verabscheute. Jamie hatte etwas stark Duftendes verbrannt. Parfümierte Briefe von Belinda?

Ich verstand zwar kein bißchen mehr, aber ein Hinweis war ein Hinweis, auch wenn er neue Rätsel aufgab. Ich hätte es fast Lou erzählt, aber es war ein flüchtiger Gedanke. Ich wollte keine Geheimnisse bezüglich Jamie mit ihr teilen. Sie fand immer einen Weg, das für sich auszunutzen. Vorsichtig legte ich seine Klamotten auf den Boden zurück und ging hinaus.

Lou erklärte Babe in der Waschküche, daß die Säcke dazu benutzt wurden, um die brennende Büsche zu löschen. »Ich werde Onkel Jack bitten, mich mitzunehmen«, erklärte sie, und Babes Augen leuchteten anbetend.

Dann sah Lou mich. »Hier. Hilf Babe, die hier zum Truck zu bringen«, orderte sie, als wäre sie Mervyn Hammer und verantwortlich für die ganze Löschaktion. Ich sagte nichts. Ich erwartete sowieso einen Anpfiff, wo ich mich so lange rumgetrieben hätte. Babe und ich trugen einen tropfnassen Sack nach dem anderen zum Truck und warfen ihn auf die Ladefläche. Am Ende waren wir selber so naß wie die Säcke. Dann stürmte mein Vater aus dem Haus, auch tropfnaß. Er hatte sich in voller Montur unter die Dusche gestellt. Wir starrten ihn an. »Nur vorsichtshalber«, grinste er.

Lou änderte ihre Meinung und bat doch nicht, mitfahren zu dürfen.

Meine Mutter warf ihm ein Paket mit Sandwiches, eine Thermoskanne und eine Flasche Limonade zu, wir begleiteten meinen Vater zum Truck. »Wenn du bis zum Abendessen nicht zurück bist, bringe ich dir was«, rief sie ihm hinterher.

»Okay«, antwortete er und winkte.

Er kletterte hinter das Lenkrad, ließ den Motor an und grinste in unsere finsteren Gesichter. Dann stieß er zurück und fetzte im zweiten Gang die Auffahrt hinunter, zog einen Pfad von Wasser hinter sich her, der den Kies färbte. Wir standen eine ganze Weile so und starrten auf diese Spur, bis Lou endlich sagte: »Kommt! Schauen wir, ob es schlimmer geworden ist.«

Sie rannte los, Babe und ich folgten. Den Rest des Nachmittags saßen wir draußen unter den Bäumen und beobachten die Rauchwolken hinter den Sampsons. Es fesselte uns. Einmal sahen wir eine Stichflamme; sie schreckte uns aus unserer Trance. »Ich hoffe, Daddy passiert nichts«, flüsterte Babe.

Ab und zu kam meine Mutter, um zu gucken und uns die neuesten Nachrichten mitzuteilen, die ihr jemand am Telefon erzählt hatte: Mehr als fünfzig Männer kämpften da draußen, zwei Traktoren pflügten breite Rinnen in den zähen Boden. Sobald sich die Sonne dem Horizont zuneigte und in die Rauchschwaden eintauchte, eilte meine Mutter nach drinnen und kochte Essen für die Männer. Der Rauch erstickte den Himmel. Wir rochen die Asche in der Luft. Die Feuerwehrmänner kamen wohl nicht sonderlich gut voran.

Der Qualm bescherte uns den beeindruckendsten Sonnenuntergang. Die Hochebene und die Wolken waren in ein feuriges Orange getaucht, selbst als die Sonne schon untergegangen war, glühten sie weiter. Mit Schrecken sahen wir dann erst, daß es Flammen waren. Wir liefen zum Haus. Mit dem Telefon in der Hand stand meine Mutter an der Eingangstür und starrte in die Ferne. Unser Geschrei brachte sie in die Wirklichkeit zurück. Als wir ihr sagten, was wir gesehen hatten, hängte sie ein und nickte abwesend.

»Ich weiß«, sagte sie. »Tante Evelyn und ich bringen den Männern Essen. Es kann sein, daß wir ihnen helfen müssen. Klar?«

Wir nickten.

»Euer Essen ist fertig. Eßt, Billy-Boy! Und wenn wir bis neun nicht zu Hause sind, dann geht ins Bett.« Sie ging in die Küche, blieb aber plötzlich stehen und drehte sich zu uns um. »Übrigens. Hat einer von euch Roy Schluter heute gesehen?«

Ich muß rot geworden sein, jedenfalls fühlte ich die Hitze im Gesicht. Lou und Babe verneinten und ich schüttelte wohl den Kopf. Meine Mutter starrte mich an.

»Warum?« fragte Lou.

»Er ist verschwunden. Seine Mutter hat ihn seit heute Mittag nicht mehr gesehen und hat Angst, daß er irgendwo im Feuer ist.«

»Er treibt sich andauernd rum«, sagte Lou. »Wir haben ihn schon öfter mal rumlaufen sehen. Stimmt's, Billy?«

Ich murmelte ein Ja, aber meine Mutter beachtete es nicht. Sie eilte in die Küche und legte noch ein paar Dinge in eine Kiste. »Lou, würdest du das bitte zum Wagen bringen? Und Billy, trag das Essen auf, bevor es kalt wird.«

Lou packte die Kiste und folgte meiner Mutter. Ich stellte das Essen auf den Tisch, aber wir hatten keinen Hunger. Nicht einmal der Fernseher konnte uns ablenken. Lou lief alle Viertelstunde zu den Bäumen hinaus, um nach dem Feuer zu sehen. Beim dritten Mal kam sie zurück und kreischte, daß ein Wagen die Auffahrt heraufkäme. »Ist das Daddy? Ist das Daddy?« quiekte Babe.

»Onkel Jack würde nicht so schnell fahren«, antwortete Lou.

Ich ahnte, daß es Jamie war und rannte raus, um nachzusehen. Er war es. »Essen steht auf dem Tisch«, rief ich.

»Okay«, antwortete er.

Dann ging ich wieder rein. Es war schon seltsam, daß er an einem Samstag abend so früh nach Hause kam. »Bist du wegen dem Feuer zurückgekommen?« fragte ich.

»Was für ein Feuer?«

Ich konnte nicht fassen, daß er die Flammen nicht gesehen hatte, oder zumindest den Rauch gerochen.

»Und? Wo ist das Essen?«

Ich stellte es ihm hin, und er stürzte sich sofort darauf. Er war irgendwie komisch. Ob er betrunken war? »Fährst du auch zum Feuerlöschen, Jamie?« fragte Babe.

»Nee«, antwortete er, den Mund voller Kartoffelbrei.

»Tante Evelyn hilft auch mit«, sagte Babe bewundernd.

»Ich bin mir sicher, sie hat das schnell im Griff«, sagte er und lachte, was sehr hämisch klang. Er mußte betrunken sein. Er war anders als sonst. Ich zog Babe von ihm weg, schob sie ins Wohnzimmer vor den Fernseher.

»Warum hilft er nicht?« flüsterte sie aufgeregt.

Ich wußte nicht, was ich darauf antworten sollte. »Weil ... er sich um uns kümmern möchte. Falls wir Angst kriegen.«

Damit bekam Babe Angst und fing an zu weinen. »Was machen wir, wenn Mummy und Daddy nicht mehr heimkommen?«

Ich mußte ihre Heldin Lou holen, damit sich Babe beruhigte. Jamie lungerte am Tisch, die Beine ausgestreckt, den Teller saubergeleckt. »Willst du dir das Feuer nicht wenigstens mal ansehen?« fragte ich ihn.

Jamie rappelte sich auf. »Nee. Vielleicht später. Ich muß schauen, ob ein paar Hasen rumrennen.«

Er mußte meinen irritierten Blick wahrgenommen haben, denn er setzte diesen schüchternen Blick auf und starrte einen Moment lang auf den Boden. Als er wieder aufschaute, hatte er dieses reizenden Lächeln aufgesetzt »Wenn ich wiederkomme, könnten wir eine Runde Karten spielen.« Er zwinkerte mir zu und ging.

Ich räumte das Geschirr ab, schaute dabei durchs Fenster, um zu sehen, wohin er ging. Lou kam in die Küche geschossen. »Meinst du, er hat sich mit Belinda gestritten?« fragte sie.

Ich wollte mit ihr nicht über Jamie sprechen und zuckte daher nur die Schultern. »Er war irgendwie seltsam.«

Jamie ging schnellen Schrittes zum Schafstall rüber. Diesmal beschloß ich, ihm zu folgen. Ich hatte es mir schon mehrmals vorgenommen, mich aber nie getraut. Heute genoß ich das Risiko. Vielleicht aufgrund der Aufregung des Tages, der Bedrohung durch das Feuer. Es war einfach, Lou zu entkommen, ich bot an abzuspülen, wenn sie sich mit Babe beschäftigen würde. Sie war sofort einverstanden.

Sobald sie ins Wohnzimmer gegangen war, schlich ich mich aus der Tür und rannte zum Schafstall, stolz auf mein Ablenkungsmanöver. Aber der Stolz schwand schnell. Die Nacht war einschüchternd finster. Es war zwar Vollmond, aber er war nur ein schreckliches Glühen, vom Qualm in der Luft besudelt. Die Hunde heulten auf, als ich am Zwinger vorbeikam und ich hoffte, Jamie würde es dem Mond zuschreiben. Als ich nah genug war, versteckte ich mich hinter Bäumen und lauschte. Ich muß mehrere Minuten dort gesessen haben, bevor ich Jamie hörte. Er pfiff und sang dann ein paar Zeilen. Er war kein David Cassidy. Ich kroch der Melodie entgegen; bei dem trübseligen Mondlicht war es mir unheimlich. So leise wie möglich überwand ich ein paar Zäune.

Als ich näher kam, sah ich, daß er nicht im Stall war, sondern dahinter. Vorsichtig näherte ich mich der Ecke und stierte um sie herum. Licht drang durch die Ritzen zwischen den verwitterten Latten des Plumpsklos; das Licht einer Taschenlampe. Dieses Klo war primitiv: Es gab kein Licht darin, keine Spülung und wurde daher seit Jahren nicht mehr benutzt. Sogar die Scherer, für die es gebaut wurde, mieden es. Als ich das letzte Mal reinschaute, wucherten Disteln aus dem Thron.

Was stellte Jamie dort an? Das einzige, was ich mir vorstellen konnte, war, daß er Pornohefte dort versteckte. Aber das war unwahrscheinlich und völlig unnötig. Was immer er dort trieb, er benutzte das Klo jedenfalls nicht, wozu es gedacht war. Plötzlich kam er mit dem Rücken zuerst heraus, sein Gesicht von der Lampe erhellt, er zog die Brauen konzentriert zusammen. Ich versteckte mich hinter dem Stall. Die Tür der Toilette schlug zu und dann hörte ich, wie sich seine Schritte entfernten. Glücklich, daß er zum Haus zurückging, kroch ich vorwärts, um weiter zu forschen.

Der Mond schien kränklicher und düsterer denn je. Ich bewegte mich vorsichtig. Hinter dem Schafstall parkten alle möglichen Gerätschaften; trotz meiner Vorsicht stolperte ich über eine Egge. Jetzt fühlte ich mich noch unsicherer. Ich wünschte, ich hätte Lou mitgenommen. Sobald ich vor dem Klohäuschen stand, bekam ich es erst richtig mit der Angst zu tun. Alles mögliche konnte sich dort verbergen. Ich verfluchte mich dafür, keine Lampe mitgenommen zu haben. Schließlich kroch ich wie ein Feigling weg und schwor, am nächsten Morgen wiederzukommen.

Ich kletterte gerade über den ersten Zaun, als ich es mir dann doch noch anders überlegte. Ich rannte zurück, riß die Tür auf und rannte weiter, aus Angst zu entdecken, was daraus hervorkam. Ich blieb erst stehen, als ich wieder am Stall angekommen war, drückte mich an die gewellte Blechwand, hechelte, meine Sinne in Alarmbereitschaft. Es war ganz still. Im Häuschen rührte sich nichts. Ich wartete eine ganze Minute, erst dann wagte ich mich näher heran.

Die Disteln nahmen das ganze Häuschen ein. Es war voll davon. Und dann sah ich Mutters Eimer am Boden stehen. Ich hob ihn hoch. Er war halb voll mit Wasser. Da stand ich nun, starrte auf Eimer und Disteln. Es machte keinen Sinn. Der Wind hob an und klatschte die Tür gegen die Seitenwand. Vielleicht wirbelte er auch den Rauch aus der Luft, denn als ich noch einmal hinschaute, sah ich es besser. Vor der weiß gestrichenen Wand konnte ich die Silhouette der Pflanzen ausmachen. Das waren keine Disteln. Behutsam streckte ich meine Finger danach aus. Sie hatte keine Stacheln. Diese Pflanze hatte rauhe, zackige Blätter. Die Hunde bellten noch einmal. Das bedeutete, daß Jamie kam. Ich knallte die Tür zu und rannte weg, enttäuscht. Ich erwartete, etwas Verbotenes zu finden. Dabei war ich nur über ein langweiliges landwirtschaftliches Experiment gestolpert.

Jamie stand an der Haustür. Es erschreckte mich. Hatte er mitgekriegt, daß ich ihm gefolgt war? Wollte er mich zur Rede stellen? Als ich näher kam, sah ich seine Haltung: Er telefonierte mit Belinda. Eifersucht flammte in mir auf, und sie half mir, selbstsicher an ihm vorbeizumarschieren. »Hab nur geguckt … nach dem Feuer«, sagte ich und duckte mich unter dem Kabel hindurch, was die Tür versperrte.

»Kein Problem«, sagte Jamie und hängte ein. »Niemand da.« Er folgte mir in die Küche.

Sofort schoß Lou aus dem Wohnzimmer. »Wo wart ihr zwei?« wollte sie wissen.

»Draußen, nach dem Feuer schauen«, antwortete ich. Ich wartete darauf, daß Jamie sich erklären würde, aber vergeblich. Statt dessen stellte er die Teller in die Spüle.

»Du warst lange weg«, setzte Lou nach.

Ich zuckte mit den Schultern.

Lou starrte uns weiterhin mißtrauisch an. »Bild dir ja nicht ein, daß ich beim Abwasch helfe«, sagte sie und stürmte ins Wohnzimmer.

Wir sprachen während des Abspülens kein Wort. Sobald wir fertig waren, murmelte Jamie so was wie, daß er noch mal anrufen würde. Aber schon nach dreißig Sekunden war er wieder zurück. Immer noch keiner da.

Das Kartenspielen machte keinen Spaß. Wir konnten uns nicht konzentrieren, und Lou rannte immer wieder nach draußen, um nach dem Feuer zu gucken, was uns aufhielt. Um zehn sah sie das Feuer immer noch züngeln. »Zeit fürs Bett«, verkündete Jamie.

Wir protestierten lauthals. »Wir können doch nicht schlafen, wenn es immer noch brennt«, sagte Lou.

Babe flennte los. »Ich hab so Angst. Warum kommen Mummy und Daddy nicht heim?«

Jamie starrte sie hilflos an. Da fiel mir etwas ein. »Vielleicht kannst du heute nacht im Haus schlafen, Jamie. Babe würde es bestimmt besser gehen, wenn sie wüßte, daß du da bist.«

»Möchtest du das, Babe? Soll ich hier schlafen?«

Babe nickte und lächelte trotz ihrer Tränen.

»Ich schau, ob das Bett gemacht ist«, sagte ich und rannte nach oben.

Ich tanzte den Flur zu meinem Schlafzimmer hinunter, so erregte mich der Gedanke, daß Jamie heute die Nacht hier verbringen würde. Ich würde zuschauen, wenn er sich auszog. Nackt auszog. Ich stellte mir vor, daß ich mitten in der Nacht aus panischer Angst zu ihm unter die Decke kriechen würde. Würde ich das wagen? War ich zu alt für so was? In Babes Alter hätte ich das ohne Probleme tun können.

Das Bett war gemacht. Ich eilte ins Bad. Ich wollte auf gar keinen Fall verpassen, wie Jamie sich auszog, nur weil ich noch Zähneputzen mußte. Ich bürstete schnell drüber, rannte in mein Schlafzimmer und riß mir die Klamotten vom Leib. Jamie sollte mir nicht dabei zuschauen; ich war noch fetter geworden. Ich zog meinen Pyjama über. Als Jamie endlich an meine Tür klopfte, lag ich im Bett und tat so, als würde ich lesen. »Komm rein!« sagte ich.

Es schien, als würden Jamie die Poster an meiner Wand erschrecken. Ein barbrüstiger David Cassidy prangte über dem Bett, in dem er schlafen sollte.

»Ich dachte, du wärst er, als du hier aufgetaucht bist«, gestand ich, um eine intime Atmosphäre herzustellen.

Jamie grinste und zog die Augenbrauen nach oben. Er zog das Hemd aus und poste mit gespannten Muskeln. »Findest du?«

Plötzlich klopfte es an die Tür, und bevor noch einer von uns »Herein!« rufen konnte, steckte Lou schon den Kopf ins Zimmer. »Wollte nur fragen, ob du noch was brauchst«, sagte sie und verschwand, bevor Jamie antworten konnte.

Der Moment war zerstört, die Atmosphäre ruiniert. Typisch Lou. Jamie setzte sich aufs Bett und zog seine Socken aus.

»Geht's dir gut?« fragte ich, versuchte es noch mal. Ich dachte mir, solange ich mich mit ihm unterhielt, hatte ich einen guten Grund, ihn anzugucken.

»Glaub schon«, sagte er. Seine Haut war noch dunkler geworden.

Ich bekam einen Ständer. »Warum triffst du dich heute nicht mit Belinda?«

Jamie stand auf und kehrte mir den Rücken zu, knöpfte die Jeans auf. »Sie hat was anderes zu tun.«

Ich wünschte, ich hätte sein Gesicht sehen können. Er trug lilafarbene Jocks. Sie rutschten über eine Hüfte, als er aus den Jeans stieg, und legten eine glänzend weiße Arschbacke frei. Ich suchte verzweifelt nach mehr Gesprächsstoff. »Belinda ist sehr hübsch«, sagte ich schwärmend.

Jamie zögerte, seine Finger am Bund seiner Jocks. Er drehte sich zu mir um. Ich war mir der Beule sehr bewußt. Wir unterhielten uns, und ich mußte ihm in die Augen schauen, obwohl ich lieber anderswo hinguckt hätte. »Sie ist ein Flittchen, Billy. Genau, wie du es gesagt hast. Ein Flittchen.«

Ich wußte nicht, was ich darauf erwidern sollte. Er lachte traurig und kletterte in sein Bett, geistesabwesend, *ohne seine Unterhose auszuziehen.* »Nacht«, sagte er.

Ich schaltete das Licht aus. »Nacht.«

Ich hatte nicht vor zu schlafen. Ich hatte mir vorgenommen, die ganze Nacht wach zu bleiben und mir vorzustellen, was in dieser Situation alles passieren könnte. Wachbleiben war besser, als sich meinen Träumen auszuliefern, die mich ohne jeden Sinn hierhin und dorthin treiben würden – sie ließen mich ohnehin nur frustriert zurück. Einfach nur Jamies Atem zu lauschen, wie er in den Schlaf driftete, war die perfekte Begleitung für die Phantasien, die sich in meinem Kopf räkelten.

Ich rutschte so nah wie möglich an die Bettkante heran und fühlte die leisen Seufzer seines Atems auf meinem Gesicht, schloß die Augen und weidete mich an diesem Gefühl. Warm und männlich, verbunden mit einem süßen, rauchigen Duft. Die Regelmäßigkeit seines Atems hypnotisierte mich, beruhigte mich, lullte mich ein. Als ob sich eine Botschaft dahinter verbarg. Sie sollte mich locken. Eine Einladung, den kleinen Spalt zwischen unseren Betten zu überwinden. Ich kippte nach vorn, verlor mein Gleichgewicht und fiel fast aus dem Bett. Schnell richtete ich mich wieder auf und legte mich flach. Jamie brummte und drehte mir seinen Rücken zu.

Ich lag da und wünschte mir, er würde sich wieder umdrehen. Aber nein. Nach einer Weile beschloß ich, daß er mir so lieber war. Es würde so einfacher sein, unter seine Decke zu kriechen. Ich würde mir meinen Kuhschweif umlegen und mich an ihn drücken. Im Dunkeln, im schlaftrunkenen Zustand, mit meinen »Haaren« an seinem Rücken würde er mich womöglich für Belinda halten. Er würde sich freuen, mich umarmen, sich im Gefühl von meiner Haut an seiner verlieren.

Dann erinnerte ich mich, daß er mit Belinda eine Auseinandersetzung gehabt hatte. Er könnte ihre Annäherungsversuche zurückweisen. Vielleicht wollte er lieber getröstet werden. Ich könnte so tun, als hätte ich einen schlechten Traum gehabt, einen Alptraum wegen des Feuers, und Zuspruch brauchen. Wir könnten uns aneinander festhalten und uns unsere Herzen ausschütten. Oder ich könnte so tun, als ob ich schlafwandelte, meine Arme ausstrecken, wie ich es im Fernsehen gesehen hatte, und in seinem Bett landen. Im Trancezustand könnte er mit mir anstellen, was immer er wollte. Oder sollte ich vielleicht auf die Toilette gehen und beim Zurückkommen »aus Versehen« ins falsche Bett kriechen? Wenn ich erst mal dort war, würde Jamie schon erkennen, daß es ein Fehler gewesen war, Belinda zu lieben.

Ich mußte fast eingeschlafen sein. Diese wilden Träume tobten bereits in mir, trugen mich davon, stachelten mich an zu handeln. Ich bekam gerade so mit, daß mein Fuß aus dem Bett schlüpfte, wie von einem eigenen Willen getrieben, als wollte er zu einem Tanz ansetzen, dessen Schritte er instinktiv beherrschte. Meine Zehen berührten bereits das kalte Linoleum zwischen unseren Betten und ein quälender Schauer überkam mich.

Im selben Moment explodierte die Realität in meinen Ohren und zerschmetterte alles: die Stille, die Stimmung, die Verführung, der ich so nahe gekommen war. Mein Bein baumelte vom Bett und verriet meine Absichten, aber ich konnte es nicht unter die Decke zurückholen. Meine Muskeln versagten. Ich wußte, es war unmöglich zu hören, was ich gehört hatte. Ich mußte geträumt und mich erschreckt haben. Aber Jamie regte sich und murmelte. Auch er war hochgeschreckt, was bedeutete, daß es doch kein Traum gewesen war.

Dann explodierte noch ein Pistolenschuß, echote durch die Räume des Hauses, übermannte alle Zweifel, zerstörte alle versichernden Erklärungen. Draußen war jemand. In der Nacht versteckt. Verfolgte mich, mit einer Pistole. Ich zerrte meinen Fuß ins Bett, drückte die Bettdecke an meine Kehle und begann zu schreien.

13

Jemand tauchte in der Dunkelheit auf. Ich konnte seine Anwesenheit mehr fühlen als sehen. Dann drückte sich eine Hand auf meinen Mund und eine Stimme zischte in mein Ohr. Ich verstand kein Wort. Die Schüsse schallten immer noch durch meinen Kopf, als wären sie dort gefangen. Wie Querschläger hallten sie vor und zurück und brachten meine Sinne durcheinander. Plötzlich verstand ich, wie es Judy gehen mußte, so verloren im Weltraum. Völlige Dunkelheit. Das Unbekannte. Die Angst stieg in mir auf wie ein ausbrechender Vulkan. Ich wußte, daß diese Schüsse für mich bestimmt waren. Eine Warnung. Ich sollte nicht diese sündigen Träume hegen.

Ich schrie wie Judy, wenn sie auf Außerirdische traf. Ich schrie um Hilfe, schrie nach Don und kämpfte mit diesen Händen, die versuchten, mich zurückzuhalten. Es waren die Hände eines Alien. Kalt und brutal. Er hatte mich bei der Schulter gepackt und hielt mir den Mund zu. Kaltes Alienfleisch auf meinen Lippen. Ich biß so fest ich konnte in diese Hand, bis ich den Knochen zwischen meinen Zähnen spürte. Die Stimme fluchte und die Hände schreckten zurück. Ich mußte entkommen, aber wie? Diese Hände waren erbarmungslos, verankerten mich in dem Gewirr der Laken. Ich wand mich, trat und kratzte. Sein Atem keuchte mir ins Gesicht von der Strapaze, mich zu bändigen. Er roch nach Rauch. Mir schauderte. Der Alien konnte Feuerblitze ausatmen.

Dann, als die Tür aufschlug, setzte mein Verstand wieder ein. Ich befand mich in meinem Schlafzimmer, lag auf meinem Bett. Aber wenn der Eindringling zur Tür hereinplatzte, gegen wen hatte ich dann gekämpft? Ich versuchte, in der Dunkelheit etwas zu erkennen. Sein Griff ließ nach, als die Tür aufsprang, und ich entzog mich ihm, tauchte unter die Decke. Ich drückte mich tief in die Matratze, wünschte, sie würde sich auftun und mich verschlingen. Die Federn waren hin, ließen das Bett durchhängen, und ich betete, daß dies ausreichte, um mich in der Dunkelheit zu tarnen. Dann zerrte jemand an meiner Decke, versuchte sie mir wegzuziehen. Ich kämpfte dagegen an, noch stärker als zuvor, kickte mit beiden Füßen. Ich hatte keinen Zweifel mehr, daß das die Person mit der Pistole war, die mich abdecken wollte, das Indiz meiner Lust freilegen: die Schwellung zwischen meinen Beinen, die trotz meiner Panik einfach nicht verschwinden wollte.

Ich kämpfte, bis ich meinen Namen hörte, wieder und wieder. Eine bekannte Stimme, eine angenehme Stimme, die das Echo der Schüsse übertönte. Es war Lou. Ich lugte unter der Decke hervor und gleichzeitig spürte ich Babe, die sich an mich herandrückte und mich festhielt. Lou schaltete das Licht ein. Jamie starrte mich an, verwirrt, und lutschte an seiner Hand. Auf seiner Brust waren Striemen vom Kampf mit mir. Er schaute mich mit einem Ausdruck von Erstaunen und Ärger an. Natürlich war er es, der versucht hatte, mich zu beruhigen. Irgendwie hatte ich ihn ganz vergessen.

»Er wußte nicht, daß du das warst, Jamie«, erklärte Lou. »Er dachte, es wäre ...«

Sie brachte den Satz nicht zu Ende. Wir wußten alle, wen sie meinte. Jamie schaltete das Licht aus. »Schhhhh«, zischte er. »Hört ihr das?«

Wir kauerten uns auf meinem Bett zusammen, bemühten uns, etwas zu hören, irgendeinen Hinweis auf den Eindringling. Aber es war nichts, außer dem keuchenden Atem unserer gemeinsamen Angst. Draußen regierte eine unheilverkündende Stille. Wir hielten uns noch mehr aneinander fest. Der Druck unserer Hände sprach deutliche Worte. Schließlich hörten wir einen Wagen und wir spannten uns an.

»Ist schon okay. Das sind eure Eltern«, sagte Jamie erleichtert.

Wir hörten noch mal genau hin. Es hörte sich tatsächlich wie unser Auto an. Aber trotz seines selbstsicheren Tons schien Jamie nicht ganz überzeugt. Er rannte nicht raus, sondern blieb am Fenster und starrte hinaus. Wäre es in die Garage gefahren, hätten wir uns sicher sein können, aber das tat es nicht. Es blieb am Kopf der Einfahrt stehen. Der Motor heulte auf und verstummte dann, aber die Lichter strahlten weiter in die dunkle Nacht hinaus, warfen Kegel an meine Schlafzimmerwände.

Dann erhob sich eine Stimme, schnitt durch die Totenstille. Eine überirdische schaurige Stimme. Mit Sicherheit eine, die nicht von einem Menschen stammte. Ein wilder Aufschrei der Agonie. Lou, Babe und ich stürzten gleichzeitig vor, um uns an Jamie festzuhalten. Ich umklammerte sein Knie, heulte in seine Wade. Er beugte sich über uns, strich uns über den Kopf, flüsterte uns zu, still zu sein, aber er verbot uns nicht den Mund. »Es ist ein Außerirdischer«, heulte ich, und Lou nickte zustimmend.

Erst als unser Schluchzen nachließ, erkannte ich ein Muster in dem Schrei. Ein Wort wurde immerzu wiederholt wie eine Beschwörung. Aber ganz gleich, wie sehr ich mich anstrengte, ich konnte es nicht verstehen.

Dann hörten wir die Eingangstür quietschen. Wir hielten den Atem an, unsere Finger krallten sich ineinander, bis sie schmerzten. Irgendwo im Haus ging ein Licht an und dann hörten wir unsere Mutter nach uns rufen, weinerlich, als wäre sie sich nicht sicher, ob wir noch lebten. Jamie rannte aus dem Zimmer und versicherte ihr, daß es uns gutging. Wir drei rannten hinter ihm her.

Meine Mutter stand bleich und verwirrt an der offenen Eingangstür. Um die Küchenlampe schwirrten Motten. Es schien meiner Mutter nichts auszumachen – obwohl sie sie sonst nicht ausstehen konnte. Seit Oma gestorben war, ekelte sie sich davor. In der Nacht, als sie den Schlaganfall erlitt, war Großvaters Haus voll von ihnen. Weil er sie schnell ins Krankenhaus bringen wollte, hatte er vergessen, die Tür zu schließen. Motten in unserem Haus ließen mich schaudern. Ich wußte, daß etwas Schlimmes geschehen war.

Meine Mutter hatte eine Hand am Telefon, als wollte sie es gleich benutzen. Da war ein Zug von Wahnsinn in ihren Augen, als wir ihr aus dem Schatten des Flurs entgegen stolperten. Das Geräusch von draußen hatte nicht nachgelassen. Es klang grausam klar und vertraut. Und es war so nah, daß es mir kalt über die Haut lief. Wir warteten, ob meine Mutter uns das erklärte, aber sie schien völlig verstummt.

Lou starrte sie an, zog die Augenbrauen hoch, bemühte sich zu verstehen. Und plötzlich war sie verschwunden. Aus der Tür. Die Hände meiner Mutter flatterten hinter ihr her, aber sie griffen ins Nichts. Mutters Lippen bewegten sich zwar, brachten aber keinen Laut hervor.

»Ich schaue nach ihr«, sagte Jamie leise und folgte Lou. Ich sah, wie er im Dunklen verschwand und fühlte den Schmerz des Verlusts. Ich wollte nicht mit meiner Mutter zurückgelassen werden, sondern bei ihm bleiben. Ich wollte sie nicht anschauen müssen. Nicht in diesem Zustand. Es machte mir Angst. Sie räusperte sich, als wollte sie etwas sagen, und ich flüchtete aus der Tür.

Der betonierte Weg war kalt unter meinen Füßen. Jamie und Lou standen nicht weit von mir entfernt und versperrten mir die Sicht. Ich konnte den Wagen sehen, die Türen standen weit offen und die Scheinwerfer beleuchteten etwas. Ich mußte ins Gras treten, um an Lou und Jamie vorbeischauen zu können. Tau. An meinen Füßen fühlte er sich an, wie ...

Blut.

Soviel Blut, als ob die ganze Einfahrt rot asphaltiert wäre. Es floß aus ihm heraus, quoll aus einer großen Wunde in seiner Kehle. Mein Vater kniete neben ihm. Das Blut tränkte seine Hose, während er den großen Schädel im Schoß hielt und die grauenhafte Wunde untersuchte, als ob der Grund, warum so etwas passieren konnte, tief darin vergraben lag. Natürlich war er tot. Den Schädel durchschossen und dann die Kehle aufgeschnitten, um sicherzugehen.

Mein Vater muß mitbekommen haben, daß er beobachtet wurde. Er schaute auf, seine Augen voller Tränen, und der Jammer erstickte seine Kehle. Jetzt, da ich ihn hingestreckt liegen sah, verstand ich auch endlich das Wort, das mein Vater immerzu wiederholt hatte. Seinen Namen natürlich: Dante.

Einen Moment lang war es totenstill, aber dann brachen die Hunde, die in ihrem Zwinger angekettet waren, in ein entrücktes Heulen aus.

»Komm rein, Jack!« sagte eine brüchige Stimme hinter uns.

Wir drehten uns um. Meine Mutter stand in der Tür, die Arme verschränkt, als würde sie sich halten. »Komm schon! Wir können vor morgen früh ohnehin nichts unternehmen. Komm rein! Laß ihn.«

Jamie mußte meinem Vater auf die Beine helfen. Meine Mutter lehnte sich gegen die Tür, während Jamie meinen Vater fast tragen mußte. »Es ist der Schock und die Erschöpfung«, erklärte sie Jamie. »Das Feuerlöschen hat ihn fertiggemacht. Billy, hilf Jamie!«

Ich stützte meinen Vater von der anderen Seite, aber ich war zu klein dazu. Trotzdem schien mein Vater froh zu sein, mich dazuhaben. »Armer, alter Dante«, murmelte er.

Ich kehrte mich ab. Sein Atem stank. Ich kannte den Geruch. Zwar hatte ich ihn noch nie so stark wahrgenommen, schon gleich nicht an meinem Vater. Er war betrunken. Meine Mutter ging vor uns ins Haus. »Habt nach dem Löschen noch 'n bißchen gefeiert«, sagte Jamie. »Was, Jack?«

Mein Vater nickte, grinste dümmlich. »Jemand hat meinen besten Bullen umgelegt, Jamie«, lallte er. »Meinen besten Bullen.«

Wir brachten ihn rein. »Setzt ihn in den Sessel«, sagte meine Mutter. »Kümmert euch nicht um das Blut. Es ist Kunststoff, ich wisch es morgen ab.«

Wir setzten ihn in den Schaukelstuhl, und er schaukelte eine Weile lang vor und zurück. Wir standen um ihn herum und starrten ihn an. Er war schmutzig. Seine Kleidung und sein Gesicht waren rußverschmiert. Er stank nach Rauch und Alkohol und Blut. Meine Mutter starrte ihn böse an, winkte uns in die Küche und schloß die Tür. »Laßt ihn allein. Vielleicht schläft er ein.«

»Der is' randvoll«, sagte Jamie.

Meine Mutter schaute ihn fragend an. »Was ist hier passiert?« fragte sie. Sie sprach wie Tante Evelyn in der Schule.

Jamie schien diesen Ton auch zu kennen, denn er starrte auf seine Füße und zuckte die Schultern. »Da war ein Schuß.«

»Zwei«, korrigierte ich ihn. »Du hast den ersten nicht gehört.«

Jamie nickte. »Okay. Zwei Schüsse. Jemand hat den Bullen erschossen.«

»Und dann seine Kehle durchgeschnitten«, fügte Lou an.

Jetzt wurde Lou zum Opfer des unheimlichen Blicks meiner Mutter. »Ich glaube, ihr Kinder verschwindet jetzt ins Bett.«

Diese Bemerkung löste Unruhe aus. Babe begann zu weinen, sagte, sie hätte zu viel Angst, Lou protestierte lauthals, ja sie schrie quasi. Das ließ meinen Vater aufschrecken, er begann zu murmeln.

»Meinen besten Bullen«, sagte er weinerlich, wieder und wieder. »Mein besten verdammten Bullen.«

Meine Mutter gebot uns zu schweigen. Sie lächelte, bemüht, aber trotzdem. »Laßt uns was trinken«, sagte sie, »und uns beruhigen.«

Sie nahm Limonade aus dem Kühlschrank und eine Flasche Bier für Jamie. Sie schenkte sich sogar selbst ein Glas Bier ein. Als wir fertig waren, half ihr Jamie, meinen Vater ins Bad zu schleppen. Sie sagte, mehr könnten wir in dieser Nacht nicht mehr tun. Am Morgen würde sie die Polizei verständigen. Bis dahin sollte Jamie die Pistole aus seiner Hütte holen. »Nur zur Sicherheit«, sagte sie.

Jamie schlüpfte in die Nacht hinaus. Ein paar Minuten später war er wieder da, fröstelnd von der Nachtluft, seine Augen verwirrt. »Sie ist weg. Die Tür zur Hütte stand offen. Die Pistole ist nicht da.«

Meine Mutter verdaute diese Information. »Also hat er deine Pistole dafür benutzt.«

»Kann auch eine Sie gewesen sein«, flüsterte Jamie, seine Augen waren weit und starr.

Der Gesichtsausdruck meiner Mutter fror, aber sie sagte nichts. Wir dachten an Belinda Pepper und ihre wilde, impulsive Art. Ich zog diese Möglichkeit in Erwägung. Es schien wahrscheinlicher, daß Belinda eher dazu imstande war als ein rachsüchtiger, pistolenschwingender Außerirdischer. Meine Mutter schickte Jamie in die Werkstatt, um die Pistole meines Vaters zu holen. »Leg sie unter dein Bett. Und schau, ob sie geladen ist«, rief sie ihm hinterher.

Lou und Babe schleppten ihre Matratzen ins Schlafzimmer meiner Eltern. Jamie blieb bei mir. Sobald wir alleine waren, entschuldigte ich mich für meinen hysterischen Ausbruch, aber er gab mir keine Chance. »Schhhh. Ich will nur noch schlafen, Billy.« Das war das schlaffste Lächeln, das er je aufgesetzt hatte.

Er schlief nicht. Sein Atem fand nie den leichten Rhythmus. Er lag einfach nur da. Auch ich konnte nicht schlafen. Meine Paranoia wuchs, sobald das Licht ausgeschaltet war. Und je länger ich wachlag, desto sicherer wurde ich, daß diese schrecklich Tat gegen mich gerichtet war. Schließlich, nach Stunden, erkannte ich das Gefühl, das an mir nagte. So hatte ich mich nach dem Scharmützel in der Rugby-Umkleide gefühlt. Ein weiterer Akt sinnloser Gewalt. Oder nicht? Je länger ich darüber nachdachte, desto wahrscheinlich schien es mir, daß sich ein ausgeklügelter Plan dahinter verbarg: Meine Eltern bekämpften das Feuer. Jamie hätte üblicherweise die Nacht in Glenora verbracht ... Ich lag dort, benommen, in meinem Gehirn ratterten unendliche Möglichkeiten.

Ich war fast eingeschlafen, als mich etwas hochschrecken ließ. Ich war völlig wach. Jamie schlich sich aus dem Bett. Ich begann zu zittern. Er kam auf mich zu. Es kostete mich meine gesamte Anstrengung ruhig zu bleiben. Ich hatte mir viele Szenarios ausgedacht, aber nie zu hoffen gewagt, daß er auf mich zukommen würde. Ich wollte schon die Decke zurückschlagen, aber hielt mich zurück. So eine Reaktion war viel zu offensichtlich. Ich legte mich bescheiden zurück, schüchtern und wartete auf die Berührung, die ... niemals kam. Anstatt zu mir ins Bett, schlich Jamie aus der Tür.

Kurz darauf hörte ich die Fliegengittertür klappern. Jamie war rausgegangen. Ich kletterte aus dem Bett und schaute hinaus. Ich konnte ihn nicht sehen. Vorsichtig schlich ich mich auf Zehenspitzen zur Hintertür und starrte hinaus. Es schien, als wäre er nicht in seine Hütte gegangen. Es brannte kein Licht dort. Plötzlich bellten die Hunde und erschreckten mich. Ich ging zurück ins Bett. Ich wußte, wohin er gegangen war. »Hasen schießen.« Ich schlief fast auf der Stelle ein und kriegte es kaum mit, als er spät in der Nacht wieder in sein Bett schlüpfte.

Lou weckte mich am Morgen. Ich muß wohl auch aufgeschrien haben, denn ich weckte Jamie auf. Er gab ein verärgertes Grunzen von sich. Lou war komplett angezogen. »Steh auf!« zischte sie. »Laß uns den Tatort nach Spuren absuchen.«

Sie ging auf Zehenspitzen aus dem Zimmer und signalisierte mir, daß ich ihr folgen sollte. Ich blinzelte zu Jamie hinüber, aber er hatte sich weggedreht, lag mit dem Gesicht zur Wand, zog sich die Decke über den Kopf. Folgsam stand ich auf, zog mich so leise wie nur irgend möglich an. Lou wartete ungeduldig an der Eingangstür. Babe stand neben ihr, strahlte vor Freude, in diese wichtige Mission einbezogen worden zu sein. »Okay«, sagte Lou. »Ich bin Julian. Wer willst du sein?« – eine weitere Episode aus den *Fünf Freunden* von Enid Blyton. »Ich bin Anne«, sagte ich.

»Okay, Babe. Und du darfst Timmy sein, der Hund«, sagte Lou eher unfreundlich.

Wir erwarteten, daß Babe zu meiner Mutter laufen würde und sich beschweren, statt dessen schaute sie zu uns auf und sagte: »Wir haben sieben Hunde. Jeder von ihnen könnte Timmy spielen.«

Darauf gab es keine Antwort. Aufgrund dieser intelligenten Reaktion durfte sie Dick spielen. Lou marschierte ins Freie und winkte uns. Wir trippelten hinter ihr her, wählten einen respektierlichen Abstand von Dantes starrem, eingesacktem Kadaver. Nur Lou wollte ihn aus der Nähe inspizieren.

Es war seltsam, Dante dort liegen zu sehen. Mein Vater hatte immer gesagt, er würde hier sterben müssen, weil er zu groß war, um abtransportiert zu werden.

Alle anderen Bullen wurden zum Schlachten geschickt, sobald es an der Zeit war. Dante hatte er behalten, obwohl er inzwischen der älteste war und schon ziemlich lahm.

»Er hat Heu im Maul«, verkündete Lou triumphierend. »Jemand hat ihn mit Heu gelockt. Ich wette, wir finden Heu von der Weide bis hierher.«

Babe sollte diese Hypothese überprüfen. Lou umkreiste den Bullen wie ein Geier, der gleich darauf loshacken wollte. Sie untersuchte gerade den hinteren Teil, als sie plötzlich ein tiefes Murren ausstieß und an seinem Schweif zog, dann näherte sie sich mir mit ernster Miene. Sie blieb vor mir stehen und bat mich, die Hand auszustrecken. Ich wußte, sie würde etwas Ekliges hineinfallen lassen, Scheiße oder ein bißchen Gehirn. Ich schloß meine Augen, wollte es nicht sehen, war aber nicht mutig genug, um mich zu weigern.

Es war etwas Leichtes und Zartes, das in meine Hand flatterte. Überrascht öffnete ich meine Augen. Eine ausgeleierte rote Schleife.

Lou schaute mich finster an. »Dein Vater wird das nicht sehr lustig finden. Besonders mit seinem Kater.«

Ich nickte wie ein Idiot, und mein Verstand ratterte, um diesen Hinweis zu verstehen. Natürlich erkannte ich sie wieder. Es war die Schleife meines Kuhschweifs. Ich hatte sie völlig vergessen.

»Weg da!« rief meine Mutter vom Balkon und starrte uns böse an. »Kommt sofort rein! Die Polizei ist schon auf dem Weg.«

Lou und ich gingen brav ins Haus. Wir waren schon fast an der Tür, als es mir einfiel. Ich mußte die Luft angehalten haben, denn Lou schaute mich durchdringend an. »Was?« fragte sie scharf.

Ich suchte nach einer Ausrede. »Babe«, sagte ich schließlich. »Wir haben Babe vergessen.«

Ich rannte die Weg hinunter und rief nach Babe; mir war schwindelig von der plötzlichen Erkenntnis. Der tote Bulle lag vor mir auf dem blutdurchtränkten Kies. Ich wußte, wo ich die Schleife verloren hatte. Ich wußte, wer Dante umgebracht hatte. Ohne Zweifel. Die Schleife war ein Zeichen für mich, so daß nur ich allein es verstehen konnte.

Roy Schluter.

Aber was sollte diese Schleife bedeuten? War es eine Warnung? Diesmal der Bulle, das nächste Mal ich? Oder wollte Roy den Schweif des Bullen für sich beanspruchen? Wollte er mir damit sagen, daß er auch einen Schweif haben wollte? Daß er sein wollte wie ich? Während ich Dante anstarrte, begann ich zu weinen. Ich versuchte mir einzureden, daß Roy unmöglich so etwas getan haben konnte. Und doch, wenn ich mir den niedergemetzelten Bullen anschaute und den geschmeidigen Glanz der Schleife zwischen meinen Fingern spürte, wußte ich mit packender Sicherheit, daß Roy dafür verantwortlich war.

Als Babe meine Hand nahm, erschrak ich. »Ich hab die Heuspur gefunden«, sagte sie stolz. »Genau wie Lou es gesagt hat. Das Tor stand offen. Ich hab's zugemacht.«

»Gut gemacht«, murmelte ich und wischte mir die Tränen aus den Augen.

Gemeinsam gingen wir zum Haus zurück. Ich wußte, ich würde keinen Hunger haben. Mir war übel von meiner Erkenntnis.

Sobald Wachtmeister Hubble ankam, rannte Lou nach draußen und erzählte ihm von der Heuspur. Wir hörten Hubbles Antwort bis an den Frühstückstisch: »So, so, Louise. Bist du dir da ganz sicher?«

Dann torkelte mein Vater in die Küche. Meine Mutter hatte ihn offensichtlich aus dem Bett gejagt; unter seinem Buschhemd konnte ich seine Pyjamajacke erkennen. Er ging raus, holte Hubble herein und bot ihm eine Tasse Tee an.

»Also dann«, sagte der Polizist endlich, nachdem er einen Schluck genommen hatte.

Lou schnatterte drauf los, aber mein Vater brachte sie mit einem drohenden Blick zum Schweigen. »Jamie. Sag dem Wachtmeister, was passiert ist!«

Jamie, von den Fragen des Wachtmeisters angespornt, erzählte in kurzen Sätzen. Ich spielte mit der Schleife in der Tasche meiner Shorts. Als der aus Jamie nichts mehr herausbrachte, wendete er sich uns zu. »Hat sonst noch jemand was gesehen?«

Ich starrte in meine Müslischüssel und sagte nichts. Ich konnte nicht beichten, was ich wußte. Ich hätte unweigerlich mehr sagen müssen, als ich wollte. Roy wußte das. Wußte, ich würde schweigen, weil ich sonst Dinge hätte erklären müssen, die verboten waren. Ich betete, der Polizist würde endlich verschwinden.

Mein Vater begleitete Wachtmeister Hubble zu seinem Wagen. Sie blieben eine Weile neben Dante stehen und unterhielten sich leise. Lou pirschte sich ans Fenster, um etwas davon mitzukriegen, aber meine Mutter schickte sie in die Küche zum Abwaschen. Als mein Vater zurückkam, hatte er miese Laune.

Meine Mutter stellte ihm Frühstück hin, aber er schnauzte sie an. »Das ist nur wegen dir passiert. Du und diese seltsamen Dinge, die du auf dem Balkon abziehst. Darum haben sie meinen besten Bullen umgelegt. Um dich zu erschrecken, damit du damit aufhörst. Wie du nur diese unnatürlichen Verrenkungen machen kannst. Das ist nicht normal. Die Leute wollen das nicht sehen.«

Dieser Ausbruch überraschte uns. Endlich brach meine Mutter diese schockierte Stille. »Sie können mich gar nicht sehen, es sei denn, sie beobachten mich mit dem Fernglas.«

»Und? Leute schauen andauernd durchs Fernglas. Schauen nach ihren Schafen und so weiter. Sie wollen nicht von dir erschreckt werden. Es provoziert. Ich kann mir schon vorstellen, daß jemand dieses Spektakel beenden wollte.«

Jamie entschuldigte sich; er wollte telefonieren. Es war klar, daß er versuchte, Belinda zu erreichen. »Ich habe sie Hubble gegenüber erwähnt«, flüsterte Vater meiner Mutter zu. »Ich hab gesagt, er soll ihr mal ein paar Fragen stellen.«

Das Telefon wurde hingeknallt. Mein Vater zog eine Braue nach oben, aber schwieg. Jamie schlappte in die Küche zurück. »Darf ich nach Glenora fahren?« fragte er meinen Vater.

»Eigentlich brauche ich dich heute morgen für ein paar Stunden. Wir müssen den Bullen wegschaffen.«

Ich ging davon aus, daß Dante beerdigt werden würde. Ich glaube, wir nahmen alle an, daß sein Leichnam mit Würde behandelt werden würde. Aber so kam es nicht.

Vielleicht weil mein Vater einen Kater hatte. Oder vielleicht schämte er sich für sein Verhalten in der Nacht zuvor und versuchte nun mit dieser kaltherzigen Aktion seinen Weinkrampf wettzumachen. Wie auch immer, jedenfalls sollte meine Mutter die Messer schärfen. Mein Vater wollte Dante häuten und ihn dann zu Hundefutter hacken. Und was noch schlimmer war: Er erwartete, daß wir ihm dabei halfen.

Jamie reagierte mürrisch. Lou erblaßte, als Vater ihr auftrug, daß sie mit Dantes massivem Hinterbein anfangen sollte. Babe flüchtete unter Tränen in ihr Schlafzimmer, und ich hätte es ihr am liebsten nachgetan. Nur die Hunde freuten sich. Sie heulten schon den ganzen Morgen, weil sie Blut in der Luft schmeckten. Meine Vater schrie sie in regelmäßigen Abständen an, aber es half nicht lange. »Denen wird das Abendessen heute besonders gut schmecken«, lachte er schallend; Jamie antwortete mit einem kaum vernehmlichen Brummen.

Endlich war Dante gehäutet, sein Kopf abgetrennt und ins Abfalloch geworfen. Sobald er ab war, war es einfacher sich vorstellen, es sei nicht Dante. Nur Fleisch. Wir banden die Hinterbeine an die Gabeln des Traktors und hoben ihn so über das Loch.

Aber der Rumpf war so groß, selbst als die Gabeln ganz oben waren, lagen die Vorderbeine immer noch im Kies. Lou saß im Traktor und betätigte die Hydraulik. Sie mußte sie immer wieder heben, weil der schwere Körper sie runterzog. Ich schaute weg, als mein Vater den Magen aufschnitt; die Innereien spritzten in hohem Bogen heraus, allein das Geräusch war schlimm genug. »Willst du Dantes Schweif, Billy-Boy? Er ist länger als der, den du hast.«

Ich konnte nicht antworten. So wanderte er ins Abfalloch. Ich mußte den Rumpf mit dem Gartenschlauch abspülen. Dann sägten Vater und Jamie auf einer Leiter stehend abwechselnd mit einer gigantischen Säge die Wirbelsäule durch. Ich mußte Dante dabei halten. Lou grinste mir aus dem Führerhäuschen zu. »Eine Kettensäge wäre besser«, scherzte mein Vater, aber weder Jamie noch ich lachten darüber, wir lächelten noch nicht mal.

Großvater kam kurz bevor das Ding geteilt war. Er schaute zu. Mit finsterem Blick. Sobald die Säge die letzten Knochen durchtrennt hatte, stöhnte mein Vater tierisch auf. Die beiden Hälften schwangen wie verrückt hin und her. Großvater humpelte zu uns herüber. Vielleicht stach es ihn in sein kaputtes Bein, während er zusah, wie eines der »weißen Biester« aufgeschnitten wurde.

»Hubble kam vorbei«, sagte er kurz.

»Ach ja?« Mein Vater schaute an ihm vorbei und erklärte Jamie, wie die beiden Seiten aufgeschnitten werden sollten.

»Wie es sich anhört, hast du mich als Hauptverdächtigen für den Mord an diesem weißen Biest genannt.«

Mein Vater wendete sich Großvater zu. »Das hab ich nicht gesagt.«

»Du mußt irgendwas gesagt haben. Er hat mich gefragt, was ich letzte Nacht getrieben habe.«

»Ich habe nur gesagt ... Er hat gefragt, wem ich so was zutrauen würde.«

»Und da bin ich dir eingefallen?«

»Es war nur ein Witz. Hubble hat das schon richtig verstanden. Außerdem stimmt's doch. Du hast meine Kühe immer gehaßt. Du bist der erste, der einzige, bei dem ich es mir vorstellen könnte.«

Großvater schnaubte und kehrte sich ab, ging geradewegs aufs Haus zu. Er würde meiner Mutter bei einer Tasse Tee die Ohren vollschimpfen.

Ich sollte so viele alte Säcke ranschleppen wie möglich. Eine halbe Stunde später wurde Dante schließlich zur Ruhe gelegt. In handliche Stücke geschnitten, eingetütet und in der Hundefutter-Kühltruhe verstaut.

»Das war grauenhaft«, sagte Lou, während wir unsere Hände wuschen. Dann gingen wir rein zum Morgentee.

Jamie kam nicht mit. Er setzte sich ins Auto und fuhr ohne zu duschen los, obwohl er über und über mit Blut verschmiert war. Ein paar Stunden später war er wieder da. Er schaute besorgt drein, aber niemand wagte ihn zu fragen, was passiert war.

Am nächsten Tag erfuhren wir es ohnehin. Velda Pile überbrachte die Neuigkeiten per Telefon. Belinda Pepper kam nicht zur Arbeit, und Julie, die von unserem »Vorfall« gehört hatte (ganz Serpentine hatte innerhalb von vierundzwanzig Stunden davon gehört), bat den Wachtmeister mal bei ihr nachzusehen. Auch auf wiederholtes Klopfen öffnete niemand die Tür. Mit Hilfe einiger neugieriger Nachbarn brach er sie dann auf. Aber Belinda war weg. Im Aschenbecher neben dem Bett fand Hubble die Reste einer Marihuana-Zigarette.

Belindas Verschwinden war der Quell für unwahrscheinliche Geschichten. Velda war überzeugt, daß sie der Schlüssel zu einem international operierenden Drogenring darstellte. Marcia Pepper behauptete, sie sei auf dem Weg zur Wahl der Miss New Zealand. Tracey Ingham brachte in Umlauf, daß ihre »Halsprobleme« unheilbar seien, sich auf ihr Gehirn geschlagen hatten und sie nun verrückt sei, daher die Geschichte mit der Pistole. Die Damen aus dem Bowling Club dagegen waren sich sicher, daß Belinda diesmal nun wirklich schwanger wäre und aufgrund von Scham und Reue die Stadt verlassen hatte.

Der Wachtmeister kam wieder, um Jamie zu befragen, beanspruchte die Küche für das Verhör. Wir anderen saßen im Wohnzimmer, die Lautstärke des Fernsehers so weit runtergedreht, daß wir jedes Wort verstehen konnten. Wir waren schockiert zu hören, daß Belinda Jamie sitzengelassen hatte.

»Sie hat sich ein Ticket nach Sydney gekauft. Einfach so. Ohne Vorwarnung. Ich sagte, ich würde mitkommen, sobald ich das Geld zusammengekratzt hätte, aber sie wollte nicht warten. Belinda wollte immer alles sofort. Sobald sie sich zu etwas entschlossen hatte, mußte sie es haben.«

»Wußtest du, daß sie Marihuana rauchte?«

»Was ist das?« fragte ich.

»Schhhh«, zischten Vater und Mutter unisono, aber zu spät. Jamies Antwort ging in ihrem Zischen unter.

»Drogen«, flüsterte mein Vater streng. »So was faßt du nicht an! Klar?«

»Wie schauen die aus?«

»Es ist eine Pflanze.«

»Was für eine Pflanze?«

»Weiß ich nicht.« Mein Vater war gereizt. »Sie wächst bei uns nicht. Gott sei Dank.«

Aber das stimmte nicht, denn sie fanden sie bei Belinda, und ich wußte, woher sie sie hatte. Ich schlich mich davon. Keiner kriegte es mit. Sie waren zu sehr damit beschäftigt zuzuhören, wie Jamie von dem Streit zwischen ihm und Belinda erzählte und wie er versuchte, ihr Flugticket zu zerreißen.

Ich rannte zum Plumpsklo hinter dem Schafstall. Je näher ich kam, desto sicherer war ich mir, daß ich zu spät kam. Und tatsächlich, es war leer. Alles weg. Gerade als ich dabei war, das Geheimnis zu lüften. Das hatte Jamie mitten in der Nacht getan.

Hatte er die Pflanzen woanders versteckt? Oder vernichtet? Ich machte die Tür weit auf und ging auf alle viere. Das hätten die *Fünf Freunde* auch gemacht. Sie würden nach Hinweisen suchen. Ich spähte sogar in das Loch. Es roch, als hätte es jemand erst kürzlich benutzt, deshalb trat ich schnell zurück. Nichts. Die Pflanze war verschwunden und Jamie hatte die Toilette saubergemacht.

Ich ging ins Haus zurück. Der Polizist war am Gehen. Jamie mußte mit nach Glenora, um eine Pistole zu identifizieren, die jemand hinter dem Kerker liegengelassen hatte. Diese Tatsache bestätigte, was ich bereits wußte. Roy war es. Lou zupfte mich am Arm, schreckte mich aus meinen Gedanken. »Das ist unsere Chance«, sagte sie. »Wir untersuchen Jamies Hütte nach Hinweisen.«

Wir warteten, bis Jamie weg war und stürmten dann zu seiner Hütte. Während Lou alles durchsuchte, wußte ich genau, was ich zu suchen hatte. Ich filzte seine Toilette und den Platz hinter der Hütte. Keine Pflanzen. Unter der Spüle. Der Eimer war, wo er hingehörte. Aschenbecher? Sauber gewischt. Lou hatte alles andere durchkämmt: unter der Matratze, seine Schuhe, den Geschirrschrank, seine Taschen. »Er hat alle Indizien vernichtet«, verkündete Lou. »Er muß die Polizei erwartet haben.«

Wir waren schon am Gehen, da dachte ich noch daran, in seinen Mülleimer zu schauen. Und da war es dann. Nicht wirklich ein Indiz, aber mit Sicherheit etwas Wichtiges. Das Foto von Jamie und Belinda. Weder Lou noch ich hatten bemerkt, daß es nicht mehr am Spiegel steckte. Es war in Stücke gerissen. Ich fischte sie schnell heraus und steckte sie mir in die Tasche. Lou sollte es nicht mitkriegen und Anspruch darauf erheben. Später klebte ich es zusammen, so daß ich ein Foto von Jamie hatte. Die Teile von Belinda verbrannte ich.

14

Dantes Blut klebte am Kies. Ein unverwechselbarer rostfarbener Fleck. Gäste – und in dieser Woche hatten wir viele Gäste – waren fasziniert. Manche fotografierten ihn sogar. Desmond Sully, der Gemeinderat, beauftragte einen Pflasterer, um kostenlos frischen Kies aufzuschütten, »Weil ihr soviel mitgemacht habt«, sagte er. Danach schienen meine Eltern deutlich entspannter. Sie sprachen wieder.

Davor war es ziemlich anstrengend gewesen. Sobald jemand vorbeischaute, machte meine Mutter Yoga-Übungen auf dem Balkon (um meinem Vater seine an den Haaren herbeigezogene Anschuldigung heimzuzahlen), woraufhin mein Vater die Aufmerksamkeit der Besucher schnell auf den Blutfleck lenkte. Nur funktionierte diese Strategie mit dem frischen Kies nicht mehr; er mußte sich entschuldigen. Babe und ich belauschten ihn dabei.

»Meinetwegen«, antwortete meine Mutter. »Entschuldigung akzeptiert. Jetzt kannst du dich auch gleich bei deinem Vater entschuldigen. Er will nämlich Weihnachten boykottieren, aufgrund dessen, was du über ihn gesagt hast.«

Mein Vater reagierte nicht darauf und mit Großvater sprach er auch nicht. Die Fehde ging weiter. Großvater besuchte uns nicht mehr. Ich sah ihn erst bei Tante Evelyn wieder; er nahm mich zur Seite und sagte mir allen Ernstes, daß er sein Testament geändert und die Farm in Crayburn mir überschrieben hätte. Am liebsten hätte ich »Bitte nicht!« geantwortet, aber es erschien mir nicht besonders angebracht.

Die Fehde wurde sogar zum Tagesgespräch in Serpentine. Und das war Öl in das Feuer über die Spekulationen um den Vorfall (sie wucherten üppiger als die über Belinda). Man muß zu ihrer Schande gestehen, daß Tante Evelyn sich an den Diskussionen um das familiäre Unglück zu ergötzen schien. Sie fühlte sich in der perfekten Position dazu; sie war ja nicht blutsverwandt, sondern hatte »nur« eingeheiratet. Die Leute riefen bei ihr an, um den Wahrheitsgehalt der unterschiedlichen Theorien auszuloten.

»Mehr als alle anderen hast du ein Recht darauf zu erfahren, was gesagt wird«, sagte sie, als sie drei Tage nach dem »Mord« in unsere Küche flatterte und uns feierlich einen Auflauf entgegenstreckte.

Meine Mutter hob den Deckel (klar, daß es was mit Rind war) und verzog das Gesicht: »Wirklich, Evelyn. Du machst dir zu viel Mühe.«

»Ein Tod ist ein Tod«, antwortete sie. »In diesen Zeiten hält man zusammen. Es ist eine Tradition, den Hinterbliebenen Essen zu bringen und Trost zu spenden.«

»Es war nur ein Bulle«, sagte meine Mutter.

Tante Evelyns Stimme senkte sich zu einem durchdringenden Flüstern. »Ja, aber es war Mord.«

Das beliebteste Gerücht war, daß meine Mutter dafür verantwortlich wäre. »Sie sagen, Mitglieder dieser vegetarischen Sekte, der du angehörst, hätten dich überredet, dem Bullen den Garaus zu machen. Aus Protest gegen die Fleischesser«, sagte Tante Evelyn, lachte kurz, um zu zeigen, wie lächerlich sie das fand, fixierte dabei aber meine Mutter ganz genau.

»Ach, wirklich?« fragte meine Mutter.

Tante Evelyn beeilte sich den nächsten Hauptverdächtigen vorzustellen. Großvater natürlich, denn jeder wußte, wie sehr er die Charolais' haßte, seit er von einem fast zermalmt wurde. Aber auch meinem Vater wurde ein Motiv zugeschrieben. »Sie sagen, der Bulle war eine Niete. Ein regelrechter Blindgänger«, sagte sie. »Jack hat ihn wegen der Versicherung erschossen. War er denn versichert?« Meine Mutter antwortete, daß sie es nicht wüßte.

Nachdem Tante Evelyn verschwunden war, wurde ich beauftragt, den Eintopf an die Hunde zu verfüttern. »Ich bin mir sicher, daß sie sich über die Abwechslung freuen«, sagte meine Mutter.

Tante Evelyn kam sofort wieder, als Wachtmeister Hubble ein paar Tage später verlauten ließ, daß er Belinda Pepper verhören wollte. Ich glaube, sie wollte Jamie in die Mangel nehmen, aber er machte sich dünn, sobald er sie kommen sah. So rätselte sie mit meiner Mutter über das Motiv: »Belinda Pepper ist zu allem fähig, aber ein Motiv brauchen wir trotzdem.« Tante Evelyn spitzte ihre

Lippen, das tat sie immer, wenn sie etwas verblüffte. »Meinst du, es könnte Liebe gewesen sein?« sinnierte sie. »Liebe kann die gewalttätigsten Leidenschaften heraufbeschwören.« Dann klatschte sie in die Hände und schaute uns triumphierend an. Sie hatte das Motiv gefunden. Und obwohl sie sich der Umstände noch nicht gewiß war, verbreitete sie die Theorie in Serpentine.

Sie verfolgte dabei eine ausgeklügelte Taktik: Die Leute bettelten natürlich um Details, Tante Evelyn schwieg. Sie seufzte nur, als wäre das Ganze zu tragisch, um weiter darauf einzugehen, und überließ es der Vorstellungskraft eines jeden einzelnen – hätte sich jemand ein plausibles Szenario zusammengereimt, hätte Tante Evelyn es nur noch verifizieren müssen.

Alle waren froh, daß der Schuldige feststand, denn niemand wollte glauben, daß jemand gezielt vorging; das machte zu viel Angst. Mit ihrem plötzlichen Verschwinden bezichtigte sich Belinda selbst; nur eine Schuldige würde so handeln. (Die Liste ihrer Sünden war ohnehin schon so lang, ein Verbrechen mehr oder weniger war da schon egal.)

Jamie weigerte sich, über Belinda zu sprechen, und so fand ich nie heraus, ob auch er sie dafür verantwortlich machte. Ich versicherte ihm, daß sie es nicht gewesen war, weil ich dachte, damit sein Vertrauen zurückgewinnen zu können. Aber er überhörte meine Bemerkung.

Er dachte immer noch an sie. Das zeigte sich daran, daß er sich aufgeregt auf die Post stürzte. Auch Babe und ich untersuchten die Post genau nach australischen Briefmarken. Ein Brief von Belinda wäre ein wichtiges Indiz gewesen. Lou hatte uns instruiert, den Brief zu stehlen, falls denn einer käme. Aber das geschah nie.

Nachdem Belinda verschwunden war, machte ich mir Hoffnungen, daß zwischen Jamie und mir wieder alles so werden würde wie zuvor. Die Zeichen standen gut. Er ging nicht mehr weg. Er telefonierte nicht mal mehr mit den Jungs vom Pub. Aber er ging auch auf Abstand von meiner Familie und mir. Er war nicht mehr so gesprächig wie früher. Nach dem Essen stand er immer gleich auf und zog sich in seine Hütte zurück. Seine liebenswerte Begeisterung nahm immer mehr ab.

Ich fühlte mich wie ein Mauerblümchen beim Tanzabschluß. Jeden Abend wartete ich darauf, daß Jamie mich in seine Hütte einladen würde, aber er sagte nie mehr als »Gute Nacht« zu mir.

Irgendwann war ich dann frustriert genug, um mich zu ihm zu schleichen – meine Eltern waren in den Fernseher vertieft – und zu schauen, was er trieb. Ich wagte nicht, durchs Fenster zu schauen, blieb daher in einiger Entfernung stehen und wartete, in der Hoffnung, er würde mich sehen und einladen. Aber keine Spur von ihm. Nur sanfte Musik und das gelegentliche Rauchwölkchen, was, von der Nachttischlampe erleuchtet, durchs Fenster schwebte. Er lag wohl auf dem Bett und rauchte, trank vermutlich ein Bier dazu. Ganz schön depressiv für jemanden, der bis vor kurzem noch unterhaltsam und fröhlich gewesen war. Die Anzahl leerer Bierflaschen, die er unter der Hütte sammelte, hatte sich verdoppelt. Am liebsten wäre ich einfach reingeplatzt und hätte ihn aufgemuntert. Früher kannte ich ihn gut genug dafür, heute, nach allem, was passiert war, wußte ich nicht mehr, ob ich willkommen war. Ich befürchtete eher, daß er mich wegschicken würde.

Weihnachten rückte näher und meine Eltern sprachen in einer Tour darüber. Sie wollten uns ablenken, das Geschehene vergessen machen. Weil ihn meine Mutter damit nervte, rief mein Vater Großvater endlich an und lud ihn zum Festessen ein. Er entschuldigte sich nicht, aber Großvater lehnte nicht ab. Auch eine Art von Friedensschluß.

Für die anderen war es einfach, Dante zu vergessen. Sie mußten ja die Hunde nicht füttern. Jeden Tag nahm ich das Fleisch aus der Kühltruhe, taute es auf, hackte es klein und trug es in die Zwinger; es weinte Blut und ein Wölkchen hartnäckiger Fliegen folgte mir. Jeden Tag stanken meine Hände nach Dante. Ich schrubbte sie mit parfümierter Seife, aber der Geruch von Tod haftete an mir. Ich bildete mir ein, ihn sogar noch abends im Bett zu riechen, und es erinnerte mich an Roy.

Ich rang damit – genau wie Tante Evelyn –, seine Tat auf ein Motiv zurückzuführen. Zuerst war ich bestürzt, dann sogar ein wenig empört. Warum hatte er mir das angetan? Ich war doch nett zu ihm gewesen. Jedenfalls netter als alle anderen. Ich war der einzige in der Schule, den man annähernd als seinen Freund hätte bezeichnen können. Das glaubte ich wirklich. Aber dann erinnerte ich mich an Momente, die mein tugendhaftes Image unterminierten. Ich bereute meine Unfähigkeit, in den entscheidenden Situationen nicht mehr gesagt oder getan zu haben. Ich fing sogar an zu träumen, daß ich Roy auf das Gemeinste verriet. Schließlich mußte ich mir eingestehen, daß ich ihm die elementarsten Grundlagen einer Freundschaft vorenthalten hatte. Nicht nur hatte ich ihm verboten, in der Schule mit mir zu sprechen, sondern auch außerhalb. Selbst wenn wir allein waren, hatte ich eine Unterhaltung verweigert. So eine geheime, stille Freundschaft konnte unmöglich jemandem genügen, der sonst keine Freunde hatte. Er sagte ja niemals viel, aber in manchen Momenten schien es, als hätte er mehr sagen wollen.

Ein Bild von Roy verfolgte mich: diese verlorene Person in Wolken von erstickendem Staub, aufgewirbelt von den Reifen des Schulbusses. Das war nämlich das letzte, was ich von ihm gesehen hatte. Scham überkam mich jedesmal, wenn ich mich daran erinnerte: Das Schulabschlußfest und die Preisverleihung. Ein Tag vor dem Feuer.

An diesem Tag machten sie ziemlich viel Aufhebens um mich. Alle waren besonders nett zu mir. Niemand redete mich mit blöden Spitznamen an. Mittags beim Fußball wollten mich alle in ihrem Team haben. Es war klar, daß dies meine letzte Woche an der Schule war (Es war auch Roys letzte Woche, aber das interessierte niemanden).

Roy saß mittags allein, wie immer. (Niemand setzte sich je zu ihm, und das war an diesem Tag nicht anders.) Ich schaute ein paarmal zu ihm rüber und es überraschte mich, daß er sich tatsächlich das Fußballspiel anschaute. Normalerweise starrte er vor sich hin, in eine fremde Welt. Aber er verfolgte es, runzelte vor Konzentration sogar die Stirn. Jedesmal wenn ich hinschaute, guckte er mir direkt in die Augen. Ich hätte ihn zu uns winken sollen; es kam mir in den Sinn, aber ich verwarf die Idee. Jeder war nett zu mir und ich wollte das nicht riskieren. Lou schickte mir einen Paß und ich brachte es tatsächlich fertig, den Ball zwischen die Pfosten zu kicken. Alle kamen auf mich zu, jubelten und sagten mir, was für ein tolles Tor ich geschossen hatte.

Am Nachmittag bat der Lehrer Roy und mich aufzustehen und hielt eine kleine Rede. Vor Stolz lief ich rot an, aber das Gefühl schwand schnell, denn der Lehrer stellte Roy und mich auf ein Niveau. Als wären wir beide gleich schlau, beide dieselben außergewöhnlichen Schüler, die im nächsten Jahr in derselben Eliteklasse landen würden. Die traurige Wahrheit war, daß diese Auszeichnungen mir galten, mir allein. Daß dieser langweilige, tolpatschige Roy mir gleichgestellt wurde, erfüllte mich mit der kalten Wut der Ungerechtigkeit. Wenigstens hatte Roy den Anstand, das anzuerkennen, denn nach einer Weile starrte er nicht mehr dem Lehrer ins Gesicht, sondern auf sein Pult, lief mit jedem Kompliment ein bißchen mehr rot an. Trotzdem gab ich ihm die Schuld; er mußte dem Lehrer hinten reingekrochen sein.

Das Buch, das der Lehrer mir als Preis überreichte, würdigte ich kaum eines Blickes, murmelte Danke und wendete mich ab, ließ mich von der Kameraderie meiner Schulfreunde einfangen. Jeder wußte, daß Roy sich zu Unrecht meine Leistungen ans Revers stecken ließ. Jeder sagte das.

Als der Schulbus vor dem Haus der Schluters hielt, wurde es still. Roy saß allein vorn im Bus; niemand wollte neben ihm sitzen. Er stand auf und wendete sich uns allen zu. Vielleicht wollte er sich verabschieden, sah dann aber unsere feindlichen Mienen, und der Mut verließ ihn. Er sagte nichts. Seine blassen Wangen erröteten feurig und mich überkam bittere Genugtuung. Er schämte sich, und das war gut so. Ich fragte mich, ob er sich entschuldigen würde, und etwas lag ihm auf den Lippen (Tut mir leid? Tschüs?), aber je röter sein Gesicht wurde, desto schwerer fiel ihm das Sprechen. Schließlich gab er auf, packte die Kapuze seines Parkas und zog sie sich tief ins Gesicht, als müßte er sich verstecken. Dann sprang er aus dem Bus.

Niemand rief ihm einen Gruß hinterher, nur Peter Hore bellte »Hau doch ab«, sobald sich der Bus in Bewegung gesetzt hatte. Ein anderer sagte, es sei gut, daß Roy nicht öfters rot anlief, denn das würde seine Pickel nur hervorheben. Ich starrte eisern geradeaus. Ich wollte nicht winken, aber als der Bus an der Ecke ankam, drehte ich mich um. Roy stand mitten auf der Straße, diese traurige Gestalt, unterschied sich kaum von dem Staub, und winkte. Es war sinnlos, das Fenster war zu verdreckt, als daß er meinen Abschiedsgruß hätte sehen können. Trotzdem hob ich meine Hand.

Nur wenige Tage nach dem Feuer verließen die Schluters die Region. (Auch darüber zirkulierten mehrere Gerüchte. Einige behaupteten, Mr. Schluter hätte sich mit dem alten Sampson wegen ein paar Tage Urlaub über Weihnachten in die Haare gekriegt. Ein anderer meinte, es ginge um Geld; der alte Sampson war krankhaft geizig. Aber Lou hörte Tante Evelyn am Telefon sagen, daß sich die Jungs gestritten hätten, daß Roy Arch halbtot geprügelt hatte. Da Roy so in sich gekehrt und still gewesen war, glaubte diese Geschichte niemand.) Jedenfalls bekam ich nie die Chance, mich von ihm zu verabschieden.

Roy wurde zu einem Enigma. Er verschwand, und damit auch die Möglichkeit, ihn zu verstehen. Und sobald er weg war, dachte ich noch mehr an ihn. Ich machte mir Vorwürfe, wie schlecht ich ihn behandelt hatte und erinnerte mich gerne an das, was wir miteinander angestellt hatten. Bald fand ich, daß er eigentlich ganz gut ausgesehen hatte. Und anstatt ihn als seltsam zu bezeichnen, sah ich ihn von verheißungsvollen Geheimnissen umgeben, Rätsel, die ich gelöst haben wollte. Ich mußte wissen, warum die Schluters weggegangen waren.

Der einzige, der es mir hätte erklären können, war Arch, aber er lief mir nie über den Weg. Nachdem die Schluters weg waren, behielt der alte Sampson ihn zum Arbeiten zu Hause. Es war unvorstellbar, ihn deswegen anzurufen, das wäre viel zu offensichtlich gewesen.

Ich hatte es schon aufgegeben, jemals die Wahrheit herauszufinden, als ich eines Tages, kurz vor Weihnachten, Arch in Glenora begegnete. Er stand im Kiosk und las Comics. Mein Herz sank mir in die Knie, als ich mich neben ihn stellte. »Kaufst du Weihnachtsgeschenke?« fragte ich.

Arch schaute mit glasigen Augen quasi durch mich hindurch, und ich dachte, es wäre verlorene Liebesmüh. »Nö«, sagte er und las weiter.

Ich wußte nicht, was ich noch hätte sagen können. Dann klappte er den Comic zu und stellte ihn ins Regal zurück. »Meine Mutter hat mich zum Arzt geschleppt«, sagte er leise.

Ich musterte ihn. Arzt? Hatte ihn Roy tatsächlich verprügelt? »Und? Ist alles in Ordnung?«

»Ja, ja.«

»Mußt jetzt schuften, ohne die Schluters, hmm?« Ich war stolz, das Thema so ganz beiläufig auf Roy gebracht zu haben.

»Schluter war eine verdammte Niete«, sagte er wütend. »Bin froh, daß er weg ist. Er hat nur Scheiße gebaut, und ich mußte dann alles wieder hinbiegen. Und was den Freak angeht ...«, schnaubte Arch.

Ich wartete, ob noch mehr kam, aber er schien nicht weiter drüber reden zu wollen. »Was ist mit ihm?« fragte ich schließlich.

»Er war durchgedrehter als wir alle gedacht haben«, sagte er und beugte sich nach einem anderen Comic.

Dann sah ich es. Arch fehlte ein ganzer Batzen Haare. Da war ein kahler Fleck, schneeweiß, so kahl, daß man sogar den Knochen darunter ausmachen konnte. Ich mußte aufgestöhnt haben, denn Arch drehte sich nach mir um. Er lächelte mich bedauernd an, legte seine Finger vorsichtig auf die Stelle, wo Haare sein sollten. »Ja«, sagte er. »Der Freak hatte eine dunkle Seite.«

»Hat er das gemacht?«

Arch schüttelte den Kopf. »Nein, hat er nicht. Aber was viel Schlimmeres.«

Ich wollte, daß Arch schwieg. Offensichtlich wußte er von Roy und Dante. Aber zu spät. Er sprach weiter, schnell und erregt. »Er hat das Feuer bei uns gelegt. Ich habe Streichhölzer in seiner Tasche gefunden und eine Schachtel Zigaretten von seiner Mutter. Als ich ihn darauf ansprach, hat er nur gelacht. Dieses böse, teuflische Lachen. Er hat das Feuer gelegt, aber niemand will mir das glauben.«

Ich nickte, weil ich ihm sehr wohl glaubte. Mir wurde übel.

»Ich hab's meinem Vater erzählt. Der ging zu den Schluters und hat sie verflucht, beschuldigte den Freak, unser Land ruiniert zu haben. Schluter wurde ziemlich spitz. Ich hörte die beiden aus einer halben Meile Entfernung fluchen. Jedenfalls kam Dad sauwütend zurück. Schluter hatte ihm gekündigt, sich geweigert, auch nur einen Tag länger für ihn zu arbeiten. Dad war außer sich. Das Heu mußte eingefahren werden. Er brauchte ihn. Das hat er dann an mir ausgelassen. Sagte, es wäre meine Schuld, daß er seinen Arbeiter verloren hat, wenn er ihn am dringendsten brauchte. Ich hätte mir das ganze nur ausgedacht und verdiene jetzt eine Tracht Prügel.«

Arch zeigte mir seine Brust. Sie war mir breiten, rot geschwollenen Striemen überzogen. »Hundehalsband. Schlug auf mich ein. Drosch und riß mir dabei die Haare aus. Er hat mich an ihnen festgehalten. An den Haaren.«

Mir schauderte.

»Aber die Schmerzen waren nicht das Schlimmste. Das Schlimmste war, daß der Freak dabei zuschaute. Bis dahin war ich mir wegen des Feuers nicht sicher gewesen. Es war eine Ahnung. Aber den Freak zu sehen, mit diesem Blick … diesem fiesen Grinsen, da war ich mir dann so sicher, als hätte er es gestanden. Es stand ihm ins Gesicht geschrieben. Er haßte uns. Er haßte mich. Haßte meine Familie. Er war zu allem fähig.«

»Hast du es deinem Vater gesagt?«

»Ich rede nicht mehr mit ihm. Erst wenn er sich bei mir entschuldigt. Aber vermutlich erinnert er sich nicht mal mehr daran. Oh, er weiß sicher, daß er mich geschlagen hat, aber er war noch blau vom Abend zuvor. Von der Party, nachdem das Feuer gelöscht wurde. Die feierten ja bis zum Sonnenaufgang.«

Eine Weile sprachen wir nicht.

»Ich wünschte, ich käme auch ins Internat, so wie du«, sagte er wehmütig. »Am besten sofort.«

Es lag mir auf der Zunge, Arch zu erzählen, was Roy sonst noch angestellt hatte, aber ich wußte, daß es besser war zu schweigen. Mir fiel einfach nichts ein, was ihm ein Trost hätte sein können. Schließlich nahm auch ich einen Comic, und da standen wir dann und blätterten, bis Mrs. Sampson auftauchte.

Damals dachte ich gar nicht daran. Erst Jahre, vielleicht fünf Jahre später, ging es mir auf: die offensichtliche Erklärung für Roys Verhalten. Ich hatte lange nicht mehr an ihn gedacht. Die Erinnerung blitzte auf, durch das, was ich am Boden der Kühltruhe entdeckte. Die letzte Tüte Dante.

Sie war festgefroren und mit Eis überzogen (weil es die Hundefutter-Kühltruhe war, hatte sie nie jemand abgetaut). Ich mußte das Eis mit einem Spaten weghacken, um sie raus zu kriegen, legte mir das Fleisch auf die Schulter und brachte es zum Auftauen in den Stall. Und da erinnerte ich mich. An diese Nacht, in der Dante abgemurkst wurde und Tante Evelyns Worte, diese Theorie, die sie sich aus den Fingern gesaugt hatte: *Sie tat es aus Liebe.* Dieser Satz ging durch mich hindurch wie eine Welle, wuchs an Bedeutung und Omen, bis er brach: die erschreckende Möglichkeit, daß Tante Evelyn vielleicht doch nicht so unrecht gehabt hatte. Sie hatte das Motiv nur der falschen Person zugeschrieben.

Vielleicht hatte Roy aus Liebe gehandelt.

Dieser Gedanke war so schwindelerregend, daß mir der Sack aus der Hand rutschte. Hatte mich Roy geliebt? Das war lächerlich. So wie ich aussah? Fett und mit Brille? Schwer vorzustellen, daß sich jemand in mich verliebt haben könnte.

Ich nahm den Sack auf und ging weiter. Aber die Erkenntnis ließ mich nicht mehr los. Je länger ich darüber nachdachte, desto logischer erschien sie mir. Wir hatten aneinander herumgefummelt. Wir küßten und liebkosten uns, holten einander einen runter. Wir machten, was verliebte Menschen tun. Wir waren jung. Vielleicht ging Roy daher davon aus, daß wir uns liebten, daß ich ihn liebte. Er war so einsam, so ausgegrenzt. Vielleicht war er deshalb verzweifelt genug, sich in so einen unattraktiven Typen wie mich zu verlieben. Vielleicht war ihm mein Aussehen nicht wichtig, oder vielleicht hatte auch er es geschafft, mich so zu sehen wie ich mich durch den Schleier meiner Kinderphantasie sah, schön wie Judy.

Gedankenversunken blieb ich stehen. Das Fleisch brannte kaltes Feuer in meine Schulter. Der Schmerz geschah mir recht. Ob Roy mich geliebt hatte, würde ich nie herausfinden, aber eins war klar: Ich war grausam mit ihm umgegangen.

15

Unsere Eltern gaben uns viel Zeit, daß Weihnachtskonzert einzustudieren. Mein Vater befreite uns sogar vom Heu einfahren, was noch nie vorgekommen war. Man mußte kein Genie sein, das zu verstehen. Sie glaubten, die Proben würden uns *die Nacht* vergessen lassen.

Diese Konzerte gab es, seit ich ganz klein war. Wir unterhielten unsere Eltern und Großeltern damit. Es fing mit ein paar Weihnachtsliedern auf der Veranda an, inzwischen führten wir (unter meiner Regie) ganze Theaterstücke auf, die jeglichen Bezug zu Weihnachten entbehrten – wogegen Tante Evelyn immer anzugehen versuchte.

In den ersten Jahren leitete sie uns an, und trotz unseres wachsenden Widerwillens wollte sie die Führung einfach nicht abgeben. Sie bestand darauf, bei den Proben dabeizusein, änderte alles und baute überall Weihnachtslieder ein. »Das gehört sich so«, sagte sie, dabei wollte sie sie nur deswegen drinhaben, damit sie vom Publikum aus lauthals mitsingen konnte.

Selbst wenn wir unsere Show ins Weltall versetzten, wo Zeit offensichtlich keine Rolle spielte, ja, noch nie jemand von Weihnachten überhaupt gehört hatte, bestand sie darauf, daß *Stille Nacht* als großes Finale gesungen wurde. Es war ihr Lieblingslied, weil es all diese wunderbar hohen Noten forderte, die sie nur allzu gerne tirilierte.

Da die Eltern in diesem Jahr unsere Show so unterstützten, spannte ich meine Mutter ein, uns Tante Evelyn vom Hals zu halten. Ich erpreßte sie regelrecht: Keine Show mit Tante Evelyn.

Meine Mutter ging so sanft vor wie nur möglich. Sie sagte ihr, die Show sollte eine Überraschung für sie werden. Und sie fuhr fort, daß die Damen vom Golfclub Tante Evelyns Mezzosopran nötig hätten, wenn sie, wie jedes Jahr, im Krankenhaus von Glenora für die Patienten sangen. Tante Evelyn, durch und durch Schauspielerin, gab sich gelassen ob dieser Abfuhr. Was wirklich in ihr vorging merkten wir daran, daß sie plötzlich beschloß, Lous

Schlafzimmer extrem sauberhalten zu müssen. »Sie sucht nach unserem Skript«, sagte Lou.

Aber wir hatten keins. Ohne Tante Evelyn im Nacken, die auf solche »Oberflächlichkeiten« bestand, verzichteten wir darauf. Unsere Vorstellung würde frei und zeitgemäß sein, und zudem dem aktuellen Tagesgeschehen angemessen: Natürlich war es unvermeidlich, daß die jüngsten Geschehnisse unsere Wahl für ein geeignetes Drama beeinflußten, schließlich waren es vermutlich die größten Sensationen, die Mawera je gesehen hatte, daher beschlossen wir, das »Massaker« von Dante aufzuführen.

Die Frage der Besetzung schürte einige Zwietracht. Alle wollten Jamie spielen, aber niemand meinen Vater. Keiner konnte dieses grauenhafte Geräusch reproduzieren, das er in dieser Nacht von sich gegeben hatte. Daher verzichteten wir letztendlich auf die Figur meines Vaters. Nachdem Lou eine wunderbare Perücke aus Ballenschnur angefertigt und sie braun eingefärbt hatte, überließ ich ihr die Rolle des Jamie. Ich übernahm den Schurken: Belinda Pepper.

Wir probten hinter dem Hühnerstall und leinten einen der Hunde dort an, damit er uns warnte, für den Fall, daß Tante Evelyn sich anschleichen würde. Innerhalb einer Woche waren wir soweit. Die Einladungen wurden verschickt und Onkel Arthur, Tante Evelyn, Großvater, meine Eltern und Jamie brachten nach dem Dinner ihre Stühle nach draußen und stellten sie gegenüber der hinteren Veranda auf. Das war unsere Bühne, denn sie lag ein wenig erhöht. Wir warteten immer, bis die Sonne untergegangen war, dann schalteten wir das Licht an, so daß es dem Abend eine theatralischere Atmosphäre verlieh. Aus diesem Grund verlangten wir auch fünfzig Cents Eintritt.

Wir tauften das Stück: *Belinda Pepper: Sie tat es aus Liebe.* Babes Aufgabe war es, den Titel anzukündigen und – nachdem der Applaus verebbte – ihren Eröffnungssatz zu sprechen. Es verwirrte sie, daß das Publikum – entgegen der Erwartungen – nicht klatschte. Sie wartete und wartete, obwohl wir ihr zuflüsterten, einfach weiterzumachen. Schließlich kam sie zu uns. »Warum klatschen die nicht?« fragte sie.

Kein vielversprechender Anfang. Lou schob Babe auf die Bühne zurück, und ich folgte ihr, setzte mich auf den Heuballen, den wir in der Mitte plaziert hatten, und begann, an meinem langen schwarzen Haar zu spielen. Babe schaute von mir aufs Publikum und zurück, wartete immer noch auf den Applaus, der ihr verweigert wurde. Aber das Publikum blieb unversöhnlich. So stand sie da, biß sich auf die Lippen. Ich übersprang ihren Eröffnungssatz einfach und hielt meinen ersten Monolog.

BELINDA: Rodney. Rodney, Liebling. Komm herauf und laß dich mit Küssen überhäufen.

Babe starrte mich wütend an. Jetzt wurde sie auch noch um einen ihrer wenigen Sprechsätze betrogen.

BELINDA: Klettere mein Haar hinauf. Die Knoten sollen dir als Stufen dienen.

Lou begann hinter der Bühne zu quaken (sie war auch für die Soundeffekte zuständig). Dazwischen zischte sie Babe an, endlich den Heuhaufen zu erklimmen. Babe kam näher und ich wedelte provokativ mit meinem Pferdeschwanz, aber sie kam nicht an ihn heran. Sie war immer noch wegen ihres Texts beleidigt. Ich zog sie mit einem Ruck herauf und umarmte sie wild (am liebsten hätte ich sie erwürgt). Lou begann wie verrückt zu quaken und ich schubste Babe (heftiger als nötig) weg. Sie fiel zu Boden und krümmte sich vor Schmerzen, überzeugender als in all den Proben.

BELINDA: Sorry, Rodney. Ich kann nicht deine Krankenschwester spielen. Ich wollte immer in der Mode Karriere machen.

Lou erschien mit einem Armband vom Roten Kreuz. Wir luden Babe auf eine Trage und schleppten sie von der Bühne. Dann trat ich wieder auf.

BELINDA: Mir ist jetzt schon so langweilig in meiner Arbeit. Wenn ich in diesem Laden wenigstens Herrenunterwäsche verkaufen dürfte.

Lou kam als Jamie auf die Bühne; sie trug Klamotten von ihm, die wir uns von der Wäscheleine »geborgt« hatten. Ein Ausruf des Wiedererkennens schlug uns vom Publikum entgegen.

BELINDA: Guten Tag, mein Herr. Kann ich Ihnen irgendwie behilflich sein?

JAMIE: Das will ich doch hoffen.

BELINDA: Was wünschen Sie?

JAMIE: Dich.

Belinda kicherte vor Entzücken und rannte mit Jamie im Schlepptau von der Bühne.

Babe war immer noch beleidigt und weigerte sich daher, mir beim ersten Kostümwechsel zu helfen. Badeanzug. Wir hatten eins meiner alten Unterhemden abgeschnitten und es zusammen mit einer Unterhose braun angemalt und mit gelben Flecken betupft. Ich war nicht so scharf drauf, vor Publikum so viel von mir zu offenbaren, vor allem nicht vor Jamie, aber Lou meinte, es wäre dringend erforderlich. Als ich ihn zum ersten Mal zusammen mit der Perücke trug, war ich von der Verwandlung beeindruckt. Aus der Ferne sah ich Belinda wie aus dem Gesicht geschnitten ähnlich.

Obwohl Lou es mir versprochen hatte, jubelte oder pfiff niemand, als ich auftrat. Die Stille war unerträglich. Ich tat so, als würde ich ertrinken, und Lou (als Jamie) kam auf die Bühne, um mich mit dem »Kuß des Lebens« zu retten – ich wünschte, sie hätte auch die Show wiederbelebt, denn das war bereits das romantische Ende des ersten Akts und noch immer wollte niemand klatschen.

»Die sind nicht sehr aufgeschlossen«, beschwerte ich mich, während ich mich aus dem Bikini quälte. »Das war unser bestes Kostüm.«

Lou starrte auf das Publikum. »Versteh ich nicht. Es ist unsere ambitionierteste Show.«

Ich guckte auch raus. Es war unmöglich, ihren Gesichtsausdruck zu erkennen; es war so dunkel geworden. Aber die Stille und die Art, wie die Männer die Arme vor der Brust verschränkt hielten, verhießen nichts Gutes.

Tante Evelyn lehnte sich vor, um Jamie anzuschauen, und einen Moment lang fing sich ihr Profil im Licht der Veranda. Ich sah ihre Lippen, sie waren gespitzt, mißbilligend. Ein schlechtes Zeichen. Wir hatten erwartet, Tante Evelyn würde unseren Einfallsreichtum loben.

»Wenigstens deine Mutter sollte es mögen«, sagte ich. »Schließlich ist es eine theatralische Herausforderung.«

»Aber wir haben *Stille Nacht* nicht gesungen, daher gefällt es ihr aus Prinzip nicht«, flüsterte Lou.

Der Anfang des zweiten Aktes bildete den dramatischen Höhepunkt des ganzen Stücks. Babe (durch sich selbst dargestellt) und Lou (als Jamie) traten ein.

BABE: Ich habe so Angst, daß uns das Feuer in der Nacht auffressen wird.

JAMIE: Keine Angst, Babe. Ich habe herausgefunden, wo deine Mutter die Eimer versteckt. Sie stehen mit Wasser gefüllt am Ende deines Betts. Ich beschütze dich, falls das Feuer näherrückt.

Meine Vater brummte.

Auftritt Belinda.

BELINDA: Oh, ich bin so unglücklich. Ich bat Jamie, mich zu heiraten und aus dieser Welt voller langweiliger Unterhosen zu retten, aber er hat abgelehnt. Jetzt ist mein Leben zerstört und mir bleibt nichts anderes übrig, als zu flüchten. Ich werde Marihuana rauchen und hoffen, daß es niemand herausfindet.

Ich zog eine von Onkel Arthurs Zigaretten aus der Tasche, die Lou abgestaubt hatte.

»Zünd sie an, und ich grill dir den Hintern«, knurrte mein Vater aus dem Publikum.

»Ich wollte sie gar nicht anzünden«, schnaubte ich, steckte sie mir in den Mund und tat so, als würde ich sie anzünden. Ich inhalierte tief, wieder und wieder, mit jedem Zug ein bißchen ekstatischer, wurde zu einer besessenen Frau. Dann warf ich die Zigarette weg und begann zu kreischen und zu heulen, raufte mir die Haare.

BELINDA: Ich bin so wütend. Ich möchte ihn am liebsten umbringen. Oder wenigstens eins dieser blöden Viecher, deren Gesellschaft er mir vorzieht.

Belinda rannte von der Bühne. Wir hatten eine Kuhhaut über Babes Dreirad drapiert, schoben es nun auf die Bühne, und ich folgte ihm. Dann zielte ich mit Lous Spielzeugpistole darauf und feuerte ab.

SOUND EFFECTS: Boom. Boom.

Jamie und Babe schrien panisch. Belinda starrte benommen auf Dante.

BELINDA: O Gott, was habe ich nur angestellt? Nur wegen des Marihuanas. Ich muß fliehen. Ich gehe nach Australien.

Belinda lief kreischend von der Bühne. Jamie und Babe krochen an Dante heran, um ihn zu untersuchen. Babe kniete nieder, um ihn zu streicheln und Lou machte einen unplanmäßigen Abgang. »Was hast du vor?« fragte ich.

»Es funktioniert nicht. Sie klatschen kaum, sie lachen kaum«, antwortete sie verzweifelt.

»Sie lachen und klatschen überhaupt nicht«, erwiderte ich. »Sie finden es fürchterlich.«

Eine Szene hatten wir noch. Das Finale, in dem Belinda *Leaving on a Jet Plane* von Peter, Paul & Mary singt.

»Vielleicht solltest du lieber *Stille Nacht* singen, dann wäre wenigstens meine Mutter begeistert, und sie würden alles, was ihnen nicht gefallen hat, vergessen.«

Dieses Argument überzeugte mich nicht wirklich. Das würde die ganze Story ruinieren, die mich viel Mühe gekostet hatte. Aber ein weiterer Blick auf unser stilles, mürrisches Publikum ließ mich einwilligen. Wir mußten uns irgendwie freikaufen. »Na gut.«

Ich trat hinaus und begann zu singen.

Stille Nacht, heilige Nacht
Alles schläft, nur einer waa-iii-acht

Meine Stimme brach und ich verlor die Melodie. Nach Tante Evelyn war ich der beste Sänger in der Familie. Immer sang ich die Solostimmen bei unseren Konzerten und auch in der Schule. Zögerlich versuchte ich es noch mal, kam aber wieder nicht zur Schlußnote. Meine Stimme wollte einfach nicht. Ich erstarrte vor Scham, wußte nicht, wie ich die Show und mich retten konnte. Und natürlich hielt sich Tante Evelyn diesmal zurück.

Aber dann lachte Jamie auf. Zuerst war es nur ein leises Kichern. Dann stand er auf und kam an die Bühne, wobei er immer lauter lachte. Er schien hypnotisiert. Er wankte ein bißchen und sein Lachen war so seltsam. Ich sank zusammen; ich hatte nicht mal die Kraft, abzutreten.

»Nein … hör nicht auf«, sagte Jamie, brachte die Wort kaum heraus, weil er so lachen mußte.

Plötzlich hatte ich Angst vor ihm. Irgendwie war er nicht er selbst. Dieses Lachen hatte etwas Besessenes und klang bösartig. Es war dieselbe Lache, die ich vom Schulhof kannte, wenn sie mir Spitznamen hinterher riefen und mich auslachten. Ich wollte, daß er aufhörte, sein Lachen zum Schweigen brachte, das in meinen Ohren widerhallte und jeden Nerv meines Körpers durchschnitt.

Dann begannen auch die anderen zu lachen. Wie aus Höflichkeit. Wenn jemand einen Witz erzählt, der nicht besonders witzig war. Aber niemand hatte einen Witz erzählt. Da war nur ich. Auf der Bühne. Ich badete im Licht.

Jamie versuchte etwas zu sagen, was aber aufgrund des Lärms, den er ausgelöst hatte, nicht zu verstehen war. Er mühte sich immer noch, wieder ernst zu werden. Ich war sicher, er hatte die Verheerung in meinem Gesicht gesehen und wollte sich dafür entschuldigen. Er kam an die Veranda, stützte sich mit den Ellbogen darauf, als wäre er betrunken, dann lockte er mich zu sich. Das war nicht der Jamie, den ich kannte und verehrte. Die Schatten ließen sein Gesicht verzerrt und brutal erscheinen, ein lüsternes, spöttisches Grinsen, das ich noch nie gesehen hatte. Nach so vielen Wochen der Entfremdung wollte er mich plötzlich wieder. Ich kroch auf ihn zu, bis unsere Gesichter nur noch Millimeter voneinander entfernt waren.

»Hör nicht auf!« flüsterte er heiser und brach wieder in höhnisches Lachen aus. Dann senkte er die Stimme soweit, daß es niemand außer mir hören konnte: »Ich hab gar nicht mitgekriegt, was für eine perfekte kleine Tunte du bist.«

Ich sprang zurück, die Worte versengten mich wie ein Brandzeichen. Jamie stand da, starrte mich an, als wäre ich eine seltene Spezies, wie etwas, das der Familie Robinson im Weltall begegnete.

Das war ich nicht. Ich war das nicht. Ich wollte einfach nur gut aussehen. Wie Belinda. Ich erinnerte mich, wie Lou und Babe mich kurz vor der Show angeschaut hatten; ihre Augen voll tiefster Verehrung. Ich war jemand anders. In dieser Nacht war ich Belinda Pepper. Eine unglaubliche Schönheit.

Ich unterdrückte die Tränen, sprang auf und forderte Aufmerksamkeit. Meine Mähne hing mir ins Gesicht, meine Augen glühten bedrohlich. Jetzt war ich das alte Weib, mit der uns Tante Evelyn so gerne erschreckte. Ich war die Hexe aus *Macbeth.* Ich war Abigail aus der *Hexenjagd.* Ich offenbarte Geheimnisse, beschwörte das Ungesehene. Wie als würde ich ihn zum Duell herausfordern, zeigte ich mit dem Finger auf Jamie, und quasselte eine Art Fluch: »Er hat es Belinda gegeben. Das Marihuana stammt von ihm. Er hat es hinten in der Toilette angebaut. Er hat es Belinda gegeben. Er war es. Er war's.« Dann brach ich zusammen, der Geist, von dem ich besessen gewesen war, hatte mich verlassen. Aber die Anschuldigungen waren ausgesprochen, und wie ein Zauber machten sie sich an die Arbeit.

16

Am nächsten Tag war Weihnachten. Es begann mit wenig Aussicht auf Freude für mich. Ich mußte schon um halb sechs aufstehen und meinem Vater helfen, das Heu von der Luzernenweide einzufahren. Während er den Traktor lenkte, sollte ich die Ballen auf dem Heuschlitten zu Pyramiden stapeln. Ich haßte jeden Ballen, den ich an seinen Platz setzte. Meine Pyramiden hatte keine lange Lebensdauer. Sie fielen immer zusammen, wenn ich sie vom Schlitten herunterschob. Und jedesmal jubelte ich. Ich war in einer destruktiven Stimmung. Ich starrte auf die Maschine, die das Heu preßte und spielte mit dem Gedanken, mich selbst hineinzuwerfen. Ein qualvoller Tod. Sie würde mich in Stücke zerfetzen. Und doch war dieses blutige Spektakel dem stillen, heimlichen Leid der ersten Liebe vorzuziehen.

Der verlorenen Liebe.

Anfänglich hatte mein Vater mich ins Führerhäuschen gesetzt und selbst gestapelt. Aber ich war ständig aus der Spur gekommen. »Du mußt dich genau an die Linie halten«, sagte er patzig und schickte mich nach hinten.

Ich war zu sehr in meine Gedanken verloren. Ich nahm nicht mal wahr, wenn ich quer über das Heu fuhr und ganze Reihen ausließ. Ich hörte auch nicht das wilde Gebrüll meines Vater. Er mußte vom Schlitten springen und vor den Traktor laufen, damit ich es mitkriegte. Dabei hätte ich ihn fast überfahren.

Auf den Schlitten degradiert, hatte ich keine Zeit zu träumen. Die Ballen wurden in einer Tour herausgespuckt; wenn ich nicht aufmerksam war, würden sie mich runtergestoßen. Ich wünschte, die Schnur würde ausgehen oder ein Bolzen kaputt gehen, so daß wir abbrechen mußten, aber natürlich funktionierte alles reibungslos.

Staub wirbelte auf und fiel auf mich herab. Große, quellende Wolken, aufgescheucht vom Zorn der Maschine. Er war allgegenwärtig und lästig. Er setzte sich überall hin. Er verstopfte meine Nase, verklebte meine Zunge, überzog meine Brille und legte sich sogar direkt auf meine Pupillen. Er vermischte sich mit dem

Schweiß auf meinem Gesicht zu ruiniertem Make-up. Heu zierte mein Haar, nistete sich in meine Stiefel ein und in meine Klamotten. Beim Pinkeln fand ich ein ganzes Nest in meiner Unterhose.

Früher hatte mir dieser Schauer von Staub und Heu nichts ausgemacht. Jamie und ich steckten unsere Köpfe hinein und lachten, bis wir fast erstickten. Wir arbeiteten auf dem Schlitten, Seite an Seite, nahmen die Ballen abwechselnd. Ich stemmte sie sogar ganz nach oben, nur um ihm zu imponieren.

Ich beobachtete ihn heimlich, wie er sein Hemd auszog. Wir hatten zu viel zu tun, als daß er es wahrgenommen hätte. Ab und an strich ich in ihm vorüber, rieb mich an ihm. Nicht oft. Flüchtige Momente. Kurze Schauer der Verzückung. Wenn wir um eine scharfe Kurve fuhren, hielt ich mich an ihm fest. Das scheinbar Zufällige war kühl berechnet.

Einmal tropfte sein Schweiß auf meinen Arm und ich leckte ihn ab, schmeckte sein Salz auf meiner Zunge. Danach sprach ich lange nicht, weil ich Angst hatte, seinen Geschmack zu verlieren. Ich ließ ihn mir auf der Zunge zergehen, und Jamie machte Witze, weil er meinte, ich hätte schlechte Laune.

Daß ich an Weihnachten das Heu alleine stapeln mußte, erinnerte mich schmerzhaft an meinen Verlust. Jamie war weg.

Ich konnte nach dem Konzert nicht schlafen. Sie schickten uns mit Schimpf und Schande zu Bett. Ich hörte, wie meine Eltern die Situation diskutierten, wobei Tante Evelyn als einzige so laut sprach, daß ich sie gut verstehen konnte. »Ich hätte ihnen verboten weiterzuspielen«, sagte sie. »Es war so grauenvoll, daß es mich gelähmt hat. Ich konnte keinen Muskel bewegen.«

Irgendwann hatte Onkel Arthur sie beruhigt und sie fuhren nach Hause. Meine Eltern gingen zu Bett. Dann war alles still. Nur nicht in meinem Kopf. Dort herrschte Tumult. Was Jamie zu mir gesagt hatte, ballerte mir immer wieder entgegen wie die Heuballen aus der Maschine. Seine Worte provozierten so viele Fragen und Ängste, zudem machte ich mir Sorgen, ob ich ihn für immer vergrault hatte.

Dann hörte ich das Garagentor. Ich wußte, wer es war und was das bedeutete. Hin und her gerissen zwischen leise und schnell sein, rannte ich auf Zehenspitzen zur Hintertür. Im Sommer blieb sie offen, um das Haus zu kühlen. Ich stellte mich in den Türrahmen, versteckte mich in dem flatternden Plastikwahnsinn des Fliegenschutzes und sah zu, wie Jamie seine Sachen im Kofferraum verstaute. Als er fertig war, verschwand er in der Garage. Eine Träne rollte an meiner Wange herunter, während ich darauf wartete, daß er den Motor anließ. Dann hörte ich ein Stöhnen und noch eins. Langsam trat ich vor, ging den Weg hinunter, bereit, jederzeit umzudrehen, falls er erscheinen sollte.

Als ich näherkam, kapierte ich, was er vorhatte. Er wollte den Wagen aus der Garage schieben, so daß er ihn die Auffahrt hinunterrollen lassen konnte. Er wußte, wie leicht mein Vater schlief. Er wollte ihn nicht mit Motorengeräusch wecken. Aber er brachte den Wagen nicht aus der Garage heraus.

Ich überlegte, ob ich es wagen sollte, um die Ecke zu gucken, als er plötzlich vor mir stand. Wir erschraken beide. Ich schämte mich, zitterte in meinen Pyjamas, nicht wegen der Kälte, sondern aus Angst vor dem, was er zu mir sagen könnte. »Was zum Teufel machst du hier draußen?« fragte er schließlich.

Die Lüge fiel mir schnell ein. »Ich wollte dir helfen.«

Jamie murrte. Er bedankte sich nicht mal, sondern ging einfach nur zurück in die Garage. »Na, dann komm!« rief er ungeduldig.

Ich zwängte mich bis zum Ende der Garage durch. Jamie stemmte sich schon gegen den Wagen. »Auf die Plätze, fertig, los.« Ich schob mit aller Kraft, wenigstens dieses eine Mal wollte ich ihn beeindrucken. Langsam bewegte sich der Wagen. Eigentlich wollte ich die Handbremse ziehen und ihn anflehen, zu bleiben. Kaum aus der Garage, rannte Jamie nach vorn und sprang auf den Fahrersitz, wendete den Wagen, so daß die Schnauze die Auffahrt hinunter zeigte. Jamie kletterte noch mal heraus und schob an, damit er Geschwindigkeit draufkriegte. Ich hoffte, daß er sich verschätzen, der Wagen ohne ihn den Hügel hinunter rasen und irgendwo dagegenknallen würde. Dann hätte er bleiben müssen.

Aber Jamie sprang rechtzeitig rein. Er fuhr ohne auch nur »Auf Wiedersehen« zu sagen. Kein Winken, kein Danke. Unfaßbar. Ich lief hinter ihm her. Er schaute genervt durch das offene Fenster.

Ich mußte einen erbärmlichen Anblick abgegeben haben: Hechelnd, verzweifelt, den Tränen nah.

»Was?« knurrte er.

Dieser ungeduldige, aggressive Blick machte mir klar, daß alle Hoffnungen vergebens waren. Es gab nichts mehr zu sagen, außer vielleicht »Tschüs«. Es sei denn ...

Die Frage, die mich seit Monaten beschäftigte. Jamie würde gehen. Es war egal, was er von mir dachte. Das Auto wurde schneller und schneller. Ich war außer Atem. Ich wollte sprechen, aber mein Mut verließ mich und ich brachte nur ein abgewürgtes Ächzen heraus. Jamie wirkte beunruhigt, Abscheu flammte in seinen Augen auf. Er wollte weg von mir. Ich wußte, was er befürchtete: daß mein Ächzen der Auftakt zu einer Liebeserklärung war. Er legte schon die Finger an den Zündschlüssel. Meine letzte Chance.

»Was ist eine Tunte?« sprang es mir tollkühn von den Lippen.

Seine Hand fiel in den Schoß und er starrte mich ungläubig an. »Wie bitte?«

In mir zog sich alles zusammen, Zweifel tauchten auf. Aber diese Frage schmolz den Zorn aus Jamies Gesicht, brachte etwas von dieser Jungenhaftigkeit wieder hervor.

»Ich weiß nicht, was das bedeutet und ob ich das sein will«, stotterte ich. »Das Wort hab ich im Lexikon nicht gefunden. Du hast gesagt, daß ich eine Tunte bin und ... und ... ich versteh es einfach nicht.«

Mir ging die Luft aus. Wir waren schon die halbe Auffahrt hinunter, der Wagen wurde immer schneller und ich fiel zurück. Jamie kehrte sich ab, beugte sich über das Lenkrad, so daß ich sein Gesicht nicht sehen konnte. Erst jetzt spürte ich den Schmerz in meinen Fußsohlen; ich lief über Kieselsteine.

Ich wollte schon aufgeben, da seufzte er auf und schaute mich an. »Es ist ein Homo. Weißt du, was das ist?«

Ich zuckte und nickte. Jamie drehte den Zündschlüssel herum, der Motor murrte, dann legte er einen Gang ein.

»Bis bald«, sagte er noch, dann ruckte der Wagen an und wirbelte eine Menge Staub auf.

Es war falsch, sich an seinen Worten festzuhalten, als wären sie ein Versprechen auf Ewigkeit. Aber die Trauer über seinen Verlust machte mich so betroffen, daß ich nicht anders konnte. »Ich warte auf dich«, rief ich hinter ihm her, bevor sich meine Augen, meine Nase und mein Mund mit Staub füllten. Halb erstickt hockte ich mich hin, keuchte, hustete und spuckte. Es war ein Zeichen. Ich wußte es. Ich hätte meine Hoffnungen niemals aussprechen dürfen.

Als ich mich etwas erholt hatte und aufschaute, waren die Lichter von Jamies Wagen schon weit entfernt. Ich verfolgte sie, bis sie ganz verschwunden waren. »Auf bald« hatte er gesagt, aber seine Worte waren nur Floskeln gewesen. Ich wußte, daß ich ihn nie wiedersehen würde. Niemals.

Ich humpelte zurück ins Haus, ging in mein Schlafzimmer, holte den Kuhschweif mit zwei Fingern aus der Schublade, als würde er furchtbar stinken, und brachte ihn mit nach draußen. Dort warf ich ihn in den Bottich, in dem wir unseren Müll verbrannten. Auf der Asche leuchtete er richtig. Ich hatte Streichhölzer mitgebracht, zweifelte dann aber, daß er allein brennen würde. Es war besser, etwas dazuzulegen.

Ich lief in mein Zimmer, riß das David Cassidy Poster von der Wand. Kein normaler Junge hatte so was in seinem Zimmer hängen. Ich konnte nicht fassen, daß mir das nie aufgegangen war. Ich war schon auf dem Weg, als mir noch was einfiel: das Foto.

Gott sei Dank war es dunkel. Ich mußte es nicht anschauen, und lief so keine Gefahr, meinen Entschluß rückgängig zu machen. Ich zerknüllte das Poster und warf es zu dem Schweif. Dann zündete ich ein Streichholz an und hielt das Foto in seine dünne Flamme. Es fing Feuer, erhellte kurzfristig das Bild und zerfraß es dann. Es war das Foto von Jamie, das ich aus dem Müll in seiner Hütte gerettet und mit Tesa zusammengeflickt hatte. Niemand hätte es erkannt, denn ein Stück fehlte. Er hatte kein Gesicht. Wie eine dieser griechischen Statuen, deren Kopf im Laufe der Jahrhunderte verloren gegangen war. Damals war ich traurig darüber gewesen, jetzt war ich froh. Vermutlich hätte ich es dann nicht verbrennen können.

Da das Feuer an meine Finger herankroch, ließ ich das Foto los. Es fiel in den Bottich, und innerhalb von Sekunden wurde das Poster zu einem tanzenden Flammenmeer. Ich blieb, bis es verlosch, und schlich mich dann in mein Bett.

Es war ein seltsamer Zufall, daß ich am nächsten Morgen gerade dann aufwachte, als mein Vater nach Jamie rief. Ich hatte nämlich von ihm geträumt. Es ärgerte mich, daß mein Vater den Traum unterbrochen hatte, und während der Ärger wuchs, verlor ich den Traum. Das einzige, was mir blieb, war die Gewißheit, daß etwas Entscheidendes zwischen Jamie und mir geschehen wollte. Ich schloß meine Augen und strengte mich an, das Bild zurückzuholen. Unmöglich. Je klarer sich herausstellte, daß mein Vater zur Hütte laufen mußte, um Jamie aus dem Bett zu holen, desto ungeduldiger wurde er. Da fiel es mir wieder ein. Jamie war weg, und diese Erkenntnis gab mir einen Stich ins Herz. Ich sank in meine Kissen zurück.

Der Schmerz über den Verlust schwand und ein anderes Gefühl stellte sich ein: Empörung und die Überzeugung, daß ich betrogen worden war. Ich hatte meinen heiligsten Besitz verbrannt, sozusagen um mich freizukaufen, die Verlockung beseitigt, um meinen Hang zur Tunte damit loszuwerden. Aber nein. Meine Sehnsucht lebte in meinen Träumen weiter. Das Opfer war also um sonst gewesen. Ich war immer noch eine Tunte. Ich liebte Jamie. Nur hatte ich jetzt nicht mal mehr ein Foto von ihm.

Als mein Vater von der Hütte zurückkam, verfluchte und verwünschte er Jamie. Er polterte in mein Schlafzimmer und befahl mir aufzustehen. »Dieser langhaarige Arsch hat sich letzte Nacht davongestohlen. Jetzt mußt du mir mit dem Heu helfen. Sie haben Regen angesagt. Mist! Zuerst die Dürre, aber genau, wenn mein Heu fertig ist, muß es regnen. Los auf! Wir dürfen keine Zeit verlieren.«

Weihnachten, halb sechs Uhr früh, und ich mußte Heu einfahren.

Lou tauchte um die Frühstückszeit herum auf, um meinen Vater abzulösen, damit er essen gehen konnte. Sobald er weg war, hielt Lou den Traktor an, sprang herunter und kam wütend zu mir. Sie wußte, daß Jamie weg war. Ich sah es ihr an. Ihr Gesicht bebte vor Erregung. Sie wollte sprechen, aber sie brachte nichts heraus. All die Vorwürfe, die sie mir machen wollte, die in ihrer Brust kochten, verstopften ihr die Kehle, Tränen quollen statt dessen hervor.

Ich war baff. Lou gab damit an, daß sie niemals weinte. Und jetzt kamen ihre Tränen stürmisch und schnell. Der Auftakt zum vollen Ausbruch ihres Zorns.

Sie wischte sie sich mit dem Handrücken ab, schneuzte, zerrte mich vom Heuschlitten und boxte mich zu Boden. »Verräter«, schrie sie mir ins Gesicht. »Du hast alles ruiniert.« Sie setzte sich mit den Knien auf meine Arme. »Jamie und ich haben Pläne gemacht. Er wollte mir seine Pistole geben. Wir wollten Hasen schießen. Er hat gesagt, er würde mich als Bruder adoptieren.«

Verräter? Ich konnte nicht fassen, daß sie mir vorwarf, womit sie sich selber schuldig machte. Sie hatte mich hintergangen. Machenschaften hinter meinem Rücken. Schmiedete Pläne mit Jamie, was sie alles tun wollten, wenn ich erst mal im Internat war. Vermutlich zählte sie schon die Tage. Das verletzte mich fast so sehr wie der Verlust von Jamie.

Es freute mich, daß ich ihre Pläne unwissentlich durchkreuzt hatte. Und vermutlich sah sie mir das an, denn ihre Augen verengten sich. Wir starrten uns nur an, der Rausch von gegenseitigem Haß prallte auf freundschaftliche Vertrautheit. Sie sprang auf und marschierte zum Traktor.

Als mein Vater zurückkam, schaute er immer wieder in den Himmel, murmelte und fluchte, bezichtigte immer wieder Jamie als die Ursache all seiner Probleme. Der Regen würde das Heu durchweichen und Jamie war schuld. Er übernahm wieder das Steuer und stieg ordentlich aufs Gas. Lou ging zum Haus zurück. Mir half sie nicht.

Es war ein Rennen gegen die Natur. Die Ballen schossen schnell heraus, aber der Regen war schneller. Mein Vater fluchte so laut, daß er den Motor übertönte und ich nahm an, daß die ersten Tropfen auf die Windschutzscheibe spritzten. Wir hatten immer noch ein gutes Drittel der Weide vor uns. Er machte noch etwa zehn Minuten weiter, dann blieb er stehen. »Verdammter Regen«, knurrte er.

Sein Gesicht verfinsterte sich, als er sah, wie schlecht ich die Ballen gestapelt hatte. »Was ist das denn für ein Mist?« sagte er. »So kannst du das nicht lassen. Der Regen macht alles kaputt. Du mußt sie hoch übereinander stapeln, um sie zu schützen, Billy-Boy.«

Ich sagte nichts, schaute ihn nicht mal an. Unglaublich, daß er erwartete, daß ich die Pyramiden noch mal neu stapeln sollte – allein. Es würde Stunden in Anspruch nehmen.

Ich schick dir Lou mit einem Parka, damit du nicht so naß wirst. Vielleicht hilft sie dir sogar.«

Seine Sorge galt weniger dem Regen als den Nachbarn. Für ihn war es ein Alptraum, wenn sie sahen, daß er etwas nicht perfekt gemacht hatte. Und ungünstigerweise befand sich diese Weide genau neben der Straße. Jeder würde dieses Monument meiner Unfähigkeit sehen.

»Es dauert nicht lange«, log er. »Und wenn du fertig bist, hab ich auch ein besonderes Weihnachtsgeschenk für dich.«

Das kannte ich schon: meine Schuluniform. Er hatte einen Riesenwirbel darum veranstaltet, mich höchstpersönlich zu Hallensteins gefahren, um sie auszusuchen – es war eine Gelegenheit für meinen Vater, eine Nacht mit seinem alten Schulfreund Herb Day zu verbringen und bei ein paar Scotch die Erinnerungen an alte Tage aufzufrischen. Weil Herbs Sohn Ian schon seit vier Jahren auf der Schule war, versuchten sie, ihn in das Gespräch zu verwickeln. Aber er war einsilbig.

»Ian wird dem jungen Billy schon helfen«, versicherte Herb meinem Vater, aber der Blick, den Ian mir hinter dem Rücken seines Vaters zuschickte, drückte das Gegenteil aus.

Später dann, Ian und ich lagen schon im Bett, sagte er mir, daß Seniors nicht mit Juniors sprachen und ich sollte ihn ja nicht vor seinen Freunden in Verlegenheit bringen. Dann drehte er sich um und schlief ein.

Der Einkauf verlief genau so beschämend, wie ich das erwartet hatte. Weder Shorts noch Jacken paßten mir. Die einzige Jacke, die sich zuknöpfen ließ, hing mir bis zu den Knien. »Er wird schon reinwachsen«, sagte die Verkäuferin. »In dem Alter wachsen sie noch richtig. Stimmt's?«

Ich sah lächerlich aus, aber mein Vater kaufte die Jacke trotzdem. »Ein paar kleine Abnäher und du wirst schick aussehen«, sagte die Verkäuferin.

Ich wollte das Geschenk nicht mal öffnen, dachte ich, während mein Vater quer über die Weide zu seinem Truck ging. Er würde darauf bestehen, daß ich sie anzog. Dabei war sie noch nicht mal eingenäht worden und alle würden über mich lachen. Er warf mir einen Blick zu und ich stolperte auf einen Haufen Heuballen zu, um sie aufzurichten. Er fuhr weg und ich setzte mich. Ich hatte weder Kraft noch Lust zu arbeiten. Das war genug für Weihnachten, außerdem wollte ich Lou nicht treffen. Ich beschloß, zu streiken. Nach Hause konnte ich nicht, aber woandershin.

Ich marschierte quer über die Weide und durch das Tor, über die Straße und schlüpfte dann durch den Zaun auf der anderen Seite. Weihnachten war ohnehin schon ruiniert. Ich wollte es versäumen. Der Gedanke an den Kummer, den ich meiner Familie damit bereiten würde, war köstlich. Allerdings: Das Weihnachtsessen verpaßte ich ungern, Truthahn, neue Kartoffeln und die vier verschiedenen Nachspeisen. Aber ich redete mir ein, daß es mir mit einer giftigen Cousine gegenüber ohnehin nicht schmecken würde.

Ich war schon naß bis auf die Haut, aber das war mir egal. Ich hoffte, mich zu erkälten, so daß ich im Bett liegen und kein Heu mehr machen mußte. Vielleicht könnte ich sogar Lungenentzündung kriegen und meinem Vater Schuldgefühle einimpfen. Ich überquerte die Weide und schlüpfte dann durch den Zaun, der sie von den Hügeln abtrennte. Dort blieb ich stehen, um zu verschnaufen. Es hatte sich eingeregnet. Ich konnte die andere Seite des Tals nicht mehr erkennen. Ich war isoliert in einer kalten, grauen, fremden Welt. Ich war im Weltall. Ich war Judy. Und so kämpfte ich mich den ersten Hügel hinauf. Fremde Lebewesen verbargen sich hinter den steilen Felsen, sie beobachteten mich und beneideten mich um meinen silberfarbenen Anzug; sie wollten mich fangen und meine exotische Schönheit bewundern.

Der Pfad, den ich hinaufschlurfte, weichte auf. Meine Gummistiefel griffen bald nicht mehr und ich rutschte mehrmals aus. Und weit und breit keine Lou, die mir half. Ich mußte es allein schaffen. Der Regen wurde immer schlimmer. Ich konnte den Drachenkopf hoch über mir am Horizont kaum ausmachen, die Welt dahinter wurde vom Regen verschluckt. Die Straße und die Farm waren längst untergegangen. Ich fragte mich, ob Lou mich schon als vermißt gemeldet hatte.

Als ich endlich ankam, schüttelte es mich vor Kälte, ich war erschöpft und hatte Hunger. Bestimmt die Anfänge einer Lungenentzündung. Nur eine Stelle bot Schutz, das Maul des Drachens. Es kam mir noch finsterer und unheimlicher vor. Aber ich war zu naß und fror zu sehr, als daß ich unrealistischen Skrupeln nachhängen konnte. Ich duckte mich und kroch hinein, blieb so nah am Eingang wie möglich.

Jetzt ging es mir besser. Ich entspannte mich und rutschte herum, um bequemer zu sitzen. Es war unmöglich. Ich saß auf einer tiefen Ritze. Etwas war hineingestopft. Papier. Ich zog es heraus; es waren Seiten aus einem Magazin. Ich faltete sie auseinander; da meine Hände tropfnaß waren, durchweichten sie schnell. Es war die Fotostrecke aus dem *Playboy,* die man Arch gestohlen hatte.

Ich breitete sie aus, studierte die Fotos mit den großbusigen Frauen und dem notgelandeten Astronauten, der prompt ausgezogen wurde. Seltsam, daß Lou sie gestohlen hatte. *Playboy* war eine Männerzeitung, ebenso wie *Cleo* für Frauen gemacht wurde. Ob Lou sie wegen des nackten Mannes gestohlen hatte? Man sah ja kaum was. Oder etwa wegen der Frauen?

Ich rätselte gerade darüber, als ich Lou auf mich zuschreiten sah. Mein erster Impuls war, die Seiten in die Ritze zu stopfen. Aber dann erinnerte ich mich daran, was sie mir auf der Weide gesagt hatte. Wie sie mich verletzte hatte. Ich wollte sehen, wie sie darauf reagierte, daß ich ihr Geheimnis entdeckt hatte.

Leider hatte sie die Kapuze weit ins Gesicht gezogen, so daß es verdeckt war. Ich sah nur ihren Mund. Sie lächelte. Ein paar Fuß entfernt blieb sie stehen und schob dann die Kapuze vom Kopf. Ich erwartete, daß sie rot anlaufen und ihren Blick senken würde. Oder mich mit einem ihrer berühmten verächtlichen Blicke fixieren.

Aber ihr Ausdruck war leer, unlesbar. »Meine Mutter sagt, ich soll dich holen. Sie hat Onkel Jack ziemlich angemacht, weil er dich allein im Regen zurückgelassen hat. Meinte, er wäre ein Heide, weil er an Weihnachten arbeitete und von dir dasselbe verlangte.«

Ich vergab Tante Evelyn alles. Sie war mir seelenverwandt.

»Dacht mir schon, daß du hier oben bist.«

Ich sagte nichts. Ich war ein wenig enttäuscht. Ich wollte Lou in Weißglut sehen. Sie knöpfte langsam ihren Parka auf und warf ihn herein. Sie trug Jamies Klamotten darunter, jene, die wir für die Show gestohlen hatten. »Zieh das an!« sagte sie.

»Danke. Bin schon naß.«

Wir starrten uns an. »Und? Kommst du mit?« fragte sie.

»Ich habe mir eine Lungenentzündung eingefangen«, sagte ich. »Diese Höhle ist mein Grab.«

»Ich bin hier, um dich zu retten«, antwortete sie bestimmt, und über ihr Gesicht stahl sich ein Lächeln.

Wollte ich von ihr gerettet werden? Wollte ich wirklich weiterhin diese dämlichen Rollen spielen: Ich, die hilflose Magd, Lou, der barmherzige Ritter?

»Komm schon!« sagte sie. »Zieh dich an.«

»Ich will sterben«, krächzte ich und schloß die Augen.

Ich lag so eine Weile, stellte mich tot, aber die Stille war unerträglich. So warf ich einen Blick auf Lou, um zu sehen, was sie tat. Sie fingerte in ihrer Tasche herum. Als ich aufschaute, hielt sie das Messer in der Hand und öffnete die Klinge. Ich legte mich auf den Stein zurück. »Ja, bring mich um!« bettelte ich. »Ich will nicht mehr leben.«

Lou grinste mich an und kam näher. Ihr Gesichtsausdruck war total konzentriert. Es war derselbe Blick, mit dem sie sich an Beutelratten heranpirschte, bevor sie sie mit ihrem Hockeyschläger niedermetzelte. Wollte ich wirklich sterben?

Lou hob das Messer über ihren Kopf und ich war mir sicher, sie würde es gleich in mein krankes Herz stoßen. Ich protestierte und schrie auf, bettelte, sie möge es nicht tun, bis ich erkannte, was sie eigentlich vorhatte. Ich sprang auf, um sie davon abzuhalten, aber es war zu spät.

Ich war still vor Verehrung für das, was sie getan hatte. Sie starrte ihn an und erst langsam begann sie zu lächeln. »Dein Weihnachtsgeschenk«, sagte sie und hielt ihn mir entgegen, ihren langen roten Zopf.

Ich wußte nicht, was ich sagen sollte. Ich dachte nur daran, daß Tante Evelyn einen Anfall bekommen würde. »Das wird Weihnachten für deine Mutter ruinieren«, sagte ich.

Sie zuckte mit den Schultern. »Zu spät. Schon passiert.«

Ich starrte den Zopf an, absolut verzaubert, immer noch geschockt von Lous unüberlegtem Handeln. »Besser als der Kuhschweif«, sagte Lou. »Auch wenn er eine andere Farbe hat als Judys, aber wenigstens ist er echt.«

Ich lächelte und griff danach. »Danke.«

»Moment«, sagte sie.

Sie nahm die Schleife an seinem Ende ab und band die abgeschnittenen Haare damit zusammen. Dann steckte sie ihn unter meine Mütze und legte ihn mir über die Schulter. Wenn Tante Evelyn gesehen hätte, mit welcher Hingabe Lou sich mit dem Haar beschäftigte, wäre sie begeistert gewesen. »Es steht dir besser, als er mir je gestanden hat«, sagte sie.

»Und du siehst ohne aus wie Jamie«, sagte ich. Das war natürlich übertrieben. Es schmerzte, auch nur seinen Namen auszusprechen. Aber ich wußte, daß sie das mehr als alles andere hören wollte. Schließlich war Weihnachten. Lou strahlte vor Freude.

Ich rutschte an den Rand der Höhle. Der Regen hatte nachgelassen und die Sonne streckte sogar ihre Finger durch die Wolken. Man konnte wieder ins Tal hinein schauen. Ich sah den Fluß, der sich durch die sumpfige Ebene schlängelte, und das »Schlachtfeld«, das sehr viel grüner war als alle anderen Wiesen. Lou starrte auch hinunter, fummelte dabei an ihrem Haar herum, fasziniert von dem neuen Gefühl. »Alles wird sich ändern, wenn du weggehst«, murmelte sie so leise, daß ich mir nicht sicher war, ob ich das überhaupt hören sollte.

Ich sagte versichernde Worte, aber sie klangen nicht sehr überzeugend. Zweifel überkamen mich. Bisher hatte ich mich aufs Internat gefreut, weil ich dadurch von der Farm flüchten konnte.

Dabei hatte ich die ominösen Geschichten über das, was sich dort abspielte, ignoriert. Aber der Schulanfang rückte näher. Die Uniform war gekauft. Ich konnte das nicht mehr länger ignorieren. Unser Besuch bei den Days war wohl auch dazu gedacht, meine Vorfreude zu erhöhen und mir zu zeigen, was mich erwartete. Dabei ließen Ian und sein Vater Bemerkungen fallen, die mich eher bange machten.

Ian Day ließ sich dazu herab, mir am nächsten Morgen einen Rat zu geben. Ich zog mich gerade an, während er im Bett lag und rauchte. »An deiner Stelle würde ich keine Brille tragen. Die schreit nach Ärger. Läßt dich wie eine Tunte aussehen.«

Und sein Vater drängte mich, ihn an den Wochenenden zu besuchen. »Ab und zu mußt du da raus. Es ist nicht einfach, für so einen Jungen vom Land wie dich. Die Jungs können ziemlich gemein sein. Bei uns bist du jederzeit willkommen.«

»Wenn das nächste Jahr nur nie kommen würde«, sagte ich zu Lou mit zittriger Stimme. »Ich wünschte, dieser Sommer würde ewig dauern.

Lou wendete sich mir zu; sie war wie elektrisiert und tatsächlich sah sie Jamie einen Moment lang sehr ähnlich. Dasselbe ansteckende Lächeln breitete sich auf ihrem Gesicht aus. Sie zwinkerte mir zu, offensichtlich hatte sie das vor dem Spiegel lange geübt.

»Das kriegen wir hin«, sagte sie. »Wollen wir wetten?« Sie hüpfte auf mich zu und ich stand auf.

»Ist das mein Raumanzug?« fragte ich und deutete auf den Parka.

Lou kicherte. »Dein Anti-Lungenentzündungs-Raumanzug«, korrigierte sie.

»Hilf mir«, bat ich, und Lou hielt ihn mir hin, so daß ich hineinschlüpfen konnte.

»Komm, Judy!« sagte sie. »Auf diesem Planeten gibt es nichts zu essen. Er ist leblos und unfruchtbar. Laß uns zum Raumschiff zurückkehren.«

Wir hopsten den Hügel hinunter, und Lou spielte mit meinem Haar, entknotete den Zopf. Nach etwa hundert Metern hörten wir

Babe rufen. Sie war aus Angst vor dem Drachen am ersten Zaun stehen geblieben. »Kommt schon!« rief sie. »Geschenke aufmachen. Ich kann es nicht mehr erwarten.«

Die Sonne blitzte durch die Wolken, als wollte sie das Versprechen dieses letzten Sommers unserer Kindheit untermauern. Lou und ich schauten uns an und rannten los, riefen Babe lachend zu, daß der Drachen hinter uns her wäre und wir um unser Leben rennen müßten. Lou stolperte über Jamies Jeans, die ihr zu lang waren, aber ich wartete nicht auf sie. Ich rannte, getragen von dem Gefühl, daß mein Haar offen und üppig hinter mir her wehte. Ich konnte mir vorstellen, wie toll es aussah: rot glänzend im Sonnenlicht, fast so, als ob Judys wundervolles, blondes Haar sich am wütenden Atem des feuerspeienden Drachens entzündet hätte.

Christos Tsiolkas **Unter Strom**

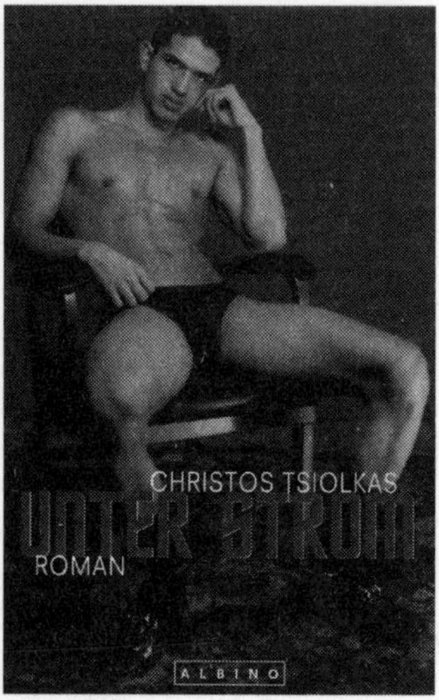

Ari ist neunzehn, arbeitslos und schwul. Aber die Schwulen nerven ihn, und die Jobs, die ihm seine Eltern vermitteln wollen, kotzen ihn an. Er glaubt an nichts und niemanden, außer an die Macht der Musik. Alles was er will, ist tanzen, Drogen nehmen, anonymen Sex haben und die Welt verändern. Und doch, während er durch die Clubs und Darkrooms von Melbourne zieht, sehnt er sich nach Liebe – die Ari zu seiner Überraschung am Ende einer langen Nacht auch findet.

»Dieser Roman ist wie ein Faustbieb, ein Schlag ins Gesicht all der Heuchler, die der politischen Korrektheit das Wort reden.«

Jack Dallesandro

Christos Tsiolkas, der mit diesem Romandebut die australischen Bestsellerlisten stürmte, lebt und arbeitet in Melbourne.

Roman, 199 Seiten, broschiert
ISBN 3-86187-514-4
DM 24,80 / SFr 24,00 /Ös 181
ab 1.1.2002: € 12,95 (D) € 12,95 (A)

Neal Drinnan **Verbotene Jugend**

Klein-Johnny's früheste Erinnerungen sind bezahlter, billiger Sex. Dramatisch verändert sich die Lebensperspektive des Siebenjährigen, als seine Mutter tot am Bahnsteig zusammenbricht. Ohne Verwandtschaft, mit schmutziger Vergangenheit und einer dürftigen Zukunft steht er allein in der Welt. Das Glück meint es gut mit ihm: Ein ebenso gutaussehender wie anständiger Fremder nimmt sich seiner an und »adoptiert« ihn. Mit neuem Namen, Vaslav, neuer Identität, und in einem anderen Land, wächst er in komfortablen Verhältnissen heran, als Sohn eines prominenten schwulen Mannes.

Hip, intelligent und sexy stellt der Teenager den schwulen Haushalt auf den Kopf: Seiner Wurzeln als Johnny bewusst, setzt er gezielt die verbotene Währungen Jugend und Sex in einer Welt der Parties und schönen Jungs ein. Eine verbotene Liebesaffäre kommt in Gang, die ihn und die von ihm Geliebten zu zerstören droht.

Neal Drinnan lebt in Sydney, Australien. Er lebt als Romanschriftsteller und schreibt für verschiedene Magazine.

Roman, 256 Seiten
ISBN 3-86187-167-X
DM 28,80 / SFr 27,20 / Ös 205
ab 1.1.2002: € 14,95 (D) € 14,95 (A)